阳光

这样照进历史

罗海岩 著

人民出版社

目　录

卷一　记　人

每个人都有自己的传承和印记

卷二　游　历

驻足美景就是放飞情怀

卷四　文　思

字里行间的读写感悟

卷五　感　世

世情万物汇成的斑斓图画

卷六　经　济

一个民族的富庶之路

序一
真实记录奋进的历史

阅读罗海岩同志《阳光这样照进历史》文集书稿，一篇篇内容丰富的精彩文章，一个个栩栩如生的知名人士，一次次国内国际的实地考察，一则则经济、政治、教育、健康、亲人的体会感受，仿佛一幅幅细致精美的历史画卷，把我们带入 21 世纪头 20 年中国改革开放和社会主义现代化建设的奇崛进程，带入罗海岩同志作为"国社"的新华社高级采编人员的独特视野和妙笔心声。

正如书中所指出，在过去的 20 多年里，我国综合国力、社会生产力和人民生活水平大幅提高，中国特色社会主义进入新时代。据我曾兼任局长的国家统计局数据，从 2000 年至 2022 年，我国 GDP 从 10 万亿元提升至 121 万亿元，稳居世界第二位；人均 GDP 从 960 美元提升至 1.27 万美元，接近高收入国家的下限。目前，我国 5G 通信、高速铁路、人工智能、量子信息、超级计算、卫星导航、无人驾驶等技术已走在世界前列。随着经济社会发展，我国人民生活已达到全面小康水平。这个光辉的时代，我和罗海岩同志都是亲历者、见证者，文集读起来十分亲切，记录细腻真实，心随事走，人在文中。

虽然自 20 世纪 90 年代起，就不时从媒体中看到罗海岩同志的作品，但我与他熟悉起来还是在 2003 年以后。那年，我从国家发展改革委调到国务院研究室工作，前十年担任室党组成员、副主任，在为国务院主要领导同志和分管领导同志提供文稿包括新闻稿件的服务过程中，得到新华社同志的帮助和支持，其中就有罗海岩同志的助力。书中提到的领导同志一些文稿、一些活动，我们都是起草者、参加者。特别令人难忘的是，2013 年我担任国务院研究室主任后，邀请罗海岩同志担任政府工作报告起草小组的专家顾问，他欣然答应，并挤出时间前来助战，连续参加了 2014 年、2015 年政府工作报告的起草工作，为报告思路的充实、结构的优化、文字的润色，作出了重要贡献。

2015 年 8 月我回到国家发展改革委工作后，既从事经济形势分析和经济政策建议材料起草组织工作，又承担利用外资和对外投资等业务管理工作，仍然经常看到罗海岩同志的成果。印象深刻的是，在 2021 年新华社《参考消息》创刊 90 周年征文活动中，刊发了他写的《〈参考消息〉与"种牛痘"》。文中指出，毛泽东主席把办好《参考消息》喻为"种牛痘"，并多次要求《参考消息》扩大发行，做到每个公社、每个工厂都有一份，还可以发到个人。同时可以多登一些反面的东西，警示我们的工作。我从 20 世纪 60 年代后期上初中时开始接触《参考消息》，70 年代作为城市知识青年下放农村四年间也未中断阅读，受益匪浅。后来又坚持阅读新华社《参考资料》，俗称"大参考"，至今仍不释手。这两份报刊，直接采用外媒报道，正反信息都摆出来，有利于启发读者思考，能够起到种"牛痘"、打疫苗乃至提高分析和办事能力的作用。这篇短文看后真令人拍案叫好。

还有一篇文章看了很有同感，就是《为政为文两从容》。文中讲到，2006 年 6 月，作者的前一本文集《走读时光》出版前，请人民日报总编辑范敬宜同志作序，把书稿辗转送去后，一个多月杳无音讯，突然有一天范老约见，拿出一个档案袋，从里面取出几张稿纸，说终于完成这个文债了，并在序言中表示歉意，同时解释说拖到今天才拿起笔，是一直在希望容他好好想一想。时间过去十多年，情景却惊人相似。罗海岩同志今年5月的一天来到我办公室，请为他2000年至2022年间撰写的110篇文章的书稿作一短序，我不胜荣幸！但至今已两月有余。只能自我解释道：历史浓缩穿时空，动笔方知有知行。在此向作者表示歉意！

最后，祝贺本书圆满出版，并祝罗海岩同志续写新的篇章。

宁吉喆

2023年7月

（作者为十四届全国政协经济委员会副主任，国务院研究室原主任，国家发改委原副主任，国家统计局原局长）

序二
感人的故事，如一花一世界的精巧

　　我的老同事和朋友罗海岩的新著《阳光这样照进历史》付梓，我得以先睹为快。书中收录了110篇文章，许多篇目都是字字珠玑的隽永之作，尽得"文章本天成，妙手偶得之"的韵味，我在工作之余，一口气读完，深有畅快淋漓之感。

　　海岩供职新华社从事新闻宣传工作已30多年，具有报纸和期刊采编、图书编辑出版的丰富经验，擅长新闻方面的选题策划和写作，多年为工作奔波劳顿，读书逾千卷，行路数万里，打下了落笔如有神的扎实业务功底。他采访人物有如丹青高手，不论对象是政商领袖、科技精英、高级将领、新闻业同行，还是画家、书法家或者寻常百姓之事，都是娓娓道来，宛若身边眼前。他在工作之余，饱览祖国的大好河山，领略世界瑰丽风光，读者跟随其目光和脚步，如身临其境，多有感悟。书中文稿涉猎广泛，政治、经济、文化、体育、科技、军事等等，包罗万有，博采取精，这固然体现了新闻工作者的职业素养，但也足见作者深厚的发现、概括和表达的功力。

　　广泛的生活阅历和文史哲方面的修养，磨砺了作者思想的棱角和深度。书中的许多散文、随笔、评论文章，都有着独到的视角，虽是作者的个人感悟，却不乏真知灼见。如对能源领域、报业发展的展望，对国家民主、法治进步的思考，对民族发展、人类未来的沉思，无不散发着睿智和思辨的光芒。阅读此书，其实是与智者的对话和切磋，予人以教化和启迪。

书中的文章写于 2000 年至 2022 年，曾在新华社报刊和其他有关媒体上发表，本是大海中散落的珍珠，经过作者精心修订与整理后，呈现出来的是一个风云激荡的大时代缩影。过去的 20 多年，是国家跨越式发展的光辉岁月，是中华民族从富起来到强起来的关键时期，从哪个方面来讲都值得大书特书。我们这一代人何其有幸，成为这个大时代的见证者和亲历者。作者以新闻工作者的敏锐、实干家的勤勉，通过一个个感人的故事，以一花一世界的精巧，将这个风光旖旎的大时代忠实记录下来，这不仅有新闻写作的意义，更是在书写一段过去的历史。

捧卷在手，我感受到了书中文字内容的张力，感受到了作者对新闻事业的热忱和尊崇，以及对这片生于斯、长于斯的土地的热爱，对国家和民族事业的赤诚，以及对现代和未来世界和平的憧憬。书中走笔行文，深情亦有激情，这是难能可贵的风格。

书的尾声是附录的两篇文章，一为纪念作者慈祥的祖母，一为纪念作者难忘的母亲，这是两位平凡的中国女性，同时也是伟大的母亲，她们以母爱支撑起家庭的延续和繁衍，使家庭有如一株根深叶茂的巨树，不断结出壮硕的果实。看到她们为忙于工作而远行的孩子"临行密密缝，意恐迟迟归"，看到孩子们不管走到哪里，行囊中都装载着浓浓的母爱，真是"谁言寸草心，报得三春晖"。作者将这本书献给祖母和母亲，也献给阅读此文此书的人们，书以咏志，天下共情。

以此为序，恭贺此书出版并祝海岩安好！

李大宏

2023 年夏日于香港

（作者为全国政协委员，香港大公文汇传媒集团董事长、
总编辑兼大公报社长、香港文汇报社长）

序三
二十年流不尽的英雄血……

　　王国维曾划分过"客观之诗人"和"主观之诗人",以为前者"不可不多阅世",而后者"不必多阅世"。但这明显有些简单化了。实际上,不仅是诗人,每个人都需要"多阅世",摆脱因"阅世太浅"带来的幼稚和单纯,也需要"少阅世",以保持"超然世外"的品格与气节。海岩先生在新华社工作30余年,曾参与许多重要的社会活动,是经过风雨、见过世面的人,但丰富的阅世经验和担任领导干部的经历,不仅没有销蚀他的文人性情和写作才能,相反赋予了它们更加深沉和稳定的品质与格调,实现了"多阅世"与"少阅世"的相反相成和相得益彰。

　　本书收集了海岩先生2000年至2022年的部分文稿,分为记人、游历、域外、文思、感世、经济、论政等部分。21世纪被称为新轴心时代,20多年来,不仅世界政治、经济和文化格局发生了巨大变迁,中华民族也走上了从"富起来"到"强起来"的新征程。对此,海岩先生用了"阳光这样照进历史"的书名,可见"文章合为时而著,歌诗合为事而作"的良苦用心。阅读这些现实和历史交汇冲撞、激情和理性激荡迸发的文字,我仿佛和作者一起重新回到历史长河中刚刚过去的 20 多年，不由自主地想到京剧《单刀会》中的一句唱词："这也不是江水，二十年流不尽的英雄血"。由于这个原因，这本原属司空见惯、纪念回顾性质的文集，不仅反映了作者本人"对这个伟大历史进程的认知和理解"，也表达了当代人共同的心声和思想历程，因此决不可以视为普通的"职业生涯的文字记录"。

一是"史"和"诗"的互鉴。中国有以人物为中心的历史书写传统，也有"诗史"和"诗史互证"之说。冷静的历史理性和激越的诗性精神，两种对立的力量通过鲜活生命个体结合起来，不仅在内容上充满了"沉甸甸的现实感"，在形式上也容易表现为"无韵之离骚"。这是本书的一个显著特点。如写历经中英 22 轮艰难谈判、最终完成国家使命的周南，作者以《诗经·周南》的"关关雎鸠，在河之洲。窈窕淑女，君子好逑"起笔，在欢快的诗境中引出温文尔雅、庄重练达的外交家"周南"。又如写新中国煤炭行业叱咤风云的肖寒部长，也是从充满诗意和温情的环境描写开始，"那是一个冬日暖阳的日子，北京东城区南锣鼓巷，阳光洒向安静的胡同。86 岁的肖寒童颜鹤发，用激动而坚定的诉说打破了四合院里的宁静"。这样的例子俯拾即是，从国家领导人、高级将领到书画名家，既是历史，也是诗篇。

二是"景"与"情"的交融。"世之奇伟、瑰怪，非常之观，常在于险远，而人之所罕至焉"，这是王安石《游褒禅山记》的名言。由于工作关系及各种机缘，作者到过很多人迹罕至的地方，欣赏过常人无缘见到的风景，并连同他在当时当地的思想情感被一起记录下来。有寻常巷陌中的辉煌往事，如曾国藩、康有为、梁启超、孙中山曾居住，在电影《城南旧事》中曾温存再现的宣南坊，既是三千年古都北京独特城市精神的起源地，也见证和繁衍了北京历史上的繁华和灿烂。有崇山峻岭中的跋涉痕迹，如昔日丝绸之路上的军事要塞、今日世界海拔最高的边境口岸乃堆拉山口，作者曾驱车疾驰而过，"顺着蜿蜒的石子路，伴着咆哮不已的亚东河……汽车一会儿在河谷左侧穿行，一会儿又绕到右侧蜿蜒。亚东河下游就是印度境内的恒河，它最终流入浩渺的印度洋"。其他如朱镕基和李瑞环曾欣然命笔表达敬意的腾冲和顺小镇、涪江之畔震后复建的江油关、赤水河流域二郎古镇、源自丰宁坝上草原滦河水等，都开豁视界，如在目前。但与古代游客不同，作者穿行于 21 世纪的风云中，不仅用笔记录了当今世界之景，也抒发出具有全球化色彩之情。在卷三《域外　在海外远方的回响》中，充分展示了作者"崇尚生命，关爱人类"的宽广情怀。

　　三是"国"与"家"的共振。"风声雨声读书声声声入耳，家事国事天下事事事关心"。海岩先生曾是参加国务院政府工作报告起草组的新闻界代表，有更多机缘介入国事的讨论和谋划，本书中的一些篇什，记录了一些重要场景和现实关切。在《蕴藏生机和活力的中国策》中，他从全国重大建设项目、生产力分布和国民经济比例关系及远景目标等方面，作了宏观阐述和精要评说，有着总体和哲学高度的思考，如"处于弱势和低谷时枕戈待旦，处于强势时不逞霸道，谨慎地使用自己的权威，恭敬地呵护共同的价值准则，如此才能奠定确保自我发展的基石"；也有老成谋国的战略战术，如"作为贸易大国，我们需要同相关国家不断协调，寻求各种解决摩擦的细则方案；作为能源消耗和生产大国，应当在世界能源价格等问题上发出更响亮的声音；作为温室排放量最大的国家之一，需要提出并落实好具体的节能减排措施……"其他如新一届政府打造经济升级版、西部大开发、长江"黄金水道"等，作为亲历者和参与者，这些文章完全不同于道听途说或"文本解读"，而是真实保存了这个时代的一些重要印记。还有一些政论文和时代感很强的文章，如权力本质在于"权为民所赋，权为民所用"，如政治家的"事必躬亲与委任责成"，如"润物无声中的民主进步"等，也都开卷有益，增人神智。在忠实记录"国之大者"的同时，作者也十分珍视人间点滴，其中最感人的是团队精神与至爱亲情。他写新华社社史馆，"这个集体的名字叫新华社，常被人们称为'国社'。从 1931 年 11 月在江西瑞金的一个村落里，发出第一条新闻起，近九十年沐风栉雨，如今她已形成覆盖全球的新闻信息采集网络，每天 24 小时用 12 种文字向世界发出中国的声音。她雄健地跻身世界几大通讯社前列，迈向世界媒体舞台的中央"。本书的《尾声》，则是完全个体化的叙事，一篇是《远行的奶奶仍焕发出异彩》，另一篇是《向母亲的崇高敬礼》，披露了海岩先生内心最深处、最细腻、最柔软的思想情感和心路历程。正是因为这种赤子之心，本书多次写到普通人的欢乐和痛苦。正如本书卷一的标题，"每个人都有自己的传承和印记"，同时还可以说，只有真正处理好"阅世"多少、深浅的矛盾，也才能展示出一个时代世情万物的斑斓图画。

　　本书是海岩先生的第五本著作，新华社原总编辑南振中、《人民日报》原总编辑范敬宜、中国人民解放军原副总参谋长熊光楷等曾惠赐序言。余生也晚，本来没有这个资格，但海岩先生坚持要请一位学者朋友作序，也就勉力为之。在此写下一些读后感，至于当否，还请读者指正。

刘士林

2023 年 7 月于沪上寓所

　　（作者为上海交通大学城市科学研究院院长、教授、博士生导师）

自序
时间是人类发展的空间

　　本书收集了 2000 年至 2022 年，我撰写的部分散文、随笔和评论文章，共计 110 篇，大部分曾在新华社报刊上发表，这次对个别篇目进行了编纂整理。

　　书稿记载的时间跨度，正好覆盖 21 世纪的头 20 年。这是中华民族历史上值得大书特书的 20 年，是中国共产党领导全国人民抓住战略机遇期、加快发展的 20 年，中国特色社会主义进入新阶段。这 20 年，国家的综合国力、社会生产力和人民生活水平得到大幅提升。在改革开放取得历史性成就的同时，经济社会的各种矛盾交织复杂日趋突出，国际环境面临前所未有的重大挑战。

　　这是一个奇崛和嬗变的时代，我们都是见证者、亲历者和记录者。本书收录的文章，大多应时就势，感时论世，记录了我经历的一些事件、人物和当时的心路历程，一定程度上折射出这个时代的发展变迁，以及我对这个伟大历史进程的认知和理解。

　　我很喜欢《晋书·宣帝纪论》中的一句话："和光同尘，与时舒卷"。它的意思是，做人处事要与光合二为一，能够化为尘土一般，随着时代的变化顺应自然，同时实现自身的价值。我认为，它还体现为无为而治的朴素的包容思想。《道德经》中说："和其光，同其尘"。寓示的是一种行为准则和价值观念。从本质上讲，无论做人，还是著述，都有和光同尘的意思，要有多角度、多元化的分析和思考。

我在新华社学习工作的 30 多年中，先后从事报纸、图书出版、新闻周刊等采编业务工作。策划组稿、写稿和审稿是履职尽责的本职工作，在学习中思考，行成于思并诉诸笔端，已成为职业生涯的个性习惯，因为识文断字的人总要以文章的形式表达某种意愿和心情。这本书中一部分是在特定历史条件下，为完成某些宣传任务而作，许多是时事政治的诠释和评述，以及时政人物的专访，属于新华社职业生涯的文字记录。另一部分是自己个性行为的编外文章，如游记、随笔等，是自己一段人生履历和命运的时光告白。前一部分应时应景可谓写"史"，后一部分可称之为"情"。

作为"国社"的一名职业采编人员，有其鲜明的优势和短板，当然，这不是我的个人因素使然。在分析和认识一些事件和现象时，从新闻的视角去观察和评判，有利于抓住问题的核心本质，但往往形成的文字不如文学作品那样细腻生动，也不如学术文章那样准确深刻，行文中缺少如缕如丝的广博探究。这是时间速度和数量质量的矛盾法则。10 余年前，我国著名新闻工作者范敬宜曾为我的第一本作品集《走读时光》作序，他在文章中专门提出过文章"文与质"的关系，即为文要反映事物的本质规律，还要表达作者的主观能动性，赋予文章一定的情感和文采。我理解这是对我以及广大新闻工作者的要求和鞭策。

"走笔龙蛇二十年，分明非梦亦非烟"。历史总是在平淡和震撼中交替前行。近年来，传媒业历经裂变与重塑，各种新业态此起彼伏，生灭交替，许多匪夷所思的事正成为现实，改变着人们的生存和生活方式，及至整个物质和精神世界。最近 ChatGPT 的横空出世，如同传媒业和社会变革的雷霆，使人类思维和处理问题的途径和方法变得绚烂夺目，人类将成为孤独平庸的思考者。对照这个变革，我们的许多文章，包括我的一些行文，内容仍显粗疏苍白，有些所谓居高声远的宏大叙事，和人民所望、时代所需其实难负，相距久远。看看几亿网民中显示的鲜活语言，鞭辟入里的灼见，说明在烟火巷子的深处，才洋溢着万物生长的声音。

马克思说："时间是人类发展的空间。"古希腊一位哲学家也说过，"人是万物的尺度"。都是说世间万物的存在，包括真理和规律，都要接受时间的验证，从而强调人的主体性，时间的客观性。"万事风雨散，书中岁月长"。我们每个人都穿行在历史进程的过眼烟云中。谨以此书作为我对这个时代的感恩和倾诉，表达我对人生许多际遇的庆幸。

感谢宁吉喆尊长、李大宏和刘士林挚友在百忙中垂注作序，人民出版社编审陆丽云为此书出版踔厉而为。如果说本书是大时代的一个微小视界，一个时间长廊里的微弱光束，他们的帮助就如电光火石，为本书赋予了生机和光彩。

2023 年 8 月于北京中信禧园

卷一　记　人

每个人都有自己的传承和印记

博浪方知沧海阔

被称为诗人外交家的周南，历经中英 22 轮艰难谈判，最终完成了国家赋予的使命。

《诗经·国风》第一篇即为《周南》，其中有著名佳句"关关雎鸠，在河之洲。窈窕淑女，君子好逑"。

眼前的周南却是一位温文尔雅、庄重练达的外交家，是中英香港问题谈判和香港回归的主要参与者和执行者。

1946 年 4 月，不满 19 周岁的周南，正在燕京大学就学。当时加入党组织要用假名，周南想起《诗经》中的《周南》，遂将原名改称"周南"。两年后，他进入解放区，后来进入外交战线，这个名字最终被写进了新中国的外交史。

香港回归 17 年后，我和周南在北京朝阳门外的寓所中见面时，专注在这位老人身上，寻觅着《诗经》中周南的描述。周南却说，那时是带着"美好而朦胧"的感情入党的。"我们都不是了解了《资本论》、《共产党宣言》和科学社会主义，只是觉得国民党乌烟瘴气，共产党能带来新的风气。"

1945 年初，在燕京大学第一学期后的寒假，周南约上一位同学去解放区的张家口。在那里，他们作为访问解放区的蒋管区大学生代表，被送到晋察冀边区招待所，看了《白毛女》、《血泪仇》等进步歌剧，参加了为他俩组织的座谈会。几天的解放区之行，促成了他人生的一个转折。

1987年，周南在《六十抒怀》中忆及此段经历："投身激流内，同列尽豪英。昂首斥民贼，倜傥少年行。狂歌过燕市，枕地数繁星。未明湖畔月，玉泉山后坪。相对输肝胆，飞腾热血凝。"

周南的外交生涯实际上始于朝鲜战场，因为他负责管理美军战俘，归后来任外交部副部长的韩念龙领导。

新中国成立初期，驻外大使主要来自老红军，以及一些在解放区和白区从事党政工作的领导同志，韩念龙被派往巴基斯坦任大使时，点名带周南同去。在那里周南做了五年的"外交学徒"。他曾在1961年，随陈毅副总理出席解决老挝问题的日内瓦会议，与美国国务卿杜勒斯展开外交斗争。1962年，到坦桑尼亚赴任，五年后奉调回国。他曾赋诗记载当时的生活："朔雪炎风俱是家，中华儿女自天涯。三分宇内终为主，一片丹心久著花。烽火千山繁鼓角，波涛百丈起龙蛇。椰林处处殷于血，无赖西风逐晚霞。"

在后来经过十年零一天的常驻联合国生涯后，周南回国任外交部部长助理，开始接触香港问题。1982年9月23日，英国首相撒切尔夫人首次访华。是时，号称"铁娘子"的撒切尔刚打赢马岛战争，想以主权换治权，继续由英国管治香港。撒切尔访华的第二天，邓小平对她全面阐述了中国政府对香港问题的基本立场，针锋相对地强调：主权问题不是可以讨论的问题，在这个问题上没有回旋的余地。

当时在场的周南回忆说："那是一次非常精彩的谈话，后来解决香港问题的基调就是那次谈话定下的。"

　　1984年1月25日，中英开始第二阶段第八轮会谈。周南从幕后走上前台，由邓小平提议，出任中方代表团团长。面对英方不断挑战中国主权问题，周南唇枪舌剑，丝毫不让。终于在1984年9月26日，周南作为中方代表，与英方草签了中英关于香港问题的联合声明。同年12月，撒切尔夫人再次访华，中英两国政府正式签署关于香港问题的联合声明。周南兴奋之余，写下一首七绝《香港回归日近》："乾坤旋转瑞珠还，五世英灵尽解颜。莫道神州豪气减，看将挥写好江山。"

　　1990年4月，全国人大审议通过《香港特别行政区基本法》。同年，周南出任新华社香港分社社长。周南说："我访问马来西亚时，当地的新闻部长出来接待我，头一句话就问我，新华社香港分社每天发多少条新闻，我说对不起，一条不发。只是在特殊的情况下，用这样一个特殊的名称。"

　　周南履新之际，以"春在枝头"四个字赠予港人。港媒纷纷寻查这四个字的出处，最后一位大学教授查出，出自一首宋诗绝句："尽日寻春不见春，芒鞋踏遍陇头云。归来笑拈梅花嗅，春在枝头已十分。"暗示香港大好春光的到来。

　　过渡时期的香港，表面上风平浪静，实际上暗潮汹涌，各种力量错综复杂。特别是1992年10月彭定康出任港督以后，单方抛出违反中英联合声明、违反基本法的方案，形势异常严峻。周南请示邓小平，邓小平一针见血地指出，这是英国人想从所谓的"民主"入手，来损害我们的主权，继续由他们的力量来管治香港，这个问题不能让步。这不是简单的多几个或少几个议席的问题，看不清就上当了。

　　香港回归，一波三折。处在风口浪尖上的周南，面对尖锐复杂的斗争，历经22轮艰难谈判，一直保持着平静的心态，以静制动，泰

　　2014 年 6 月 18 日，在京拜会周南先生，其语句清警，不同凡近，家中厅堂满是线装古籍，谈吐引经据典，可见国学深厚。

《周南诗词》封面，赵朴初题书名。

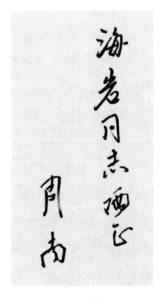

周南题赠。

然处之。自 1991 年起，撒切尔夫人数次来港，均约见周南。周南则在新华社香港分社的赤柱别墅设宴款待。开始几次还谈及香港问题，后来在政治上已无共同语言，相见时乃即兴谈风花雪月、文化和音乐等话题。

谈及今日香港的情势，周南对我说，邓小平同志在香港回归中英协议达成之际，就曾指出"总会有人不愿意彻底执行中英的协议"，这正是我们今天面对的现实。要保持香港持续稳定和繁荣，就要减少和抑制不稳定与不和谐的因素，增加稳定与和谐的因素。

周南外交生涯长达 46 年，他的名字和香港回归的传奇联在一起，也同夫人黄过的名字如影随形。黄过与周南是燕大同学，一起参加地下党，同时奉派国外，后来一起进驻香港，共同经历 60 年风雨。黄过原名黄敏琪。后来，进入解放区工作时，组织上为安全要她取个假名，她说，我刚过来，就叫"黄过"吧，遂沿用至今。

周南和黄过婚后的第二天，周南要求参加抗美援朝的报告被外交部批准，次日他就作为领队，被编入"总政工作队"出发赴朝。2009年 6 月，黄过在京病逝，周南怀念不已，为夫人写了多篇悼亡诗，思念之情跃然纸上。如《记梦》："朔风呼啸掠窗前，寒夜孤衾未晓天。恍见亡人门外入，悄然加盖一床棉。"

周南对外交事业殚精竭虑，对文学和古籍，则终生陶醉，两者并驾齐驱，使紧张的外交工作和悠然自得的静读，在他身上得到了完美的结合。他说，1948 年燕京大学毕业时，他曾一心想从文；1981 年结束 10 年常驻联合国的工作回到北京时，最想做的事情也是研究古籍。1984 年 9 月，周南就任外交部副部长时，办公室里也常常放几本古书，午休时忍不住翻一翻。而在"文革"中，他被下放到外交部江西干校时，每天自得其乐地翻《后汉书》，当时还有人向上级反映他"思想空虚，觉悟不高"。

周南对莎士比亚、汤显祖的许多作品倒背如流，不时引经据典。1986年中葡两国关于澳门问题谈判取得重大进展后，记者们蜂拥而至，周南吟诵了刘禹锡的诗句作答："晴空一鹤排云上，便引诗情到碧霄。"从此，有些记者来访周南时，常在行囊中带几本唐诗宋词。香港特别行政区基本法起草委员会中有些人组成了"香草诗社"，并向委员们征稿。周南写了一首《咏香草》作为纪念："四载辛勤业，雄文铸九章。美人还迟暮，香草自芬芳。天漏终能补，国魂势可张。百年颠沛里，世事几沧桑。"香港高级公务员协会特意给周南送来一块银牌，上书"举重若轻，好整以暇"八个字，概括为周南之风。

退休后的周南，"息影林泉下，时还读我书"。每天拿着线装书手不释卷，几乎到了"夜不读书难自眠"的状态。他先后出版了《诗歌与外交》、《周南诗词》、《遥想当年羽扇纶巾》、《身在疾风骤雨中》等多部著作。他的诗因有感外交事件而发，因闲情逸致所至，其中，围绕香港回归事件的诗作有《香港回归日近》、《甲申感事》、《遣怀》等数十篇。

很多从事外交工作的人，对诗词有很深造诣。外交工作需要理性，但干巴巴的理性就没意思了，应该融合一些感性。在中英谈判进行到第20轮时，重大障碍已经一一扫除。周南想请英方代表团团长伊文思大使去三峡旅游，并引用了李白的诗句："两岸猿声啼不住，轻舟已过万重山。"伊文思紧张地问："你说的'两岸猿声'是不是指英国和香港那些反对回归的人？他们听了会不高兴吧？"周南说："这不要紧，我讲的是'猿'，没有讲'人'，谁承认自己是'猴子'呢？"

在港期间，周南喜欢考问一些年轻记者，让他们背一背中国各个朝代的名字，很多人答不上来。周南不满地说，他们可以把维多利亚、伊丽莎白女王说上老半天，却把自己的祖宗忘了，唐宗宋祖、秦皇汉武都想不起来了。他们不懂中国传统文化的价值，只会几句洋泾浜的英文，"言必称希腊"。说到此处，坐在沙发上的周南向我翻开《周南诗词》，读起《江南行》中的诗句："悠悠五千载，风流孰与伦。浅人轻弃掷，何处立本根。要当承伟业，舍陈焉出新。我需宁作我，不羡域外民。"

"博浪方知沧海阔，攀峰又见碧山雄。"香港回到祖国的怀抱并拨乱反正，不断繁荣发展，周南作为国之重臣，完成了国家和历史的使命，在北京的家中，开始了"无案牍之劳形"的读书生活。尘封的往事从他平和的语调中娓娓道来，却尽是当年的惊涛骇浪、疾风暴雨。遥想当年羽扇纶巾，历史的风云犹在眼前。

迟暮的历史背影

中国是世界上使用煤最早、煤产量最高的国家。煤炭是中国的基础性能源，煤炭部长竟如此难当。

新中国成立以来，我国能源战线涌现出了众多英模人物。作为20世纪末我国煤炭行业叱咤风云的领军人物肖寒，已鲜为人知，只是在一些历史性的资料中才间或显现他的身影。

我与肖寒部长的儿子韩保平曾为同事。为了老人出版回忆录的事，他找到我，我们有幸一起聆听老人慷慨的回忆，完成了《追寻中国的煤炭梦——肖寒口述实录》一书。

那是一个冬日暖阳的日子，北京东城区南锣鼓巷，阳光洒向安静的胡同。86岁的肖寒童颜鹤发，用激动而坚定的诉说打破了四合院里的宁静。

1940年，正是抗日战争的最艰苦年代。河北省馆陶县成立了抗日人民政府，领导群众减租减息。肖寒跟随当时的县领导，投身民族解放运动，年仅13岁就加入中国共产党。因为他的原名叫韩红章，而当时的县委书记鲁大东（后任四川省委第二书记兼省长）一直叫他小韩，为了保密，他根据谐音改名为"肖寒"，并沿用了一生。

新中国成立后，肖寒先后担任河北峰峰矿务局、开滦矿务局党委书记，后任煤炭部部长，并受命组建神华集团，任第一任董事长，肖寒的经历是中国煤炭工业发展的一个缩影，见证了煤炭工业从传统生产方式走向现代化的历史转变。

谈到从开滦党委书记，调到北京任煤炭部长，肖寒坦言，那时"文革"期间，许多煤炭企业停产或减产，全国煤炭欠产1700多万吨，有些地方连冬季取暖用煤都不能保证。周总理和负责经济工作的李先念副总理多次点名要开滦煤矿多出煤、快出煤。当时，多出煤是国家之急，也是人民的需要。

是时，受"四人帮"极左思潮的影响，全国否定奖励机制和工资差别，"干多干少一个样"，时任开滦党委书记的肖寒朝思暮想，怎样把煤炭产量搞上去。他想，只有按劳取酬，实行计时计日工资加奖励，才能促进生产，提高产量。他提出让井下工人收入高于井上工人，主要工种高于辅助工种，重体力劳动高于轻体力劳动，工人高于干部，并开始逐步实施。

开滦在进行这番改革之时，《人民日报》发表了一篇文章，批判按劳分配扩大了资产阶级法权。政治高压之下，肖寒隐忍求全，想办法变通实施自己的想法。有一次，矿上召开"批林批孔"大会，肖寒在大会上用林彪在东北不到战场上指挥的例子，强调干部要下井带着参加生产，打好多出煤的这场硬仗，使组织批判会的那些人无话可说。

通过在全国煤炭行业最早实行综合改革，开滦的产量实现大幅增长，肖寒决定进一步挖掘生产力，使产量翻番。原来开滦井下人员多、产量低。经过试点实验，肖寒把工作面集中起来实行机械化。当时，经国家批准，开滦进口了三套国外先进的综采设备，年产量达到

2520 万吨，终于实现了翻番目标。

1977 年 10 月 29 日，北京人民大会堂，中央政治局听取煤炭部工作汇报。当听到开滦生产能力翻番，相当于增加两座年产 200 万吨的大型煤矿，全员工效是全国平均效率一倍时，邓小平发问："为什么这么好？"

李先念副总理回答说："开滦的管理跟别处不一样，他们坚持生产和安全责任制，工资井上井下不一样，井下工资也不一样……"

邓小平说："开滦生产翻番，肯定是好经验。开滦经验要总结，全国都要学习开滦。"

在全国兴起的"学大庆，赶开滦"运动中，肖寒告别了开滦煤矿，调任国家煤炭部，并升任部长。

这些今天看似简单的道理，当年却不知要冒着多大的政治风险。唯有胆识和睿智，才能有如此首创的气魄。30 多年过去，肖寒仍清楚地记着邓小平说的话，"我非常感激他的支持！"

1978 年 9 月 19 日，邓小平视察开滦煤矿。当时社会上还在批判"奖金挂帅"、"物质刺激"。肖寒试探着问："煤炭的价格低，煤矿工人的待遇也低。井下工人劳动强度大，可否多发点奖金？井下实行岗位津贴，免费供应中餐呢？"

"可以！"邓小平非常干脆，当即拍板。

1979 年 1 月，全国煤炭工作会议在京召开。会上宣布，经国务院批准，全国平均每吨煤提价 5 元，增加采煤工人井下津贴和班长岗位津贴。

同年 12 月，肖寒调任当时国家经委副主任，分管能源局工作。后又转任国家能源办副主任。任职不到月余，他就到国内瞩目的陕北神府一带考察，在神木县招待所的窑洞里，和专家们规划神府煤田建设。看到十多平方公里，蕴藏数千亿吨的优质煤田，肖寒兴奋得像抱了个"金娃娃"。

不久，当时的国务院总理和一位副总理先后到陕北地区考察，回京后召开国务院常务会议，决定开发陕北煤炭资源。肖寒参加会议，并在两个月后，受命担任为此而成立的华能精煤公司董事长。他想学习美国的田纳西州矿区，建设神东特大型现代化煤炭基地。但办大矿阻力重重，原来设计年产60万吨，有关部门非要分成两个30万吨才批。

1992年8月，当时的朱镕基副总理到矿区考察三天，肖寒日夜相随。朱镕基在离别前交代肖寒，一定要把神东矿区建设成为国家能源战略基地，高效率、少用人，不搞人海战术。承诺资金由国家给予支持，矿区建设列入国家计划。

肖寒和当时的董事会提出"煤—电—路—港"四位一体的建设思想，即煤矿、电力、铁路、港口同步建设。朱镕基听后慷慨地说："我再给你加一个'航'（海运）字。"就是五位一体。这个战略设想，构架了后来神华集团的雏形，也是国内其他企业至今无与伦比的综合管理模式。

有了国家的政策支持，矿井设计的手脚逐步放开。大柳塔矿设计年产120万吨，后改为300万吨，再后来又提高到600万吨。

1993年，曾任国家计委主任的宋平到矿区考察，他回忆说："原来只想在这个地方办小矿，现在看来，搞大的是对的。没想到你们搞得这么快，技术这么先进，这么现代化！"

1995年10月，神华集团公司在华能精煤公司基础上正式成立，肖寒任首届董事长。翌年1月，大柳塔矿建成投产，《人民日报》头版头条刊登消息和图片，称其为我国煤矿建设的里程碑。

神华集团的发展以五年左右为一个阶段：第一阶段是大柳塔矿投产，包神线投产，形成年产 1000 万吨煤的能力。第二阶段是神朔线投产，形成产能 2000 万吨生产能力。第三阶段是朔黄线、港口投产，再加上生产 3000 万吨煤的生产能力。第四阶段是进一步改扩建，提高现代化水平，铁路和煤矿扩建，煤电一体。现在，神华集团已成为全国最大的综合性能源企业，跻身世界五百强企业前列。

尽管精神矍铄、思路清晰，但肖寒毕竟多年退居现代生活的幕后，我与他的对话多少有些时代的隔膜。他的回忆录虽然十几万字，却磨砺了五年之久。后来出版的新书提要中指出："周总理表扬开滦煤矿立了功；胡耀邦赞赏我的煤炭梦；邓小平批准引进一百套综采设备；朱镕基鼓励创办神华集团……"

中国在世界上使用煤最早，也是煤产量最高的国家。煤炭是中国的基础性能源。煤炭与电力是密切相连的上下游产业，电力企业燃煤量占全国煤炭消费量一半以上。由于资源布局无法改变，推进煤电一体化建设，实现煤电联营势在必行。肖寒参与组织和创建的中国神华集团，坚持煤电融合发展战略，是作者心中最辉煌的梦想。

当年唐山大地震时，作为煤炭部长的肖寒从北京星夜驰往唐山。下车伊始，就部署抢救开滦煤矿在井下的数千名矿工，连续几个昼夜过去，井下矿工无一伤亡，全部安全返回地面，可是他却没有一点时间到他仍在唐山市区的家里去看看。当几天后，儿子韩保平在开滦的废墟上找到父亲，并告诉他两个弟弟因没有及时抢救而失去生命，在最后时间仍在废墟下喊着爸爸，并让哥哥以后照顾好父亲时，父子抱头痛哭。30 多年过去，肖寒身边经常带着儿子的照片。

透过这些历史的风云，追寻英雄迟暮的背影，那是一种可传代济世的精神力量。

将军书府深似海

　　　　一个性情的人，自会展露他的情感。熊光楷说："藏书，
就是为了藏兵"。

　　在中国目前几十位上将军衔的军队高层将领中，没听过谁有着近
万册的签名藏书；在中国以藏书称著的文化人和收藏家中，也没听说
过谁的藏书中有近五届党和国家领导人，以及数十位外国和国际组织
领导人的签名或印章书。中国人民解放军前副总参谋长熊光楷的收
藏，在这方面已无人企及，成为我国藏书界的一个巨擘。我曾数次参
加他组织的有关藏书活动。

　　熊光楷曾专司我军情报和外事工作，收藏签名书的历史由来已
久。始于上世纪的1994年8月，他有幸收到了邓小亲自平签名的《邓
小平文选》第三卷。他在体味观赏邓小平已届九旬仍雄健、挺拔的笔
力，由此想到了许多中共领导人都有自己的著述或文集，开始有意识
地收集签名书。以此为起点，每位领导同志赠送的书，他都如获至
宝，倾情拜读且精心收集，平时遇到好书就慷慨解囊，继而读书、请
作者题签。在他的藏书中，囊括了以毛泽东、邓小平、江泽民、胡锦
涛、习近平为代表的国家领导人，且都有签名或印章。十大元帅等开

国元勋，巴金、钱学森等文学巨匠和科学泰斗，以及几十位国家总统和总理的签名和印章图书，日积月累已达数千册，一本本不同版本、不同时代的书籍扉页，留下了国内外各界名流的笔迹。

熊光楷最想得到毛泽东的签名书，但毛泽东的时代久远，其签名书极其珍贵，都珍藏在博物馆和档案馆中。他在参观湖南韶山的毛泽东纪念馆时，看到了一枚明黄色石料雕刻的龙纽大印，上面刻着"毛泽东"三字，他驻足良久，和随行的湖南省领导商量，能否请纪念馆工作人员在打开玻璃罩清理灰尘时，为他钤章留念。得到应允后，他当即买了一本《毛泽东选集》四卷合订本留下来。几天后，他收到了钤盖毛主席印章的书，了偿了夙愿。而刘少奇的《论共产党员的修养》是请王光美专门到保存刘少奇印章的中央档案馆，钤盖了珍贵的刘少奇印章，王光美还盖了自己的印章并签上了自己的名字。

中美两国打开交往的大门以来，有七位美国总统的签名书被熊光楷收藏，有的是他通过间接的朋友关系，特别是经过驻外武官这个渠道得到的，有的是通过工作关系，与外宾在接触中请对方签名留念。布什总统访华时，熊光楷在钓鱼台陪同会见布什，他对布什说："我们是老朋友，10年前你在担任副总统时，我们就见过面。"布什很快想起了过去的会面，而熊光楷也拿出了提前准备好的布什《美国国家安全战略》一书，请他在扉页上签名。熊光楷还多次与克林顿总统见面，并保存了克林顿《希望与历史之间》签名书。

熊光楷家里的地下室为藏书辟出专门的房间，几十个铁皮保密柜整齐排列，外面均贴有分类标签。古代藏书为了防火有积石为仓之说，清代的皇史宬中，保管重要文书的房子都用石头砌成，熊将军藏书珍若拱璧，却只为了"当怒读则喜，当病读则痊"。

藏书是熊光楷独特人生经历以外的一个侧面，如他所说："藏书，就是为了藏兵"。他在退休后，连续推出《藏书记事忆人》系列丛书，由此走进人们的视野，借藏书记事，抒发他对往事对友人的回忆和思考。我曾主持和参加了多次《藏书记事忆人》首发式，每次都以书传情会友，"谈笑有鸿儒，往来无白丁"。有一年春节前夕组织的新书出版座谈会，他邀请了21位将军、7位部长级以上官员出席落座，前外长李肇星以外交官的风度，摇曳着一束鲜花进场，赢得全场掌声……熊光楷丰富的藏书是一道文化风景线，检点这些藏书，仿佛与众多朋友进行跨越时空的交流。

中国古代的武将们多有豪情诗意，比如"金戈铁马，气吞万里如虎"的辛弃疾，"怒发冲冠，凭栏处"的岳飞……但近现代高层军旅人士中鲜有才情和个性。美国五星上将鲍威尔曾把自己的回忆录《我的美国之路》赠给熊光楷，扉页上写道："得到这本书的您是一位将军，但内心深处是个教授"。这大概是文韬服务于武略吧。

燕山雪花大如席

一个民族的磨难，有时会衍生出壮美的奇葩。

我的舅舅杨国梁担任中国人民解放军第二炮兵司令员达 11 年，
退休后在两位秘书和军研室同志帮助下，笔耕数年完成了一部 40 多
万字的书稿，回忆他的军旅生涯，以作为火箭军军史资料的一部分。
虽因保密问题不能公开出版，从书中我们可以洞悉那一代人成长的艰
苦历程，以及一个民族坚忍不拔的风骨。

舅舅 1938 年出生于河北省遵化市。遵化北倚燕山长城，东通辽
沈关东，西望京畿之地，南邻津塘。汉代大将军班固赞誉："燕赵固
多奇士"。李白有诗："燕山雪花大如席，片片吹落轩辕台。"唐代诗
人韩愈也有"燕赵古称多感慨悲歌之士"的佳句。

抗战时期遵化被日军侵占，著名的"长城抗战"主战场就在遵化
县城北 9 公里的罗文峪要隘。史料载，29 军等中国军队在这里先后
伤亡日军 3000 多人。1938 年 5 月，以遵化为中心发生了著名的冀东
抗日大暴动，组建了数万余众的抗日联军。不久，八路军挺进冀东，
2500 多名青年经过简单整训，编入八路军序列。我的另外一个舅舅，
就是彼时从他正在就学的一所教会中学——遵化汇文中学，深夜跑出

城墙，参加了八路军，在当时的冀东军区从事办报纸等宣传工作。

如果不是书中介绍了舅舅的年轻时代，我还不知道这些史诗性的资料。为了消灭八路军根据地，割裂抗日武装和长城沿线人民的联系，日军实行了杀光、烧光、抢光的"三光"政策，把全县282个自然村中的155个村划为无人区。125个村被烧成废墟，民房全部被毁掉。日军在无人区内，像追捕猎物般恣意捕杀群众，制造了一桩桩惨绝人寰的血腥事件。比如，1941年至1942年，日军对遵化西南山区的八路军根据地鲁家峪一带进行了5次"扫荡"，杀害当地百姓225人，烧毁房屋3900余间。

书中叙述了这样的情节："有一年冬天日本鬼子又窜到村里，我母亲赶紧用筐背着我，经过村北结冰的大坑，跑进北面的山里。在山上看到村里的房子被烧，烈火熊熊，浓烟滚滚。乡亲们悲怆的哭喊声，一直深深印在我的脑海。对日本侵略者的强烈仇恨，在我幼小的心灵里生根发芽。"

有一次，日军突然进村，我的姥姥刚将年迈的老人藏到玉米垛里后，自己来不及躲藏，就和年幼的舅舅随着村里老百姓被赶到村口，周围日军架着机枪，一片杀气。姥姥拉着舅舅的手小声说："如果鬼子开枪杀人，我就趴在你身上护着你，你不要乱动。要是妈妈被打死了，你也不要慌，等日本兵走后，再回家去找你爷爷。"书中写道："那一场死里逃生的经历，我永远不会忘记。侵略者的凶残和母爱的伟大，一直激励着我后来勤奋学习，努力工作。"

在书的扉页，舅舅亲书"长城永固，祖国万岁"八个凝重的大字。在全军书法展中，他也多次挥毫写出类似内容的条幅展出。在这里，长城已经不是历史意义的物化长城，而是中国战略火箭部队钢铁洪流的象征，是一种坚不可摧的战斗意志和国家力量。祖国的称谓，则表达了对一个民族和国家的深厚感情。

出生在祖国东部的长城脚下，长期转战西部的长城另一端，舅舅的一生始终与长城相关，用毕生精力锻造新中国国防力量的钢铁长城。

1958 年 9 月 1 日，舅舅考入北京八大院校的北京航空学院，这是以清华大学航空学院为主，吸收有关院校航空专业新组建的院校。周恩来总理曾批示，为建设强大的空军和航空工业"急需办一所航空大学"。当年迈进学校大门，映入眼帘的是巨大红色横幅：

本书作者的舅舅、原中国人民解放军第二炮兵司令员杨国梁上将。

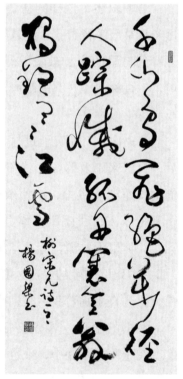

杨国梁上将书法作品。

"欢迎你，祖国未来的红色航空工程师"。这句话像火炬，在这些年轻学子的心中燃烧起来，心中充满了发展国家尖端科技事业的使命感。学习期间，聂荣臻元帅、张爱萍上将等都来校看望他们，周总理在他们毕业时，在人民大会堂和他们见面并发表讲话，对他们寄予厚望。

北航的火箭导弹系各个专业都是绝密，进出教学区要凭证件，上课和晚自习时由专人去保密室取装有教材和讲义的书包，下课则送回保密室。一次大家在报纸上看到苏联组建战略火箭军的消息，首任司令为涅杰林元帅，同学们纷纷议论：苏联真厉害，我们中国将来也会有战略火箭部队，我们同学中也许能出一个战略火箭军的司令呢……

1963年9月，舅舅分配到我国第一个导弹综合试验发射基地，即后来的酒泉卫星发射中心。1971年9月初，我国首颗洲际导弹试验发射时，舅舅作为司令部作训处科长，是进京向周总理汇报的几人之一。总理当时详细看完汇报人员名单，特意问排在最后一名的"杨国梁是谁呀？"并询问他是哪个学校、哪个专业毕业的，以及对发射有什么看法。在听完汇报后，周总理和李先念、叶剑英、聂荣臻等招待大家一起吃晚饭。洲际导弹的成功发射，使我国从此有了拥有可以指向地球任何一个角落的"倚天长剑"。

1995年7月、1996年3月我国两次对台湾附近海域进行导弹发射训练演习，对台独势力实施军事打击威慑，舅舅此时任二炮司令员，受命担当发射导弹实弹的指挥任务，在海空军的配合下，发射有力震慑了台独分裂势力，实现了党中央的战略意图，配合了国家的政治和外交斗争。两次连续发射引起国际社会强烈反响，台湾股市下跌，岛内出现抢购现象，外电评述这是大陆向台湾发出的最严厉警告，再次向世界表明了反对和遏制台独的坚定立场……这本完全纪实性的书，不仅对作者本人，也是对火箭军发展历程的忠实记录。

"有一种花儿名叫马兰，你要寻找它，请西出阳关，伴着那骆驼刺，扎根那戈壁滩……"远在西北的罗布泊大漠，有一个以马兰命名、而后是酒泉的核基地，这个以生命绝地绽放的野花来命名的我国第一个核基地，可以理解为一个民族经过无数次艰苦磨难，衍生出的壮美奇葩。历经几十年厉兵秣马，从空爆、地爆到地下核试验，中国的核力量不断跨越式发展，已成为祖国安危的屏障、维系世界和平的重要砝码。

舅舅连续荣任四届中央委员，曾是最年轻的上将和军兵种正职。从他成长发展的历程中，我感受到两个最显著的特点。一个是他严格的保密观念。他生性是个内向低调的人，加之从事专业技术的高度保密性，使他更加内敛寡言，对外少于交际往来，讲话从不涉及保密的人和事。他说，保密事关国家利益，影响到未来军事斗争和战争胜负，"保密就是保生命，保密就是保胜利"。他不但用此教育部队，也时刻警示自己绷紧保密的弦。当年他大学毕业后，被分配到马兰基地，火车走了几天几夜，下车时一片荒凉，他们都不知道这方是哪儿，这时一位随车的参谋对他们说：从现在开始，你们看到的一草一木都要保密，不能向外透露，对家人也不能说。这些学生兵说，我们在学校里已经进行保密教育了！参谋回答说：真正的保密现在才算开始。基地建设初期，美国 U2 飞机经常到我国大西北侦察窥探我国导弹、原子弹的研制试验情况，我方多次用地空导弹进行拦截。

舅舅的另一个特点是超出一般人的精细和勤奋。他说过这样一件事，也算是教训：在一次重要发射前，周总理要听取专门汇报，要求基地领导当天下午乘专机赶到北京。舅舅急忙把有关材料进行了综合准备，交给了时任司令员李福泽。李司令考虑到为了汇报更清楚，还应准备一个示意图，这时已快到去机场的时间，舅舅急忙找来一张较大的纸，亲自画出了图纸。第二天，李司令返回基地，在传达周总理有关指示后，他个别地对舅舅说，总理对示意图看得很仔细，但说了一句：这个图画得不太符合比例，你们搞科学的可要讲科学啊。这实际上是批评了我们，今后我们应该注意。舅舅心里当时很不是滋味，当即表示要牢记总理的教诲，今后一定注意严谨细致。几十年中，舅舅多次向机关干部们讲述此事，要求树立严谨细致的作风。他退休后研习书法，既有精细又见其勤奋。他本来在书法上有"童子功"，因为我的姥爷当年是乡村教师，人称"杨先生"，那时村里的人们过年都请他写门联，家里的炕上堆了一卷卷乡亲们送来的纸，四五岁的舅舅从那时就耳濡目染，起笔练字。退休后时间充足，他捡起了这个过去的爱好，每天看帖、临帖、练字，每天在书房不下十个小时，各种字帖堆放一起不下一米高，真是到了如醉如痴、废寝忘食的程度。他的正草隶篆十分专业，书法作品没有一点"老干部体"，在每年军博组织的全军书法作品展中，都名列前茅。但他总不满足，作品从不轻易示人，出了几本字帖也只是送给一些熟人，用于研习和交流。

　　我有幸参加了书稿的一些编纂工作，深刻体会了上一代人艰苦奋斗的时代精神，也觉得一个人的社会活动和特定风格，常常表现出完全相悖的矛盾性，可以融合多种个性特征。比如，舅舅出身书香门第、温文尔雅的学者风范，却掌管着世界上最具杀伤力的核武利器，这是多大的心理反差啊！他在个人生活上极其简单，家务上的一些事情常常听从我们的意见，但在工作上却极有主见，没有丝毫的宽余。他是个极有性情的人，上大学时是学校文艺队成员，至杨国梁上将书法作品。

今感慨当年带到酒泉基地的一把二胡后来不知哪次搬家时没了去向，很是遗憾，这和他几十年军旅生涯的严肃性充满矛盾，很值得探究溯源。

在浩繁的史料中，重笔记下过去抗战时期的历史断面，说明我们的家园曾经遭到过践踏，我们的民族曾有过十分惨烈的抗争。新中国成立时，周恩来坚持让国歌中保留"中华民族到了最危险的时候"这句话，是告诫我们要享受和平的阳光，也不忘昔日的阴霾，强大的战略核力量，将让祖国的长城永固，和平的钟声永远回响。

在历史影像中读龚澎

> 龚澎是中共历史上最富吸引力的女外交发言人之一，革命家的风尚并不排斥蕙质兰心的性情。

在电影《建国大业》中，活跃着新中国第一位新闻发言人龚澎的身影。她出席第一届政协筹备会议，与宋庆龄和毛泽东合影，穿行在新中国的外交风云中。记得著名电影人韩三平曾感叹："龚澎的高雅气质，使现在饰演的演员，再清新靓丽也望尘莫及！"我曾对龚澎的女儿乔松都进行访谈，当时，乔松都身体欠佳，但谈起母亲仍禁不住动情，在她所著的《乔冠华与龚澎——我的父亲母亲》这本书中，以独特的视角和情感，追忆了龚澎的奇美人生。

龚澎出生于安徽合肥，1935年在北京参加一二·九学生运动，翌年加入中国共产党。北京大学历史系毕业后奔赴延安，后调任重庆《新华日报》任记者、中共驻重庆代表团秘书。在重庆的数年生活中，她接受周恩来的直接领导，是中共党内第一位新闻发言人。

龚澎缜密的思维和聪明才智，特别是她追求正义的献身精神，赢得了外国记者的广泛钦佩。她善于处理棘手事务，协调与国际人士之间的复杂关系，被称为周恩来最得力的外交助手。哈佛大学教授费正清以美国国务院文化官员的身份来到重庆。他在回忆文章中写道："龚澎的性格里既有青春的朝气，又有对事业的坚定信念，还有记者特有的敏锐观察力和幽默感。在1943年弥漫在重庆的沮丧而单调的气氛中，她充沛的生命力使人如同呼吸到了一股新鲜空气。"

在国共纷争的战火岁月里，龚澎有力伸张了中共的正义主张，许多中外友人通过认识龚澎而给予中共正确的认识。费正清写给夫人的一封信仍可佐证："龚澎对她所认识的每个人都产生一种驯服功能。布鲁克斯·埃特金森感到了她那奔放的热情，别的记者更不用说了。纽约先驱论坛报记者约瑟夫·艾尔索普因她的魅力而发狂，美国哥伦比亚广播公司记者爱律克·萨瓦昂莱德见到她就容光焕发。菲利浦·司普劳斯则是暗自表示倾慕……主要是，她具有像你一样善于同人交谈的品质。"

1943年，龚澎和乔冠华在重庆结婚，毛泽东赞誉他俩是"天生丽质双飞燕，千里姻缘革命牵"。龚澎既有细腻的感情，又有远大的理想并勇于实践。新中国成立后，龚澎任外交部第一任新闻司司长。我一直认为她是迄今最有人格力量，也最有吸引力的外交部发言人。

乔松都在书中着重展示了龚澎在周总理的教诲下，由一个年轻学生走向新闻和外交舞台的卓越才华。她两次出席日内瓦会议，跟随周总理出访亚非14国。周总理每次接见记者前，龚澎都用简短的语言向总理介绍对方的背景和政治态度，提示有关问题。有时周总理把她叫到自己的车里，在路上听她介绍情况。

1966年"文革"时期龚澎在外交部受到批判。在一次会议上，周总理落座后大声询问："龚澎来了没有？你过来坐在前排！"他还大声说："龚澎怎么可能是三反分子呢？"有一次龚澎因高血压去医院开了三天假，但只获准一天，总理得知后立即通知她休息五天。龚澎住院时，周总理亲临看望并在病床前为她把脉。

近年出版的许多人物传记中，不堪完美的记录常因为写实而受到人们的称赞，比如张胜写他父亲张爱萍的书《他从战争中走来》、刘源写他父亲的书《告诉你真实的刘少奇》都涉及了人的多个侧面，包括不尽完美的方面。因为人是立体和多元化的，如果把人物写到尽善尽美的极致无疑令人大倒胃口。乔松都写的父母就是这样的鲜活形象，许多时候龚澎补救和修正了乔冠华的偏执和个性。书中龚澎的形象远胜乔冠华这个书生型的革命者，两者相得益彰，再现了历史的真实。

1970 年 9 月 20 日，龚澎病逝后的翌年 9 月，乔冠华作为第 26 届联大中国代表团团长在联合国讲坛上演讲。在那张著名的"乔的大笑"照片的背后，有一双明亮深邃的眼睛在注视着他，那就是献身新中国外交事业的龚澎。至于乔冠华后来的是非曲直，就是另外一段历史故事了。

为政为文两从容

> 人不求全，求全则天下无可用之材；文不求同，求同则
> 天下无可读之章。

综观当代中国报人的历史，范敬宜的经历可谓十分"传奇"。1951年，他在上海圣约翰大学中文系毕业后，奔赴辽宁一家报纸当助理编辑，六年后因文获罪，开始了长达20年的劳改生涯。1979年，重返新闻岗位后任《经济日报》、《人民日报》总编辑。而后，以古稀之躯，执教清华，成为全国新闻院系年纪最大、级别最高的院长。

"我是没有正式学过新闻的！"在北京万寿路的清香林茶楼里，范老点燃一支烟，开始了我们的聊天。

"离基层越近，离真理越近"

1957年，在当时《东北日报》（《辽宁日报》前身）工作的范敬宜因为两篇杂文被打成右派，送到农村劳改。1966年"文革"开始，他又被批斗了两年多。后来，全家下放到辽西最贫困的农村。

1978年春天，范敬宜在辽宁建昌县以"右派"身份入党，当时

的县委书记马汉卿在常委会上说："我看了他所有的档案，认为他没有什么大的错误。如果将来认为我们吸收他入党是错误的话，我首先戴高帽、挂牌子去游街。"他担任《人民日报》总编辑后，有一次见到了曾任中组部部长的中央政治局常委尉健行，尉健行对他说，你当时可是个特殊的例子啊！

所以1984年9月范敬宜调到北京，第一次进人民大会堂出席国庆招待会，踏上铺着红地毯的楼梯时，他的心情不能自已，每走一级台阶，就想一个有恩于他的人，直到走完所有62个台阶，他心中要感念的人还没有想完……

1979年，他在《辽宁日报》写了很多反映农村变化的报道。到该年4月份的时候，情况发生急剧的变化，社会上刮起了一阵否定三中全会精神的冷风，说是政策过头了。后来才知道，这是"凡是派"搞的"倒春寒"。他回忆说，当时《辽宁日报》收到的来稿几乎都是某某党支部率领群众向资本主义势力进行回击的内容。

为了弄清究竟是怎么回事，他和同事分头下去调研，他去了自己最熟悉的建昌县，这里是辽西最贫困的山区。采访结束后，他根据所见所闻写了一篇《莫把"开头"当"过头"——关于农村形势的述评》，登在1979年5月13日《辽宁日报》的头版上。

没想到发表后第三天，他还在外地农村继续采访时，当地一位宣传干事突然跑来对他说："今天中央人民广播电台全文广播你的文章了，《人民日报》在一版头条转载，还加了很长的编者按！"范敬宜摸不着头脑，赶紧搭一辆卡车，赶到县里。当新闻重播时，他听到中央台播音员播送《人民日报》的编者按："作为新闻工作者，要像《辽宁日报》记者范敬宜同志那样，多搞一些扎扎实实的调查研究，用事实来回答那些对三中全会精神有怀疑、有抵触的同志"，百感交集。

范敬宜书写的李白《将进酒》。他多次笑称自己只是写字的，称不上书法家。

第二天一早，他赶回沈阳，一位副总编辑告诉他：省委第一书记任仲夷前天下午到报社来，想见见写这篇文章的作者，可惜你不在。

谈起这段往事，范老显得极平静，一切都像发生在昨天。"历史长河中经常会出现各种各样的曲折，甚至是逆流，但是千回百转最后还是顺应老百姓的愿望。所有的历史都是这样的。"范敬宜深沉地说。

"学会说话"

范敬宜说："做新闻工作的人，有许多违心的时候，完全不违心是不可能的，但至少有一点是可以做到的：知道一件事情对老百姓有什么不好的影响，就不要做得太过分，不能够抵制的话，起码不要那么瞎起哄。"

曾经有人问范老，今天的年轻新闻工作者应该继承哪些传统？他说，最重要的一条是实事求是。"新闻报道中炒作成风，造假泛滥。至于合理想象、添枝加叶，就更不在话下了。这让群众怎么相信我们的报道？"他曾告诫《人民日报》的记者们，不要眼睛总盯着《人民日报》那0.2平方公里，而要看到960万平方公里。

作为《人民日报》的前总编辑，范老对一些先进典型报道颇为不解，认为这些报道把先进人物说得使人难以相信，难以学习，结果适得其反。比如，他印象很深的一篇人物通讯开头就说："他，在父母面前不是好儿子；在妻子面前不是好丈夫；在儿女面前不是好爸爸；可是，他在工作中确实是万人称赞的好党员、好干部"。又如，某报道说，一个好法官晚上回到家里，发现老母亲收了人家的两条鱼，逼着7岁的女儿扶着70多岁的老奶奶，冒着瓢泼大雨给送回去。

"这种对先进人物的描写，究竟是美化呢，还是丑化呢？"范老反问。

　　作为新闻工作者中的资深前辈，范老经常提醒编辑、记者们要"学会说话"。这里所说的"说话"，指会说群众能听懂、能接受、能入耳入脑入心的话。

　　有一次他从郑州乘火车回北京，一路上憋着没有抽烟，等到车过丰台，列车员开始打扫车厢，他问一位女列车员："现在可以抽烟了吗?"女列车员态度非常和蔼地说："什么时候都可以抽，不过要劳您多走几步，到两节车厢之间去。"范老一听就笑了，明明还是不允许在车厢里抽烟，可是说得委婉动听，去掉一个"不"字，效果要好得多。

诗书画三绝

　　在新闻界，范敬宜当是"三绝"式人物，诗、书、画无不精妙。季羡林先生生前甚至以"四绝"称之，理由是：范敬宜还了解西方文化，"是古人难以望其项背的"。

　　新华出版社出版的《范敬宜诗书画》选录了他从 13 岁起的约百件诗词、散曲、书法和国画作品。范敬宜曾就读于唐文治先生创办的无锡国学专修学校，那里汇集了一大批精于文史哲的学者、教授，如周谷城、钱穆、朱东润等，浓郁的国学氛围，培养了范敬宜身上优秀传统文化的根基。冯其庸先生曾大加推崇《范敬宜诗书画》："以诗而言，情韵相生，久读不厌；以书而言，功夫深厚，出笔就见法度……"

　　范敬宜在《范敬宜诗书画》的自序中说："物艺相通，诗、书、画作为一种'余事'，对我的新闻生涯产生着潜移默化的作用。它们经常在我审时度势、谋篇布局之际，给我以灵感，给我以启发，其中的妙谛，只可意会，无法言传。"他讲过的组织报道要前后呼应、发稿要连贯并形成气候、用材料要如同巧串散珠、版面上要硬软搭配和长短相宜等，大概都缘此而发吧。

范敬宜始终记着老报人吴冷西对他说的话：毛主席在报人中最佩服的是张季鸾，因为他既有政治头脑，又是倚马可待的大手笔。范敬宜回味其中，深有感触：从近百年的中国新闻史来看，凡是杰出的新闻大家，几乎都是杰出的文化人。历史上的王韬、梁启超、章太炎、张季鸾、王芸生以至瞿秋白、邹韬奋、范长江、恽逸群、胡乔木、邓拓、乔冠华等，个个都是政治家，又都是学养丰厚、才华横溢。

范敬宜是个性情中人。他与新华社原社长穆青神交久矣，平日无多来往，内心似有感应，两位中国最大媒体的新闻官，相互引为知音。1996 年 5 月，穆青的《十个共产党员》一书由新华出版社结集出版时，请范敬宜作序，并说："我相信你会写好，因为你也是个感情丰富的人。"范敬宜则说："穆青是个用最底层的事感动最高层的人。他有许多记者不曾享有的幸福。"

"求同则天下无可读之章"

作为总编辑，范老也经常听到一些"小报告"，比如说某某人有"毛病"，某某人的文风不怎么样，等等。后来他总结了两句话："人不求全，求全则天下无可用之材；文不求同，求同则天下无可读之章。"

在他对"总编辑"的理解中，特别强调"担担子"。他说，新闻工作是有风险的，出问题是很正常的。"有时比较尖锐的东西，登出来以后会遇到种种问题，有的人告状，有的人批评。这时，你作为领导，必须把担子、把责任承担下来。最怕当总编辑的到这时候说自己不知道，那就会给记者留下一辈子的创伤。"

有很多人在范老心中留下了深刻的怀念，其中最突出的是改革开放初期任辽宁省委第一书记的任仲夷。"他是一个十分有肝胆的人，也是十分重感情的人，很少说官话、套话，虽然身居高位，但对下情十分了解……"

范老还回忆说，改革开放初期，大约是1980年前后，辽宁的大连歌舞团到上海去演出，演员拿着麦克风边走边唱，当时上海的报纸就评论说，这叫"资产阶级腐朽的台风"，"腐朽的港澳台风"，成篇累牍，连续报道，有的地方也跟着起哄。

对此，范敬宜在一个适当的机会向任仲夷作了汇报，任仲夷沉默了一会儿，忽然问道："关于这个问题马克思怎么说的？"范敬宜说马克思恐怕也没有这方面的论述。任仲夷说，那好吧，既然老祖宗也没有说走着唱就是资本主义，站着唱就是社会主义，共产党省委只管唱什么，不管怎么唱！

身前忧乐身后名

2006年6月，我的作品集《走读时光》出版前，想请范老作一个短序。把有关书稿辗转送给他后，一个多月杳无音讯。突然有一天，范老打来电话，约我在他家附近的清香林茶楼喝茶。甫一落座，他笑着从随身带的书包里拿出一个档案袋，再从里面取出几张稿纸交给我，说终于完成这个文债了。

这个序言的题目为《呼唤新的新闻文风》，开篇写道："罗海岩同志把他将要出版的散文随笔集《走读时光》书样寄给我，嘱我为它写篇序言。当时我痛快地应承下来，没想到会拖到今天才拿起笔来。现在，除了向他表示深深的歉意外，唯一想为自己辩解的理由是：一直在希望容我好好想一想。"接着他在文中讲到了我国古代的"文"与"质"之争，讲到了新闻和文学的互动，并给我许多鼓励。为了记叙这次会面，我写了《在清香林茶楼》一文，作为那本书的后记。

2009 年 8 月 19 日，《南方周末》用近一个版面刊发我写的《范敬宜的新闻人生》一文，多家报刊转载。这时有一家全国性的报纸，以"骑自行车的正部级干部"为题，摘录了部分内容。范老看后急忙打来电话更正：过去我是一般不用车的，可最近身体不太好，用车可多了！他还说，最近身体不太好，不定哪天就突然不见了……几天后，我和他又在清香林茶楼见面，临别时，他突然对我说，我几时给你画幅画吧！我赶紧拒绝：不劳您的神，写几个字就行了。

范老逝世后，众多报人、学者撰文追思，一首署名"云杉"的诗挂在人民网首页："生前忧乐身后名，为政为文两从容。满腹诗赋生花笔，江南才子不书生。"为什么范老会赢得这么多人发自内心的怀念呢？是因为他在许多方面与许多人不同。

中国新闻史上杰出的新闻大家，几乎都是杰出的文化人。从章太炎、梁启超、张季鸾，到瞿秋白、邹韬奋、范长江等，这些人既敏于政治，又学养丰厚，政治家的深沉与文学家的飞扬融合起来，政治品质和文化修养在他们身上得到了完美统一。在我们过于强调新闻的意识形态属性，而忽视新闻的文化属性；只讲政治家办报，而否定文化人办报的时候，看看范老既磅礴和深邃，又文气而儒雅，真如独秀而出的艳丽之花。他一生机智灵活地游刃于为文和从政之间，警醒于政治，厚积于文化，并获取了最大限度的自由。

那个被称为"穆老头"的人

穆青的新闻和文学作品是中国半个多世纪进程的忠实记录，他最后的岁月连接着他的一本本著述。

2003年10月10日子夜时分，京城暴雨倾盆。谁也没有理会在雨中有一辆轿车从首都机场向北京医院疾驰，车上的人们在心中默默祈祷：一定要赶在老人闭上眼睛之前看一眼新书！车子停在医院住院部门前，人们怀揣墨迹未干的新书，拾级而上，走进了那个熟悉的房间，向已处弥留之际的老人报告新书已经出版的消息。三个多小时后，老人溘然而逝了。

这位老人就是我国著名的新闻工作者、新华社原社长穆青。送书人就是新华出版社参与出版穆青著作的责任编辑。从穆青感到去日不多，提出整理自己的书籍，到新华社党组下达出版任务，历时半年多的时间里，穆青一遍遍审阅书稿书样，总想把这最后一件事情做好，给人们留下完美的印象……当他的生命放心地远去的时候，他的几本书稿应时而生，恰是对他一生的展示和总结。

2002年9月，"穆青摄影展"在成都闭幕后，穆青感到肺部时有阵痛，检查发现已有癌细胞在游荡，需要马上手术治疗。10月18日，他参加党的十六大闭幕式合影后，第二天即住进医院，并进行了肺部手术。

因癌细胞扩散，手术已经无能为力，况且穆青已年届八旬。虽然人们对穆青严格保密，但他体力日感不支，经过认真考虑，他向前来看望的新华社领导同志，提出了整理出版他的几本书的愿望。

在长达60多年的新闻生涯中，穆青采写了数以百万字的各类作品，教育和影响了我国三代人的成长。他一直认为，精神产品至高无上，唯有作品才是一个人的根本财富。现在留给自己的时间不多了，应该把宝贵的财富留给后人。

一方面千方百计组织救治，另一方面抓紧编辑出版他的著作，而后者就是穆青生命的兴奋点，是医治他病情的一剂良药。新华社党组了解穆青的心事，立即部署编辑事宜，抽调专人编辑整理《穆青通讯》、《穆青论新闻》、《穆青散文》三本书，同时要求新华出版社抓紧出版正在编辑整理的《穆青书法》和《穆青摄影》。在"非典"横行的几个月里，社领导召集国内部、国际部、对外部和出版社等部门领导戴着口罩进行座谈，落实编辑出版事项。

屈指算来，穆青先后在新华出版社出版了10多本著作。当年他的《十个共产党员》一书组稿完成后，一家出版单位辗转前来约稿，穆青回答说，我的书都是在自己的出版社里出啊！此次参加编辑出版的同志精心编辑，不舍昼夜，多次到家中请教和看望穆青。此时的穆青，因为身体不好，谢绝了许多来客，但多次嘱咐家里人：只要是编书的事来电话立即叫我，有人来谈出书的事时，一定要热情接待人家。

在浩如烟海的作品中，怎样收集和编辑成书，穆青自有他自己的想法。他给大家讲了几点原则：作品不是文稿的汇编，一些在个别年代里起作用的应景文章不要收入，有关名人和领导人的稿子要少，不要丢掉反映老百姓生活的内容；标题和内容基本不动，要维持原貌。后来，他在统览《穆青通讯》、《穆青论新闻》和《穆青散文》三本书的目录时，看到有些文章篇幅较长，就建议适当删减，别耽误读者时间，或做个提要，以方便阅读。

《穆青书法》和《穆青摄影》两本书，从内容到形式都表现了穆青独特的审美情趣和风格，分别收入近百幅书法和篆刻作品，以及150多幅照片。两本书稿在完成编排后，穆青一张张地审视和检查，有时一幅作品要看上几分钟。看到得意之作时，常常高兴得手舞足蹈，左看右看地一声声叫"好！"见到不满意的作品时，又非常执拗地非要拿下来，等身体好些时重新改写。

编辑穆青的书稿是幸福的，也是比较容易的事，因为他和气可亲，尊重别人的意见，哪怕别人说错了，他也只是笑着摇摇头而不轻易批评。同时，编他的书又很不容易，因为他的要求高，从内容到形式都有个基准线。"聊发少年狂"的穆青，有时像老小孩一般可爱可亲。当范敬宜应穆青之约，写来《正气浩然上笔端》的序言时，穆青一遍遍地阅读，喜不待言，嘱咐编辑一字不改。

新华社党组召开会议，列出分阶段出版穆青著作的具体日程。决定由著名记者冯健审定《穆青通讯》、《穆青论新闻》和《穆青散文》。穆青挚爱的《穆青书法》和《穆青摄影》两本书，要加快编排修改，选取国内最好的印刷厂准备付样。

病魔和老人、编辑们在拼搏中赛跑，一边是狂虐而肆意的侵蚀，一边是严谨、静谧的推敲和商讨。后来，穆青病情骤变，不得不再次住进医院。住院前一天的晚上，他收拾完行装，靠在床头，再次拿起电话，要通了远在深圳负责印制的编辑，了解《穆青书法》和《穆青摄影》两本书的情况，一方面表示感激和谢意，另一方面表述他企盼看到这本书的心情。这是老人生前拨打的最后一次长途电话，他用半个多小时的时间，表达了他最后的一个人生追求。

2001年11月9日，新华社召开《范长江新闻文集》首发式暨范长江奖获得者座谈会，我作为这本书的责任编辑之一，曾和出席会议的穆老合影留念，并请他和范长江夫人沈普，一起为我在新书上签名。范长江曾任新华社总编辑，曾跋涉西部数省，写过"中国的西北角"的系列报道。《范长江新闻文集》分为上下两册，收集了范长江一生的主要作品。沈普是著名爱国人士沈钧儒的女儿。她因年迈一直坐着轮椅，穆青陪着她向大家一一致谢。那是穆青最后一次参加较大规模的社会活动。

如果说新华社是中国新闻界的旗舰，那么穆青就是业界的泰斗。当他离开我们之时，他的鸿篇巨制是他留给这个世界的最好纪念。新华社著名记者张严平在几个月后，又饱蘸激情，推出了数十万字的《穆青传》。从这一系列作品中，你会想象到穆青徜徉在祖国和世界的天地山水之间。那些记录了喷薄激情的文字，那些以报道焦裕禄为代表的名作，是新华社历史上难以逾越的峰巅。

从穆青个人离开这个世界时的心情上说，他没有看到他的书籍全部出版，是一个无法弥补的憾事。但从他成规模推出的系列作品而论，堪称中国人民半个世纪前进脚步的忠实记录，我们中间迄今罕有和他比肩者。

古韵声中的燕赵情怀

面对过去，每个人都会留下属于他的一片风景，有时是引人浩叹的绝唱。

"震后遗墟上，孤灯共笔耕。墨淳君子意，笔朴梅竹风。昔日电源使，今日书海灯。华年见恨晚，白首灵犀通。"

这是我当年把自己的新书《走读时光》寄给新华社河北分社副社长侯志义，请他指正时，他用手机发来的一首诗，记叙了当年我们一起采访写作的情景。今日此情此景已为天人永隔！2021年5月我从新华社《前进报》上，发现侯老逝去的消息，不禁扼腕痛惜。

我与侯老相识于唐山地震后的20世纪80年代。唐山震后恢复建设时期，河北分社为加强唐山报道，组建了唐山记者站，侯志义作为首任记者常驻唐山，也同时负责秦皇岛市的报道。我那时任唐山发电总厂宣传部长，是当时全国规模最大的火电厂，有8000多名员工，所以和他联系很多，几乎每月都见面，在他的指导下，我尝试写出了一些稿件并被中央媒体采用。我在《人民日报》上发表的第一篇新闻作品，也是在新华社发的第一篇通稿，名列侯志义之后，题为《机械工业部在唐山发电总厂设立驻厂总代表》，促成后来许多国家重点建设工程工地，都实行了有关部委派驻代表制度，以确保工程质量和进度。

那时的侯志义正值盛年，高大的身躯，清癯的面孔，戴一副近视眼镜，十分儒雅俊朗。震后复建的唐山，生活和工作条件十分艰苦，唐山市委在机关院内分给侯志义一间宿舍，两层楼的楼下全是车库，楼上住的都是司机，但老侯并不讲条件，和那些司机们都成为好朋友。其间，他采写了唐山陡河电厂、京秦电气化铁路、秦皇岛煤码头等国家重点建设工程稿件。他后来有一首词写道："恋三载唐山暂驻。有联袂同仁，结心齐舞……"

侯志义十分敬畏和恪守职责，不是在谋划着写稿，就是在外出采访的路上。记得有一次，我们议论完稿件已是中午12点多，外面下着大雨，他拉着我一起去食堂吃饭，夹着雨衣就向外跑，食堂里的师傅见了浑身湿透的老侯为之大笑。那时到电厂采访的记者很多，有的文字生动鲜活，注重形象思维，有的行文洗练，文笔老辣，老侯属于后者。他对每篇稿子都是改了又改，哪怕是千百字的小稿子也要读上几遍、再改几次。有几次他让我先写，然后他来改，最后改成了"花脸稿"。我至今在完成稿件后，都从前到后读上一遍，就是受到老侯的传承，并受益匪浅。当然也曾有位著名播音员对我说过，稿子到手后先读一遍，如果读着语气不顺，肯定文意不畅。

我后来放弃了许多好的职业选择而考取中国新闻学院，进入新闻领域，一是国家在改革开放初期，媒体的地位和影响远非今日，而潜在的因素还出于对老侯这种人格的敬佩。那真是一段充满激情的岁月，发现和研究问题考验着每个从业者的能力和认知，和今天的传播形态已经渐行渐远。那时人们的感情也极为纯净，没有一点私念，干活是"一根筋"，让许多后人们无从去想象和理解。老侯为人正直，讲话慷慨激昂。记得跟老侯实习的一位年轻记者离婚后找了一位刚毕业的大学生，这本是个人的选择和隐私，今天看来更无可非议，但老侯多次拍案斥之。想起老侯的许多趣闻逸事，不禁哑然失笑。

我到新华社工作后不久，老侯就退休了。有的人每天见面可能也就是客气的同事，有的人多年不见仍心理相通。我和老侯的联系虽不多，但我知道，他九十高龄的母亲多年患病不能自理，老侯退休以后携妻子从石家庄搬到故居的县城，侍奉老母三年多不离形影。想到他满头白发，像孩童般为母亲喂饭喂药、穿衣服、系扣子……以诗言志记录自己的生活，真是燕赵之风如高山仰止。

我常常想，一个人的美德总是贯穿于各个方面，绝不会只在某个方面显示出奇崛。侯志义大学毕业后曾在新华社国际部工作了七年多，但夫人在石家庄工作而不能调到北京，侯志义毅然要求从北京调到河北，为此放弃了自己的专业。他笔如其人无惧无私，曾因一篇关于白洋淀环境治理的报道受到周恩来总理的接见，并获全国优秀新闻工作者称号，受到时任新华社社长穆青的嘉奖。

我和侯志义的友谊似忘年之交，过去称呼的"老侯"随着岁月变迁而变成了"侯老"。那年盛夏，老侯携夫人从北戴河回来，途经北京短暂停留。我到总社的招待所去看他，多年不见，不出几句话他就让我看他的诗集。我翻看着打印的几百首诗，涉及他几十年来的记者工作和家庭生活，都是心灵和情感的写照。由于时间关系，我们只有一个中午相聚，但谈的都是为文辛苦事，这就是老侯的风格和追求。

侯志义晚年写的800多首诗，体现了他对国家改革开放伟大进程的讴歌，以及对人生岁月的观察和思考，在闲情逸致的平凡生活中，显示出他家国天下的情怀。他深刻的历史文化造诣，使文字优雅洒脱，着笔细微独到，让人感到了一种内在的张力。他晚年历时10余年的诗作，共出了两个版本，第一本为《古韵新声》，在花山文艺出版社出版。后来三年多，他以耄耋之年，又写出200多首诗词，结集出版为《夕韵集》，我时而习之，常想到过去日子里的陈烟往事，眼前随之浮现出老侯灯下伏案，一遍遍修改稿件的情景。

在老侯当年发给我那首《五律》后，我也给老侯发去问候，表达对这位老一辈新闻工作者的敬意。有人评价说，老侯虽然后来担任了领导，但一直是个比较单纯的业务干部，我觉得这正是他宝贵且最有价值，并受到尊重的原因。凭此老侯尽管风烛残年也不减其风采。

我曾步其韵律，奉和致意：

冀东废墟上，侯老勤笔耕。

教诲多情意，纵笔有国风。

概为责任使，永为我心灯。

想见不恨晚，早有灵犀通。

厦大"校主"陈嘉庚

陈嘉庚斥资数亿元兴办教育，在厦门大学等多个校区，
至今被称为"校主"。

走出厦门高崎机场，穿过 10 余公里长的集美跨海大桥，在浓浓
的春意中，就到了著名华侨领袖陈嘉庚的故乡——集美区。国内外的
游客来到这里，都要瞻仰陈嘉庚的故居，参观他的纪念馆，游览以他
命名的公园，还有他建筑风格独特的陵寝。

2016 年是陈嘉庚逝世 55 周年，首次"嘉庚论坛"在厦门应时而生，
200 多位海外华侨莅临盛会。陈嘉庚的长孙陈立人年届七旬，精神矍
铄地穿梭于会场内外，组织和参加了多场社会公益活动。他自豪地对
我说，去年应邀来华参加抗战胜利 70 周年阅兵活动时，国家为抗战
功臣和家属授勋，他代表爷爷出席并受奖。

陈嘉庚是海内外著名的华侨实业家，曾被称为东南亚"橡胶大
王"。他更是一位杰出的教育家和社会活动家，历经中国近现代史上
由衰败到变革，再到走向复兴的历史。

陈嘉庚的青年时代，外国列强入侵，国家水深火热。17 岁时，
他远赴南洋学商，是最早走出国门的先驱。海外经营 44 年，他从一

个渔村少年成长为东南亚华侨中的工商巨子。

陈嘉庚曾目睹集美家乡孩童失学严重，感叹"吾闽文化之衰颓"，于1913年春利用旧祠堂创办了两所学校，后又策划开办女子学校、师范学校。为了发展家乡实业，他先后创办了多种专科学校，如航海学校、农业学校、商业学校等。1919年6月，他回国筹办厦门大学，邀请蔡元培、黄炎培等为筹备专员。1921年4月，厦门大学正式建成，很快发展成为文、理、法、商、教育5个学院17个专业，校区的一草一木、一砖一石，都留下了陈嘉庚的心血。

厦门大学发展初期，陈嘉庚的企业面临困局，为支付厦大的管理支出，他卖掉了在新加坡的三幢住宅，被誉为"出卖大厦，维持厦大"。别人笑他"轻财"、"孟浪"，他说"宁愿企业收盘，学校决不能停办"、"余不忍放弃义务，毅力支持"。

抗战时期，由于运营经费困难，陈嘉庚修书当时教育部长王世杰及福建省政府，表示自愿无偿将厦门大学献给国家。厦大从此改为国立大学。但延续至今，在厦门大学、集美大学等校区内，陈嘉庚仍被师生们尊称为"校主"，他的雕像矗立在校区中心广场。

陈嘉庚生活自奉至简，过着极其俭朴的生活。据子孙介绍，他每天5点半左右起床，做些运动及洗澡后用餐。每日粗茶稀饭，爱吃地瓜、米粉，还有花生米、芋头等，逢年过节和有重要客人时，才加几样菜。衣服除了两三套较好的外出礼服外，其他都穿用了多年，许多处都有补丁。正因为如此，他对当年延安各界廉洁奉公、艰苦奋斗之风敬佩之至，他考察延安后，总结了延安的"十没有"：无贪官污吏、无土豪劣绅、无赌博、无娼妓、无小老婆、无叫花子、无结党营私、无萎靡之气、无人吃摩擦饭、无人发国难财。蒋介石曾盛宴招待他，但他说重庆"无一项令人稍感满意"。毛泽东用一块多钱招待他，他

2016 年，在厦门和回国参加纪念陈嘉庚活动的陈嘉庚长孙陈立人合影。近年他正在筹拍电影《陈嘉庚》，希望广大华侨华人弘扬"嘉庚精神"，共圆民族复兴之梦。

心往系之。

1949 年陈嘉庚参加新中国开国大典后筹划建设集美侨乡，修路、修桥、建大堤，又先后兴建了十几所院校。他虽然出任全国侨联主席，后来又任全国政协副主席，但在复杂多变的国内政治生活中，始终保持自己"刚毅"的气节，认为"国家之富强，全在乎国民。国民之发展，全在乎教育"，把教育提高到爱国、强国的高度。

走进陈嘉庚纪念馆，可以看到他当年从新加坡回国时带回的属于"奢侈品"的两个旧皮箱，把手的皮带断了，被结上了麻绳。1955年，长女从南洋托人给他捎来一把丝制雨伞，两年后伞布破了，他先后让人补了三四次。几年后伞布已破烂不能再补，他让用新布换一下再用。

陈嘉庚每天到校园和建筑工地巡视，持杖走上好几里路。特别是在建设拦海大堤时，还要坐上小木船。当时的国务院事务管理局考虑到他已高龄，专门拨给他一辆轿车和一艘小交通艇。陈嘉庚却没坐过几次，他说步行可以看得更仔细更清楚，还可以锻炼身体。

陈嘉庚在《论兴学与爱子》一文中说："父之爱子实出天性，人谁不爱子？惟别有道德之爱，非多遗金钱谓之爱。且贤而多财损其志，愚而多财则益其过，实乃害之，非爱之也。"出于这种大爱，他对子孙要求严格，家风严谨清廉，财产全部捐献于集美学校。

陈嘉庚曾被毛泽东誉为"华侨旗帜、民族光辉"。后人概括陈嘉庚一生之言行，把爱国、诚毅、奉献、勤俭誉为"嘉庚精神"，这在厦门地区已是薪火相传、家喻户晓了。

王光美魂归花明楼

湖南宁乡有座造型简约的"无字碑",它让人想起许多错综复杂的历史事件,感受到人生意义的本真。

在位居国家主席夫人的风华之时,一夜间被假以罪名,投入监狱12年之久。出狱后倾其所有,不遗余力地参与救助贫困母亲的幸福工程,这就是人们记忆中的王光美。

2006年10月17日,第二届"中国消除贫困奖"在北京人民大会堂揭晓。王光美以"幸福工程"发起人身份获国家级"成就奖"。当会议宣布王光美已于五天前逝世时,全场肃立默哀,许多与会的贫困母亲代表热泪盈眶。

在王光美追思会上,当刘源代表王光美子女,把母亲的抚恤金和积蓄共15万元捐献给幸福工程时,王光美魂归何处就引人关注,因为她的丈夫刘少奇已将骨灰撒入大海,而她生前又曾六次回到刘少奇的故乡湖南宁乡花明楼乡,还称花明楼也是她的家乡。

王光美逝世后骨灰一直保存在刘源家中,后来才由子女们安葬在花明楼。那是花明楼景区一个鲜为人知的山坳,山峦环抱,松柏叠翠。一块洁白的大理石和一块褐色大理石前后组合的墓碑,庄重而隽秀。白色大理石上只有两个如同剪影般的刘少奇和王光美侧面头像，象征着刘少奇、王光美一生风雨同舟，共同走过生命的历程，信念忠贞坚如磐石。略小的褐色大理石上，雕刻着紧紧握在一起的两只手，使人想起当年刘少奇和王光美在受到不公正的批斗时，王光美奋不顾身冲上前去，和刘少奇的手紧紧握在一起。墓碑上空无一字，更无多余装饰，却似曾写着千言万语。

这就是王光美传奇人生的最后归宿。墓碑由中央美院著名教授张得蒂设计，刘家的几位子女共同竖立。据说当地政府想借机筹备纪念性的典礼，刘源等子女们回应说："这是我们自己的家事，就由我们几个子女来办吧！"虽然没有发布消息，但王光美的归宿地很快成为人们参观瞻仰之地。

花明楼景区内有刘少奇纪念馆、故居、雕像广场、花明园等众多景点。1961年5月刘少奇和王光美回湖南调研时，曾在这里住宿多日和办公。纪念园区里最庄严、肃穆的高大建筑当属7.1米高的刘少奇铜像，寓意少奇享年71岁。在王光美墓区可遥望远方矗立的这尊铜像。而在百米外，还有一座古朴典雅、高达五层的花明楼。据清代《宁乡县志》载："昔有齐公，择此筑楼，课其二子攻读其中，闻楼上书声琅琅，楼下柳暗花明，遂将其取名为'花明楼'。"这与王光美高尚的情操、完美的人格魅力正相吻合。

王光美生前曾不顾八旬高龄参加刘少奇铜像揭幕和广场竣工典礼，而今花明楼最终接纳了这位历经风雨、阅尽沧桑的伟大母亲。出广场前行，沿山下的小路走上几百米，穿过一方水塘，一条石径通向前方，尽头的花岗石台阶上，大理石块围成了秀美的圆形草坪，那尊大理石碑就静谧地矗立正中。这尊内涵丰富、形式简约的"无字碑"，让人想起许多错综复杂的历史事件，感受到人生的本真与自然。

　　2010 年 6 月，本书作者所著《王光美私人相册》由新华出版社出版。王光美之子刘源看到样书后打电话问作者，封面"王光美"三个字是谁题写的？作者说这是刘少奇同志手迹，1962 年春节送给宋庆龄的贺年卡上，有"刘少奇、王光美"的落款。刘源表示感谢。

　　王光美的后半生尤其浓墨重彩，无怨无悔而宽厚淡泊，因诸多善举而显示出近似圣洁的胸怀。在她家里当了50多年老保姆的赵阿姨说，这些年光美的兜里不能超过10块钱，有了就要捐出去，她早就没有了钱的概念。她曾把丈夫的所有稿费和补发工资全部上缴党费，把家中祖传的六件宋、清时代藏品拍卖56.6万元，全部捐给幸福工程。后来她在家中看到了其中的一件，问女儿怎么回事，女儿说："我想留下一件作为姥姥的念想，是花了8万元买回来的。"王光美轻声说："你想留下为啥不和我说呢！"女儿转身要走时，王光美叫住她："你回来，我要跟你说句话：感谢你支持幸福工程！"

　　我在2010年出版的《王光美私人相册》一书，只是匆匆拉开了一个历史人物的帷幕，四年后的一个夏天，我赴湖南参加调研时，专程赴宁乡花明楼参观瞻仰，并补充了有关素材。王光美墓区针对景区特点，设计严谨简约，注重细节表达，寓意十分丰富，园区内各景点互为印证，使园区内容增添了遐想的神韵。绿色的山谷中万类静谧，水面波澜不惊，却似飘荡着历史的烟云。我想，许多精心制作的有轰动效应的人物"大片"，都会在王光美的故事面前叹为观止。

遥想邓公决策时

改革恰似"分娩式"的痛苦，有时又如刮骨疗毒。

在一篇党史资料中，看到当年中国恢复高考制度的过程中，邓小平运筹帷幄，力排众议，勇于拨乱反正的坚强信念。作为感同身受的经历者，记此以防后人遗忘那段悲怆混乱的历史，以防未来出现各种模糊认识和错误思潮。

史料载，十年"动乱"已近尾声，但教育制度的改革无人敢踏入高考的雷区。彼时，全国高校招生不进行学科考试而采用所谓的基层推荐制，在世界上绝无仅有。但因历时10余年，且有曾经的最高指示为尚方宝剑，革除这个"怪胎"极为困难。邓小平提出拨乱反正，变基层推荐为考试录取后，有关部门说此事不成熟，条件还不具备。邓小平生气地表述，你们再想想能否办这件事，如果不能办，我知道谁能办！

实行全国性考试招生终于确定，但没有足够的纸张印考卷，说明多年人才积压，报名者众多，也说明十年动乱已使中国的经济濒临崩溃，物资供应极度匮乏。此时，邓小平再次拍板：暂停印刷《毛泽东选集》，把纸张用来印考卷，以确保按期组织考试。

20世纪70年代末，真是一个百废待兴的蓬勃年代，一切都是开创和奠基性的工作。77 级大学生入校时已是 1978 年 3 月，只比 78 级早五个月。从此，世界普遍实行的、中国也有几千年历史的考试制得以恢复，一代代优秀人才从此遴选而出，多少埋没的人才被挖掘出来，成为后来国家的栋梁。当年我进入中国新闻学院国内新闻专业就学时，班上同学的年龄从 23 岁到 38 岁不等，就是历史的后遗症。

恢复高考制度当属历史性的功绩，但邓小平作出上述决策时长袖善舞，尽显雄才伟略，不愧是杰出的政治家和战略家。他宽阔的胸襟迸发出改革的伟力，锐不可当，至今我们还都行走在他开辟的改革开放的康庄道路上。

治国理政必须要有锐意担当的气魄，背水一战常会激发出超常的力量。许多事情非不能也，是不为也。某电视台有个节目叫"锐观察"，我认为推进中国的改革发展，就需要一个披坚执锐的开拓精神。

涉险滩、啃骨头的改革创新，呼唤一种大无畏的英雄气概。记得过去只要有揭露性的报道，总会有人用宣传纪律来进行约束和指责：问题报道太多了，不如正面报道效果好，不要有太多阴暗面的感觉。殊不知这些问题，你看到了，人民群众也看到了，你不去尽所能地批评和揭露，却瞻前顾后，粉饰太平，就等于认同了沾在身上的污渍。其实公开揭露一些社会的阴暗面，让阴暗者得到鞭笞，让更多人得到教育和警醒，会有什么大不了的呢。

改革的坚定步伐，体现了坚定的信仰和胆识。国内各项改革的广度、深度、力度前所未有，涉及党政军和社会发展的各个方面，几十个领域、几百项的改革措施，是向全国人民的郑重承诺，也是面向历史的庄严宣告。深刻的社会革命，呼唤着邓小平当年改革高考制度的勇气和作为，统筹谋划，高屋建瓴，抓住核心关键问题，删除庞杂末节，着力推进国家治理的现代化。

报载 2008 年北京奥运会时，国家领导人也曾提出一切工作在
2008 年 8 月 8 日前必须完成，一切按国际奥委会的规则来进行。正
是在这种高度负责的原则性指引下，那次奥运会中国取得了巨大
成功。

邓小平的决策还有个鲜明的特点，就是极其简约易懂，清楚明
了，要语不繁而一字千钧，毫无繁文缛节和貌似深奥的理论特征，使
下面的人便于理解和执行，具有很强的操作性，这些都是社会的广泛
认知了，这也是他之所以超越凡人、俗人而成为伟人的标志。

拿破仑说，战略就是运筹时空。运用辩证法则推进改革，注重各
系统和领域的集成联动，善于从纷繁复杂的事物中把握规律，纲举目
张，义无反顾地迎接改革过程的"分娩式"痛苦，就会迎来呱呱落地
的丰硕果实。

每个人都是呐喊和沉默的统一

一个人的诞生始于呐喊，终结于沉默。其一生的经历都可以看作从呐喊到沉默的中介过程。

在陈云同志百年之际，我曾组织出版了《陈云家风》一书，意在表现寓亲情和友情的真实的伟人情怀。作为前中共高级领导人的陈云，其思想和品德自为后人景仰，但我记忆犹新的是由此推衍的政治家的另一面，那是一种细腻而沉默的性情。

成熟的政治家们大都谨言慎行、自律内敛，以此为行事处世的准则。尤其是他们处在人生逆境和面对重大事件时，显示着"沉默是金"的力量。

陈云从 1934 年起一直居党内高层，到党的九大时，随着中国政治风云的日趋严酷，他的"官"越做越小，只保留了中央委员的职务。在许多不可抗因素面前，他选择了也许是当时最明智的办法：在思考中保持自己的思考和沉默。从 1962 年到十年"动乱"结束的 10 多年间，他以谨言慎行应对日趋恶化的政治环境，有时甚至自安一隅。书中介绍，那年夏天，他向党的主要领导人提出反对经济上冒进的意见，对方对他两个多小时的陈述未置可否，他预感事态难以扭转，于是打点行装，到北戴河长期休假。中秋节后，海边冷寂萧瑟，他才回到北京。经过短暂的静观时局之变，他又转道杭州休假，看书、调研、听评弹，在狂飙突进的岁月里，保持着赋闲雅士之态。他的沉默和中国大地上的聒噪形成了鲜明的反差。后来的实践证明他的观点是对的，他采取的应对方法也明哲而适时。

就经济调整而言，毛泽东曾这样评价陈云："真理在这个人手里。"看来有时候适度地保持沉默，不是畏于压力，消沉和逃匿，而是坚信并努力推进事物向好的方面转化，是必胜的信念使之有些淡然，并寄望于长远。

有的人善于在疾风暴雨中施展雄才伟略，有的人长于深谋远虑，胸有韬略，这些当属战略家。沉默，从本质上说，是为坚持真理而改善实现的形式。在社会发展的量变过程中，沉默是有益的；在社会发展的质变过程中，沉默当然是不可取的。沉默和呐喊，常常在政治的园地里并蒂开放。

这本书的内容得到了陈云子女们的首肯。陈云那句名言"不唯上、不唯书、只唯实。交换、比较、反复"，得到了更好的传播。我觉得向陈云同志学习，就要践行这些行为准则，解决问题要有个沉淀、思考、酝酿的过程。我们常说，要用百分之九十的时间调查研究、分析问题，用百分之十的时间讨论决定，而在前一个过程中求得真知灼见，就离不开一定时间内的缄言和沉默，就是全面冷静的思考。

善于沉默是人的一种美好品德。沉默，有时就是很有城府的样子，像无言的金子在静谧中闪光。人不能过于城府，但没有一点城府，就不能静如处子，更不会有其后的势猛如虎。沉默，能换来关键时刻的主导作用，致力于事物的最终结果。

沉默还是在特定情况下自我保护的一种形式。在政治不清明和动荡起伏之时，多少人挺身而出，舍生取义，但最终于事无补，有时无谓的牺牲反倒促进了事物走向反面。所谓为坚持真理的"几不怕"精神，其实有谁真的不怕呢？大智慧者都是相机而动，趋利避害，推动社会的车轮循着正确的轨道前行。

我们尽可以从古今中外的层面比较上，辨析政治家们的"沉默"：

邓小平同志在江西放逐多年，其间他对中国问题进行了广泛而深刻的思考。正是这个时期的沉默，形成了他改革开放思想的雏形和坚强信念。

中国古代多少仁人志士，都有过被革职放逐的失宠和失意。他们历经坎坷曲折，才换来命运之神的光临，方显经世治国的才干。当然，我们应该多些积极、主动的沉默，少些被动、消极的沉默，考虑到现实环境的各种制约，把原则的坚定性和策略的灵活性结合起来。

时下中国已经同过去那段需要沉默的日子渐行渐远了。一个成熟的社会体系，是包罗万象的多元体系，社会上的各种现象都可以找到可供分析的答案和思想源泉。时代和环境不同，对沉默的要求也不尽相同。由于行为主体的需要，人们在选取符合自己的要求和现实需要时，会突出某部分，发展某部分，但总有些道理是恒定持久的。我们应该汲取前人的政治智慧和精神财富，包括沉默和激扬的融合统一，从伟人的沉默中，体会他们的信心和斗志，对推动社会发展充满信心。

这样的灵魂直教人生死相许

"君生我未生，我生君已老。君恨我生迟，我恨君生早。

君生我未生，我生君已老。恨不生同时，日日与君好……"

此诗为唐代铜官窑瓷器题诗，说明几千年来有过不少这样年龄交织的爱情故事。

2022 年初在三亚休假，期间读到了新华社记者张严平的新书《君生我未生》，24 万字的内容和大量生活照片，描述了她与我国著名火箭专家杨南生相差 34 岁、相濡以沫 27 年的爱情故事。

面对他们两人高山流水般的清澈心灵和岩熔般的情感，我不应把让人惊悚的年龄差别放在文前，但相比当今社会上许多老夫少妻的新闻让人质疑和非议，张严平的爱情故事得到了所有熟悉她的人们一致的赞叹，在新华社内几个网络群中，所有留言无不为张严平的挚情和坚贞而扼腕称赞。

一位 27 岁的新华社年轻记者，在全国两会的采访报道中邂逅 61 岁的著名学者杨南生，尔后两地传书，终成眷属，就像书中所说："一个是初出茅庐、简单幼稚的小记者，一个是阳光、丰富，阅尽世间、心灵高贵的智者，两颗最纯粹的心，仅仅因为爱，走到一起，就像两个纯真无邪的孩子。"2013年杨南生病逝，张严平把怀念化作每天的日记，在记忆的岁月中寻求相聚时光，七年间写下了76本日记，终成这部20多万字的非虚构纪实作品。

杨南生是新中国第一批归国留学生，1950年从英国归国后，带着周恩来总理签署的任命书，从上海去了荒无人烟的内蒙古戈壁，率领一支固体燃料火箭科研队伍，在一张白纸上创造了中国固体火箭诞生发展的传奇。杨南生坚毅执着的科学精神，善良开朗和乐观幽默的性情，与张严平细腻的情感和纯粹简单的性格，如电光火石，相互印证，酿造了一种至真至纯的幸福。

《君生我未生》的字里行间都浸染着浓烈的情愫，从中可以体会到两人无关乎其他，"只因有爱"的情感交织，无处不飞扬着两人纯洁无华的惺惺相惜，这应该就是不为物质财富和功名利禄所干扰的旷世恋情吧。

张严平是新华社数千名女记者、女编辑中，文笔和人品最无可挑剔的人之一，朴实无华的外表，待人热情真挚，内心情感却极其丰富。她在文字表达中蕴含的细腻情感，是新华社人物报道的制高点。她的许多报道我都认真拜读，受到许多教益。比如记录四川凉山州木里县马班邮路乡邮员生活的《索玛花儿为什么这么红》，为上海一位在生命最后时刻留下"死亡日记"的陆幼青写的《永远的向日葵》，为二炮某导弹基地司令员杨业功写的《将军已经出发》，为云南一位永葆本色的老干部杨善洲写的《一辈子的共产党人》等，这些作品有的获中国好新闻一等奖，但绝不是像时下有些获得奖项的作品那样，是应景应时之作。

2003年10月，新华社德高望重的老社长穆青逝世后，社党组专门指派由张严平撰写穆青传记，翌年年底，29万字的《穆青传》问世，书中以大量翔实的史料、口述和日记，再现了穆青半个多世纪的新闻生涯。我当时在新华出版社担任业务管理工作，第一次和张严平有了工作接触。2012年，《中直党建》杂志组织征文，我应约写了回忆新华社河北分社原副社长侯志义的文章《燕赵豪气发春华》，当时杂志社约请张严平任评委，她热情地为我写了推荐文章。征文获全国征文一等奖后，有一天我在总社西门见到她，她面容疲惫，愧疚地说因为爱人生病住院，忙得都顾不上社里的工作了。我把一盆鲜花放到她的车上，虔诚地表达对她和家人的良好祝愿。

　　新华社各类文人荟萃，形成了特定专有的文化氛围，工作区亦称"新华园"，标示着一定的文化特质。这里的绝大部分成员个体都纯粹率真，大到社会交往，小到家庭生活，情感简单而又丰富，张严平的爱情生活就是其中最典型、最突出，当然也是有些特殊的例证。从这个意义上说，这本书是没有任何说教的生活教科书，是洋溢着现代人丰富情感的一部情书，每个人在这里都能读懂一份属于自己的情感。

世间当有大自由

　　许多游历者以坚忍非凡的雄心异志，提醒人们超凡脱
俗，回归自然的本真。

　　大凡世间智者，多为不计短暂得失，不取浮华之名，不较锱铢之利，真正醉心于天地间的"痴人"。他们孜孜以求于情趣所好，看似专于一隅，实则扶摇于天地自然，留下了至真至纯的生活本色。我的几个友人就是这等"痴人"。

　　早在 20 世纪 90 年代末期，在铁路行业供职的刘华只身跋涉万里海疆，从最北端的鸭绿江入海口，到最南端的广西东兴北仑河入海口，在 18000 多公里的海岸线上，一路徒走行文，靠坚韧的执着，成就自己心中丈量祖国海岸的愿景。我观其人其文，深感游刃于江湖的大丈夫豪情。有年仲夏，我在北京文津街某单位参与撰稿活动，与前来送有关材料的刘华不期相遇，知其不凡履历，深为他不舍繁忙公务之身，又神交山水自然而感叹，更因他写出的数十万字的随记，以文会友。

　　作者游历万里海疆时，正值中国改革开放引领风气之先，恢宏跌宕的时代背景造就了人们向往崇高的进取精神。此前勇闯生命禁区罗

甘肃张掖七彩丹霞：一个被上帝打翻染色盘的绝色地貌，河西走廊上的彩色童话世界。在这里体会"登小山飘飘然，登大山茫茫然，登深山惶惶然"。摄于2018年8月5日。

布泊的探险家余纯顺、漂流长江并献身的尧茂书、单车走边陲的范春歌等人，均为有理想和追求并勇于牺牲的壮士，他们都颇具雄心异志，以一种强烈的行为方式，用坚忍非凡提醒人们超凡脱俗，给我们这个时代留下了鲜亮的印记。

刘华早有夙愿，想把当年跋涉万里海疆的所见、所想成书传之于世，后来，他的日记性丛书三册终于付梓，给我们这些城中藩篱之人带来一缕自然界的清新。我为庆幸此段佳话，应嘱为之题序《让心灵皈依自然》。

我还有另一位友人，也是河北老乡的刘绍辉，在八年多的时间里，利用每年的工作闲暇，遍访国内著名油菜花产地，对油菜花的情感近乎宗教般的痴迷，拍下了数万张照片。这种由信念而生的追求和向往，均可列入皈依之列。

佛学上有"一花一世界"的故事：佛在灵山，众人问法。佛并不作答，沉久才只拿起一朵花示之。当众弟子均不解时，只有迦叶尊者破颜微笑，佛说这就是入"道"。万物有灵，依附于寻常花体之上的"道"，是一种理喻和沟通的心境。带着这种心境，遥想一望无际的油菜花海，既可以给人以喜悦，也能够让人伤感；在赋予人们热烈的同时，也助人恬静入禅。一朵花能反映寒暑易节的枯荣，可折射出不同区域迥异的文化。一幅幅让人痴迷的油菜花影像，宛如天人、古今合一的奇妙世界。

油菜花是人类历史上一种比较古老的植物，从每年的 1 月到 8 月由南及北次第盛开，成为一道独特的自然风景。喜欢油菜花的人，大都喜欢那种强烈的色彩，以及扑面而来的恢宏气势，喜欢她给人们收获和造福的印象。我后来多次在青海、甘肃等地，欣赏一望无际的油菜花海，都曾产生了心灵的震撼。

刘绍辉在游历 13 个省（区、市）后，精选出 130 多幅摄影作品，辅之 14 篇数万字的游记文章，记录了追寻油菜花的游历过程和心境，描述了所到之地的自然景观和经济社会状况，抒发了他对天地人广泛意义上的彻悟。

我仔细翻阅《大地流金》的书稿，眼前仿佛弥漫着一片美丽金黄的花海，飘来阵阵植物的幽香。这种书会使读者在诗意的自然山水中释放自我，从中领略到不同生命的灿烂。

我和书画名家的往来记忆

　　铺展开收藏的一幅幅书画作品，在中国传统艺术的浩瀚广宇中，度过悠闲惬意，又充满友情逸事的美好时光。

　　由于工作需要和个人爱好，我和多位国内著名的书画家成为好友。这是一个日渐庞大的艺术群体，有着独特的情怀和风格，和他们在一起，可以增加艺术修养的资质，提升对艺术作品的品鉴和欣赏能力。我常常在家里的书桌和地板上，铺展开收藏的一幅幅作品，在中国传统艺术的浩瀚广宇中，度过悠闲惬意，又充满友情回顾的美好时光。

　　2010年7月的一天，一位领导同志在北京东城区的一个公务会所，邀请时任全国书法家协会主席张海先生、全国美术家协会主席刘大为先生，我有幸参加会晤。张海身材颀长，头发花白，谈吐儒雅，平易近人且细致周到，不但给在场的几人都赠送了他的大型书法作品集，还在扉页上为每个人题词留念，给我的题词是"天道酬勤——海岩先生雅正"。在那天的交流中，他非常自信地说，目前中国已进入书法历史上最好的时期之一，我们站在前人的肩膀上，应该再推进"一厘米"，创造新的成就。他还解释了我们提出的一些初级问题，比如从左边书写还是从右边书写、简体字和繁体字能否同用，他说这些其实都没有固定的要求，充分体现了这位书法大家的恢宏广博。那天，刘大为先生携夫人前往，虽然他因有外事活动提前告退了，但仍与大家进行了专业交流，给主办者赠送了一幅扇面作品，并为大家题词留念。他纵论中国画的发展历史，认为过去是群峰并峙，涌现出了历代名家大师，现在已经进入了"高原时期"，当代许多国画家，受到古今中外比较全面的技能训练，是这个时期的中坚力量。

在新华出版社工作期间，因参与一些文艺类图书的编辑工作，和一些书画家建立了友情联系，领略了他们的个性风采。在编辑一套艺术类丛书时，我应邀和同事到著名画家白伯骅的家中，参观他宽阔的画室和数以百幅的作品。白先生 1965 年毕业于中央美术学院，师从著名画家蒋兆和先生。他继承先师"尽精刻微"的工笔写实风格，对创作精益求精，每幅画都精心雕琢，甚至对所用的笔墨纸张也十分考究，还有着专门的模特。他在《白伯骅画集》自序中写道："我喜欢以纯真清静的心去画清新俊逸的画，稍有造作，即失真意。"他笔下的人物画以女性居多，都体现了清丽健康和妩媚文雅的气质。他在送我的仕女图上题记："流光容易把人抛，红了樱桃，绿了芭蕉……"绝美的构图配上精妙的诗句，化抽象的时光为可感的意象，抒发了年华易逝、人生易老的感叹。

有些书画家成为日后交好的朋友，我在一些文章中，记载了他们的成长过程和艺术成就——

峡江山水入画来

在国内山水画作中占一席之地的中年画家郑碎孟，是一个追求艺

　　2010 年 7 月 1 日，在北京友情交流书作。右起原副总参谋长熊光楷、时任全国书法家协会主席张海、总参潘惠忠将军、本书作者。

在北京东堂子胡同和中国美协主席刘大为夫妇合影。

术近乎倔强的人。为了彻悟祖国山水的精妙和神韵，他扎根三峡 10 年写生，被业内人士称为"三峡画笔"。

郑碎孟的执着源于他的老师、国画大师姚治华的一句话："要从自然生活中找灵韵，不要简单地把大自然搬进画面里。"

2000 年，34 岁的郑碎孟按老师之意来到三峡，置身山水自然，提升自己的艺术修养。朋友们帮他找到了免费乘坐往返游轮的机会，前提是每周为船上的游客上两节国画课。于是，在可容纳 200 多游客的豪华游轮上，郑碎孟每天到甲板上静心观察三峡景色，提笔画下时光中不同的景致，如同游客手中的相机，一处一景，多是草成的速写，他称为"几笔画"。晚上在船舱里，再根据日间的小样完善构图，作为日后的创作素材。

三峡的山水草木，自有峡江独特的风韵，它们自身丰富的形和色，借助天光云影，变幻多姿多彩，是神奇蓬勃的调色师和美容巨匠。郑碎孟 10 年间跑遍三峡及周边风景地，数百次往返的三峡山水林田，人在画中，心在画中，三峡意蕴蔚然于胸。姚治华看到他的作品，高兴地说："你可以下船了！"

对画者而言，写生是基本功。郑碎孟临摹了许多古今名家的书画，还到新疆、内蒙古、河北、浙江等地写生。他六上黄山，每次都耗时近一个月，爬遍了黄山的每个主峰，把名山美景尽收于心，速写卡片数以千计。在北京他的画室里，我曾看到许多这样的写生速写。

传统山水画中的美，很大程度上取决于画家对自然景物的开掘和感悟。郑碎孟善于在山水画中表现对云海的留恋，对山林的向往，创造出了一种自然和谐流动的意境。他的许多作品重视云雾的技法，笔下山水虽有具体的出处，但包容了广义山水的风貌，既是一种印象式的记录，也是某种意念的表述。

　　郑碎孟在游船上，经常为观众即兴表演他当年练就的轻功，一跃腾空一米六多的武术动作让众多游客惊叹。他后来又到武当山练了三个月的太极拳。武当太极以静制动、以柔克刚、动静结合、内外兼修，用于画作和书法中，即是刚柔相济、虚实兼备、相互借势。武术中的一招一式，似书画中的一撇一捺、一点一线，造型和气韵相融相通。武术使气和力在身体内流动，颐养了内在的阳刚之气。

　　从三峡走来，处身京华的郑碎孟有时夜来幽梦，三峡景观竟一幕幕映现脑海，身心排布山水林田，醒来随手勾勒就是一幅美景。他在一篇文章中说："我和三峡的山川江水草木共同度过了春夏秋冬，风和日丽时独赏晶莹剔透的星星，狂风暴雨时静观银川悬挂的景象，雨水敲打江水，江水追拍雨水，江面泛起或浓或淡的雾气，蔓延到分不清天地时的朦胧，真叫人喜欢，舍不得让它们散去……"

　　10年前我辗转得到郑碎孟的一幅山水画作，题为《黄鹤楼》，至今悬于厅堂。10年后，终与之相见，似神交已久。三峡是万里长江的珠冠，中国画的山水巨作中，当有一席之地。

中国书法飞天空

　　随着我国航天事业的发展，一些优秀书法家的作品多次随之升空，这是中华文化向浩瀚太空发出的文化符号。由于航天工业属国防科技领域，军旅书法家的作品搭载航天设备光临太空的比例较多，其中著名书法家丁嘉耕有多幅书法作品实现了"太空之旅"，2013年6月，他的两幅书法作品曾搭乘"天宫一号"绕地飞行近万圈后返回地球，赋予这些书法作品特殊的意义。

　　丁嘉耕是总后勤部正师职干部，曾任军队大区正职首长的秘书。

常有朋友和他闲谈时，嬉笑他"走后门"把书法送上天空，沾了部队书法家的"光"。每逢此时，丁嘉耕必义正词严，称其书法作品经过全国书协等部门层层遴选推荐，惹得人们大笑。

丁嘉耕出生文人荟萃的江苏东台，自幼厚得家教乡学的熏陶。17岁时参军到东海前线的大陈岛，在东海前哨这个只有14.5平方公里的小岛上，他作为守岛战士，在站岗执勤和出海巡逻之余，痴迷书法艺术。驻岛十多年间，许多人孤寂难熬，他却陷入了对书法世界的向往和追求。他买来多种名家字帖，无论在巡航归来的夜晚，还是在台风来袭时的坑道，有空就揣摩临习，写上几笔。他从战士成为舰艇指导员和师级单位新闻干事，后又进入北京的军队领导机关，其书法技艺也日益精湛。他曾讲过这样的故事，为了得到书法大家的指导，他三次从海岛赶到杭州，拜访书法界泰斗沙孟海先生。前两次都遭到谢绝，吃了闭门羹，第三次终于感动对方，得到沙孟海先生一笔一划的耐心指导，并勉励他在守成中创新，最终推陈出新。

丁嘉耕习书早年以唐代诸家为主，后来认为唐楷虽是中国楷书顶峰，但学者过众，面目太熟，转师东晋的多家法帖并学习演化，逐步形成了自己的风格，轻笔如惊鸥点水，重笔如金石落地，不拘格式而求其作品的"高贵"与"雅致"。

丁嘉耕作为北京市书法家协会和中央国家机关书协副主席，作品在北京街头上多有展示。除了书法这一表达形式，他的文字内容也很丰富，涉猎与书法有关的文史哲领域，在《解放军报》辟有专栏纵论书法，在中央电视台开辟书法专题节目，还出版有多部散文作品集，在一定程度上拓展了他的书法意境。

在他涉猎极广的故事中，我认为他母亲赠砚之事尤为感人。当年他入伍时，母亲在镇上开了个裁缝店，给人做一条裤子收两毛钱。当

尺寸：4cm×4cm，印材：寿山石。

　　篆刻和书画一样，是一种独特的艺术形式。此印由著名篆刻家张国维所制，字体端方古朴，印面严谨稳健，线条酣畅自然，为标准汉铸印风，显示出篆刻家在方寸之间分朱布白，刀力遒健的深厚功力。

　　张国维出身三代篆刻之家，祖父张樾丞曾制印"宣统御笔"，并镌刻"中华人民共和国中央人民政府之印"，即"开国大玺"。

母亲知道他的书法喜好后，为了鼓励他的志向，竟花 600 元买了一方端砚，在他参军启程时，将包裹了多层的砚台送给儿子。丁嘉耕在后来的几十年中，一直在心中铭刻着母亲含辛茹苦的背影和当时期盼的目光。他知道，那方砚台要母亲做 3000 条裤子才能换来啊！丁嘉耕从军入伍后多次调动工作，这方砚台始终不离其身，几十年中换了许多砚台，母亲的端砚总是放在身边。这正像他的一首诗中所描述的：

> 砚海荡墨魂，
> 纵横见精神。
> 笔动通梵语，
> 毫落扫心尘。

山灵点点酬知己

中国山水画的艺术形态，最能看出画家的气质、修养与胸怀。因为笔墨中的山水意象，除了自然主义的再现，更是画家心灵和情怀的外化，承载着以技达境、由表及里的审美法则。十几年前，经《中国美术》杂志主编、艺术评论家徐恩存先生介绍，我认识了四川籍山水画家张娴婷，她曾多次参加全国画展并获奖。其作品用笔繁密，构图饱满，画面葱郁，充满四川籍画家的地域特色。

张娴婷以女性的视角和浓郁的笔墨语言，在作品中尽显苍茫深邃的自然生机，用她的一幅幅作品，带来了与自然交流对话的灵性和诗意，显示出她对自然景观，特别是对她所在的青城山的领悟和升华。

山高水长、林木繁茂、峰回路转、烟锁云断，营造出了青城山幽深叠翠的多样性，启悟了张娴婷绘画的创作灵感。住在山脚下的她无数次阅历群山，由此汲取画面空间构成的法则，善于在干、湿、浓、淡中，兼顾开阔聚散与繁简疏密，山水气息与草木之灵，自然之韵与生命诗意，在此应运而生，形成了她的个性画风。正像郭沫若为一位四川画家题诗所记"山灵点点酬知己，云白峰青一望中"。

近十多年来，中国书画界鱼龙混杂，充满浮华和躁动。张娴婷宁静恬淡地守候着心灵的一方净土，几乎每周都有新的作品问世，许多业内人士在她的微信中为之点赞。张娴婷说，她的成就在于汲取中国传统文化的滋养，在于青城山对她的无私馈赠，也在于家人对她的全力支持。在对艺术追求的向往中，她的作品表达不断走向高远的境界。

生命意趣的书法之美

行武人刘洪彪，自学书法50余年，兼涉诸体，尤擅行草，作品参加国内外诸多大展并获奖。2016年荣膺全国书协副主席，乃军界书法行草的巨擘。

刘氏书法生涯呈明显的生命单元性，每个区间都有其获取与进展。在中国美术馆举办"刘洪彪四十岁墨迹展"和"刘洪彪五十岁墨迹展"后，2014年岁至甲午，"刘洪彪六十岁墨迹展"如期面世。展览题名"阅世读人"，有回眸、反思、自省、自白之意，文图兼备，勾起人们对其书法生涯的追记：

刘洪彪1954年生于江西萍乡，8岁丧父而自理独行。12岁遭逢"文革"而几近辍学。16岁下井挖煤而劳其筋骨。20岁入伍从军，书法成为他苦心励志的情趣寄托。

　　岁月磨砺促成破茧成蝶，刘洪彪先后蝉联全军第一、二次书法赛事一等奖，在军内乃至社会声名鹊起。我曾参观他在京城北郊设立的"刘洪彪书法馆"，看到他相继出版的 10 余部作品专集、合集，以及多册《刘洪彪文墨》。他还在解放军艺术学院、清华大学美术学院、国家画院等高校和多地书法家协会授课，数十次出任全国书法大赛和展览评委。

　　在当代草书创作领域，刘洪彪是一位代表性人物。他上寻下溯，沿袭魏晋，注意捕捉汉字书写的生命意趣，使书写与内心对接，形式美与文化含义相连。惯常的书法表达，或许没有穷尽刘洪彪的感情色彩，他便以另外的书体风格，标注独特的情感内涵，形成了书法作品的视觉冲击。人们说，刘洪彪书法适度夸大了书法作品的外在形式，暗合了当代书法欣赏者的想象，产生了广袤的意象。有时这样的"暗合"会被误解，其艺术风格也多有争议，但他在由线条、点划组成的抽象的玄密中，表达此间的辩证缘由，无疑是艺术上的一个探索。

　　刘洪彪遵循中国古典美学法则，不满足既往模式，不断以自己的艺术激情，开拓书法创作的蹊径。艺术的开拓和创造者必然面临风险，时刻有没顶之灾。刘洪彪如同艺术之路上自我意识的殉道者，用手中的笔组织线条的意象，以整体的书法意境焕发书法艺术的活力。丰富而含蓄的线条，奇崛而通达的结体，感性而蕴藉的墨韵，实现了书法意义上的自我展示和自然书写。

郁钧剑的诗书画

　　尽管郁钧剑出版过多部诗歌和散文集，在中国美术馆举办过个人书画展，获过全军和全国书画展奖项，但在人们的心目中，他还是个唱歌的。因为在军队和国家级的音乐舞台上，他已经唱了40多年，突出的光环掩饰了其他的优长。

我曾有幸参加"郁钧剑从艺40年综艺晚会"，演出大厅外的展厅挂着他的一幅幅书画作品。在那场晚会上，郁钧剑除了演唱他的代表作曲目，还演唱了《血染的风采》。他说，当时在中越反击战前线，有三个战士在听完这首歌后对他说，等胜利后希望再听郁大哥的演唱，可是几天后，三个战士都牺牲了。说到此时，郁钧剑指着台下观众席的原副总参谋长钱树根和时任二炮政委张海阳说，当时他们也在战场上，那些战士就属于他们的部队，两位上将随后站起身来，向全场致敬。

我和郁钧剑有过几次接触，他说，艺术是有共性的，比如歌唱中的轻重缓急、抑扬顿挫，和书画中的浓淡疏密、虚实空灵，如异曲同工。他利用演出的机会，结识了中国书法界的泰斗沈鹏先生，并一直得到他的教诲。受中国画研究院的前辈启蒙，就读中国画研究院研究生班，研习花鸟，并逐步形成了自己的风格。

郁钧剑从总政歌舞团转业后，任中国文联演艺中心主任，组织策划了连续多年的文学艺术界春节联欢会，以及数百场国家级大型文艺演出。他还笔耕不辍，是许多著名歌曲的词作者，一首好歌，歌词就是一首好诗；一首好诗，可以谱写成一首好歌。

《郁钧剑书画》的前言中写道："若干年后，歌是不可能再唱了，也不好意思再唱了，但书画是有可能，也可以继续的……"他还说："演员拼到最后就是拼文化。艺术生命能否长久，关键看你身上的文化积淀。我幸运与书画结缘，乐在其中，开阔了自己的艺术视野"。

卷二　游　历

驻足美景就是放飞情怀

风华绝代大吉片

　　　　无数叱咤风云的人物，在这里推动历史前行的车轮。许多波澜壮阔的重大事件，在这里孕育生发，像惊雷炸响神州……

　　三千年古都北京，流淌着不倦的诗意。它独特的城市精神，源于开放、包容的宣南文化。宣南文化又因明代中期形成的宣南坊而名。大吉片是宣南坊的核心区，这里见证和繁衍了北京历史上的一段繁华和灿烂。

　　出宣武门南行，在菜市口南大街以东、骡马市大街以南、虎坊路向西、南横街以北的这片区域，俗称为大吉片，因过去有条大吉巷而得名。这里人杰地灵，源远流长，构成了一部"从鸦片战争到五四运动"的近代史诗——

　　许多叱咤风云的政界精英，都曾在此居住。龚自珍、林则徐、黄遵宪、曾国藩、左宗棠、翁同龢、唐绍仪、陈独秀等，一个个威名声震当时朝野。而承载当时先进文化的代表人物也在此留下了珍贵的文化符号。蔡元培、张恨水、"袁氏三礼"、高庆奎、奚啸伯、张君秋等文化艺术名家曾荟萃在此，构成宣南文化的精髓。

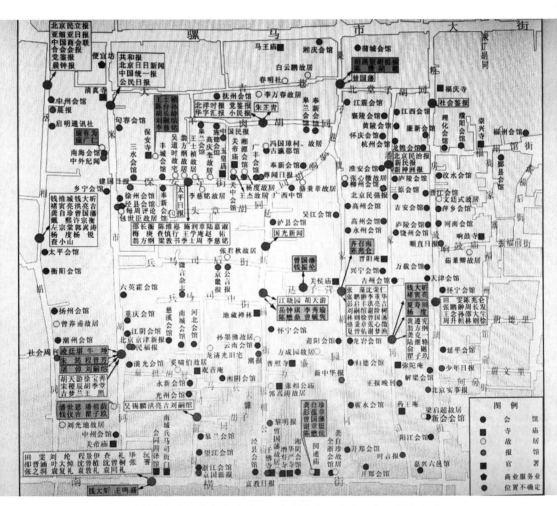

民国时期的宣武门外大吉片地图，会所众多，名邸云集，报业兴盛。

昔人已乘黄鹤去，此地空余陌上桑。作为北京最主要的会馆遗迹集群地，这里有着 70 多所从省到县级的各种会馆，构成了丰富的明清古代城市要素。现在这片方方正正近 4 平方公里的土地，正在进行着北京最大的危旧房改造项目，在大量搬迁、部分古旧建筑留存或迁移的工地上，中信城住宅区拔地而起，几年后可能没有人会想象这里曾有众多会馆和故居像珍珠般撒落各个街道。

康有为、梁启超曾住在大吉片西北角的南海会馆。这个已破败不堪的院落，曾是戊戌变法维新的始、终之地和核心处所；

光绪二十年，28 岁的孙中山首次到京即客居这里的中山会馆内，代表当时进步力量的国民党则诞生在大吉片东北角的湖广会馆；

会同馆位于大吉片中部，有 255 年历史后为清代国宾馆，它是中外各国交流的场所和象征。而咫尺外的福建籍会馆，留下了"上书保台"的传说……

历史常常演绎出传奇，许多历史瞬间和偶然事件，让人百思而不得要领。这里让人们深刻地见证一个曾经强大无比的王朝背景，历史的细节沉浮跌宕，精神的画卷兴废犹存。

道光二十一年（1841）七月，曾国藩搬入被他认为"最有旺气"的大吉片域内。六年后，随着官级跃升、人口增多，他又一次搬家，在大吉片内另寻了一个有 40 多间房的宽敞院落，据说年租金万两，他的住所记录了他经世治国的不凡半生。往事如缕缕轻烟，飘逸在我们生活的氤氲中，亦如埋藏的瑰宝，在时间的跨度和坐标中闪光。

人们热爱自己的历史，如同飞翔的雄鹰珍视自己的翅膀。物换星移的一个多世纪以来，大吉片中这些庭院衰败式微，几十所会馆和数十座故居，大都呈现破败和乱象。这缘于近代中国社会"城头变幻大王旗"的长期动荡和战乱，人口的快速增长以及长期不注重经济建设而形成的住房压力。首善之区的北京，为了重点保护一些承载城市记忆的古建筑，同时解决居民住房和城市发展问题，对大吉片地区进行了 10 余年的危旧房改造，就地保护了几所会馆和故居，以挖掘文化潜质，另一方面在区域内迁移部分，整合文化历史资源，比如，规划新建潮州会馆和会同馆，重修了著名的关帝庙，并规划就地重建康梁故居的南海会馆，以及泾县会馆、濮阳会馆等，这些浴火重生而又星罗棋布的古建筑，将在修葺中再现历史的遗梦。

在大吉片拆迁之时，我曾无数次在古老的街道中徜徉，仿佛走在北京的古老和现代之间，让人感到一面在守望悠久的传统文化，记下尘封的历史断面，一面又在构画未来城市发展的美好愿景，让人憧憬天光云影。北京中央区域的悬念和宏伟规划，体现着一个城市的梦想，城市应该让生活更加美好。

台湾著名女作家林海音的自传体小说《城南旧事》，透过主人公英子童稚的双眼，观看 20 世纪 20 年代北京南城，一切都那样安谧、整洁：清澈的流水和蓝天、缓慢而行的驼队、淡定平和的人群。书中诗情画意的韵律和恬淡的乡愁，把南城生活细致而自然地表现出来。这种被誉为"极具平民意识"的生活，虽然离我们渐行渐远，但北京深沉奇特的气质和血脉，其源流和造化，仍在天地间兀然独立，可惜我们对古建文物的传承和保护不尽人意，在大吉片区域内，许多可以保留下来的古建筑，后来失之大规模的一次次拆迁，有些残存者也大都无从修缮和保护了。

难忘的乃堆拉山口

山高水长，掩不住世事沧桑。昔日的军事要塞变成了边境口岸，也是世界上海拔最高的贸易通道……

两部越野车从日喀则出发，穿过电影《红河谷》的取景地江孜，顺着蜿蜒的石子路，伴着咆哮不已的亚东河，继续在广袤的西藏高原上南下，两旁对峙的绿色峰峦扑面而来，疾驶而去。汽车一会儿在河谷左侧穿行，一会儿又绕到右侧蜿蜒。亚东河下游就是印度境内的恒河，它最终流入浩渺的印度洋。

车里的海拔表显示，在几十公里中，海拔下降了千余米。西藏重镇亚东县城所在地下司马镇，终于出现在我们面前。

亚东地处西藏最南端，从地图上看，像一块倒挂的钟乳石，从高耸的喜马拉雅山脉直悬而下，径入印度次大陆。这条名叫亚东沟的高原河谷，宛如一条气候通道，不仅引来了印度洋的暖湿气流，更像婀娜多姿的江南秀女，拥抱着高原的粗犷和雄伟。

我们一行人走在亚东的街上，从亚东桥上远望，两条街道放射而去，长达二百多米。路旁掩映着一座座房屋，有饭店、有商场、有歌厅，据说大都是四川人开办的。

　　亚东，曾是印殖民主义染指西藏的最前线。后来两国的战事，也发轫于此。这使我们此行的观光亦如读一段历史。

　　我们和当地边防团取得了联系，住进县城一家简陋的招待所，稍事歇息后，已是炊烟四起的晚饭时间。战士引领我们到了一家他熟悉的小餐馆。老板是个姓谢的四川女子，由于她家泡菜做得好，战士们常去她家做客，并戏称她"谢泡菜"。这个诨号，增加了大家谈笑中的亲切和熟稔。

　　"谢泡菜"30多岁的样子，热情爽快，浑身充溢着高原特有的风情。店里有十来个员工，场地分地上和地下两层，地下主要储放蔬菜，但也摆有两个餐桌。我们在地上临窗而坐，望着窗外的街景，听着"谢泡菜"尽情地劝酒和点菜，一派地道川音。

　　"谢泡菜"果然十分了得。在喝了几杯酒后，执意引领我们到斜对面的一家歌厅去唱歌。在那家县城里很显眼的歌厅里，她唱歌伴舞，陪着每个人都唱了几首，当然也敲定了次日早晨和中午去吃饭的时间。我们目睹了这位俊俏的自贡女子，在高原边陲游刃有余的生活，也敬畏四川人创业和生存的坚韧。

　　清晨，我们在招待所用刺骨的冷水洗漱完，匆忙用餐，便开始向几公里外的乃堆拉山口进发。空气中弥漫着一股股冷霜，河的两岸愈加林高蔽日。道路狭窄，坡陡路险，俯视山谷中的河流已如一缕细流。旁边深不见底的悬崖中，偶尔传来几声鸟雀的啁啾。

　　一个多小时的艰难行走，植被越来越少，漫山遍野呈现青灰色的砾石地表，一些低矮的植被簇拥着些许山花。这些花丛的旁边大都有一汪水坑，大部分是冰雪融化而成，像明镜般悬浮在山腰上。"万山丛中一点红"的意境，你可以尽情去想象和琢磨。

　　亚东，在藏语里指"急流的河谷"，而海拔4545米的乃堆拉，藏语指的是"风雪最大的地方"。路上有一队战士在维修弯曲的道路。在道路的尽头，是一座用青松和翠柏搭成的牌楼。哨兵脸颊黝黑带着高原红，持枪查验边防团给我们开的介绍信。当检查车内设施时，他发现了车厢里的枪支，告诫我们不得带枪上山，因为徒步上行100多米后就是两国的界碑。他还让我们别露出军衔，以免引起对方的猜忌，同行中有时任武警部队政委的刘源将军。国境边陲加上军事禁地，让人陡升庄严与肃穆。

沿着一条小道拾级而上，穿过不远处战士们居住的有地下和地上掩体的宿舍，洁白的界碑立在漫长的铁丝网中，上书"中锡边境：乃堆拉山口"。碑石是当年中锡，也是现在中印边界的标志。放眼望去，对方的哨所也如碉堡一样，坐落于无边的灰褐色山坡的另一个制高点上。在这里，你会体会"西线无战事"的静谧和安宁，也会充满对这些被誉为"西南第一哨"的官兵们的崇敬，他们常年驻守在严重缺氧、气候恶劣的山口，践行着对国家的忠诚。

我们在这里匆匆留影，也在这里留下了许多思考。40多年前的风烟过去，寂静凝重的气氛代替了弥漫的硝烟，让人对历史的轮回转换，有了更深的理解。山上官兵的艰苦和山脚下"谢泡菜"们的闲散，则真正体现了社会发展的多元化。回京不久，我得到信息，随着经济的一体化，中印政府决定在关闭乃堆拉山口半个多世纪以后，重新贸易通关。我急忙找来相关资料，发现新开设的乃堆拉口岸贸易区，就设在那第一道岗哨排楼前不足百米的山道上，规模如同国内的一个乡镇集市。

想象乃堆拉山口这个昔日军事要塞，将变成中印边境上的重要陆路口岸，当然也是世界上海拔最高的贸易通道，西藏的毛皮、丝绸等，将交易印度的烟叶、红茶，这真是山高水长，掩不住世事沧桑。

黄山的"大块文章"

民国时期的名人邹鲁用"大块文章"四个字，概括了黄山的无限风光，也开拓了你心中的仙境。

黄山鳌鱼峰顶的"大块文章"四个石刻大字，在心中萦绕已久。20多年前，我在细雨中登上黄山，从玉屏楼北上，穿过莲花峰，只见四个遒劲凝重的大字镌刻于鳌鱼峰的巨石上。因当时天公不作美，未及存照留念，但久有探究之意。

2013年仲夏，工作之余顺路在周日再登黄山，已是依稀20年后。虽匆匆乘缆车而上，仅在山上半日，但观山悟道，更感"大块文章"意境深远。

"大块文章"四个字是民国时期著名人士邹鲁所书。邹鲁（1885—1954）是民国时期著名政治家，早年为同盟会会员、国民党中央执行委员，也是中山大学创始人。1937年夏日，邹鲁畅游黄山，惊叹黄山神奇造化，挥笔写下"大块文章"四个字，"章"字下面的"早"字还把竖连到了最上，据说是他故意的写法。后来，黄山石工吴玉刚登山镌刻，每个字径约一米，字体刚劲古朴，笔锋力透石背。它与黄山温泉处的石刻"大好河山"、慈光阁的石刻"锦绣河山"，遥相呼应，成为黄山壮观的人文风景线。

黄山不属皇帝诰封的四岳之列，也不在佛教的四大名山之中，但儒、道、佛，文、诗、画都与它素有渊源。黄山上溯中华民族始祖黄帝，融合官、民、雅、俗诸多文采风流，可谓博采中华文化大观。山上各处景点石刻有 270 多处，这也应了"大块文章"的蕴含之意。

"大块文章"源自庄子，属道教文化的范畴。庄子在《大宗师》中说："大块载我以形，劳我以身，佚我以老，息我以死"。在《齐物论》中又说："夫大块意气，其名为风。是唯无作，作则万窍怒号"。古人对自然界尚无足够的科学认知，认为天是圆的，地是方的，"大块"即是指浩瀚的天地和自然。

李白说："文章辉五色，双在琼树栖。"清代黄景仁《砚铭》中有："梅山苍苍，大块文章……""大块"为天地，"文章"为大自然锦绣交织的美景，也可诠释为交错的花纹与色彩，如此推衍而来，"大块文章"四个字正是黄山美景的绝妙写照，概括了黄山的无限风光。

名山造化出名句，"大块文章"的历史出处多矣。唐代李白的骈文《春夜宴桃李园序》中有佳句脍炙人口："况阳春召我以烟景，大块假我以文章。"大意是：阳光明媚的春天用烟气一样朦胧的美景在召唤我，大自然又为我展现出锦绣的风光。句子用拟人手法，称大自然用美丽多情的"烟景"来召唤，"大块"把绚烂的"文章"来呈献。将"大块文章"镌刻于黄山 36 峰之首处，不仅赏心悦目，文采焕然，更体现了黄山天人融合的历史担当。

摩崖题刻遍布国内名山大川，但"有境界自成高格"者并不多见。尤其一些现代摩崖作品，缺少人文蕴含和意境，甚至书法的外在形式也因缺失古风和审美而逊色，有时景非景也，反成其累。特别是有些高官，因为思想和文化的造诣不深，鲜有深邃、睿智之语，难与前贤古人媲美。比如山西省曾有个官员，在境内运城的某座名山上，题写了"天下第一峰"几个字，并刻于山上，还在此盖了别墅，成为颠狂妄言的笑柄。

邹鲁在黄山的其他景点还留有许多题词，如"突兀撑苍穹"、"驽马奔腾"、"听涛观瀑"，无一不是他"我与黄山结一缘"的寄情表达。但也许是他的一生曲折复杂，很难挥笔表达他的政治理念，他的题词纯粹是寄情山水，不像用题词来宣传政治伦理。

那次在黄山短暂游历后，在山脚下的汤口镇晚餐，正值"夕阳山外山"时，小镇依山傍水，虽然饭店、旅馆、特色商品随处可见，旅游业打破了宁静和安逸，但"此中有真意，欲辨已忘言"。饭后，和友人在河边散步时，无意中看到一块浑圆的青石，卓立河床乱石中，遂和友人一起抬之上岸，置于车上，并千里运抵到京。数日后，我请木工制作了木架，并请一位尊者书写了"大块文章"四个字，刻于石上，取黄山"大块文章"之意。这块山石，后来虽送给了一位友人，但留下了一段美好的记忆。

从初识黄山风貌，到制作浓缩的黄山景致，对"大块文章"的理解和情愫，未曾间断过。其实，邹鲁先生的"大块文章"，不仅表达了自然界地造天成的神奇造化，是前辈逸兴横溢的得意之作，更在于启示后人，应该有更多点石成金、飞花揽翠的传神之笔。

汪洋恣肆《朝元图》

神仙们有的在对话，有的在沉思，或凝神，或顾盼，真一个"朝"字了得！

从山西省芮城县城向北约三公里处的龙泉村，是原西周古魏国都城遗址。遗址上建有我国现存最大的一座元代道观永乐宫。宫内因珍藏历经600多年沧桑的精美壁画而闻名，堪称中国现存壁画艺术的瑰宝。

永乐宫的主殿为三清殿，殿内东、北、西三壁面积403平方米，画有神仙群像286个，按仪仗形式整齐排列，以青龙、白虎两神为前导，围绕天帝、王母等主神，28星宿、12宫臣等"天神"徐徐展开，簇拥雷公、电母及龙、蛇、猴等神君，还有五岳四渎、福禄寿、仓颉和孔子等神像。众多神仙聚集在同一时空，朝同一个方向循序行进，神采都凝聚于朝谒元始天尊的礼仪中，气势恢宏，神圣庄严，因此被称为《朝元图》。

站在乾隆帝题写的《朝元图》巨幅字体前，让人尤为看重一个"朝"字。人们常用"天上人间"来衡量天地两个世界，但仔细思量，天地间情理相通，礼数相近，都有秩序井然的规制，讲究一定的礼仪教化。《朝元图》就是天人合一的历史出处。

现实人物的描述多用些形容性概念的话，有时不惜空泛、神化，有的人甚至想把自己的肉身化为神仙，而《朝元图》则出神入化，仿若一道朝圣的洪流从墙上来到现实。帝君的神情庄重肃穆，儒贤们仪态安详，武将们骁勇豪放，玉女们天姿端立。有的在顾盼对话，有的在沉思凝神，有的含笑怡情。动静相参，疏密有致，真一个"朝"字了得！

按古为今用的理解，我想《朝元图》这幅旷世杰作，将天地山川、日月星辰、社会历史加以拟人化，以道为主宰，可能是在探索宇宙间的某种联系和规律。它蕴含惩恶扬善、扶危济贫、敬天爱民的思想，体现了人类生存发展规律的同一性。曾任中国科学院考古所所长和国家文物局局长的郑振铎称赞：《朝元图》是大规模"汉官威仪"的展览，是大组织的人物画汇集。

壁画中的神像虽然高度、朝向大致一样，但不同的面部颜色、衣着和神态，表达着不同神仙的身份和功力，每个神像都以浓淡粗细的线条变化，表现真实质感的动势。袍服、衣饰上的细长飘带，流畅精美，不拘一格，刚劲而又细腻，像一条条钢线镶于壁上，迎风飞动飘忽眼前。仙人们如此生动，是因为继承了唐宋以来盛行的吴道子之风，融汇了元代高超的绘画技法。据介绍，一个神仙身上的束腰就长达三米，精准表现了衣纹转折及肢体运动的关系。

在永乐宫，我买了一本《〈朝元图〉原貌修复图与现貌对照图》。体会绘者在构图用色上，采用的重彩勾填法，即以墨线为骨干，填以金色、朱红、青绿等，有些部分还采用贴金法增强质感，在配搭中，令画像立体凸显。

永乐宫原址在芮城西南黄河北岸永乐镇彩霞村，相传是"八仙"

之一吕洞宾的家乡。公元1247年永乐宫在此兴建，直至1358年竣工，历时110多年。1959年，因修建三门峡水库，永乐宫位于规划中的库区淹没区，决定整体搬迁至现在的龙泉村，距原址约20公里。是时，在周恩来总理的组织下，来自全国各地的专家，仔细研究如何将宫殿和壁画完好地搬迁重建，形成多个方案，最终决定拆去宫殿的屋顶，用锯片将附有壁画的墙壁逐块锯下，共锯出550多块，每一块都标上记号，再以同样的锯法，把附在墙上的壁画与墙面分离，再画上记号，放入垫满棉絮的木箱中。墙壁、壁画薄片和其他构件，一并用汽车小心翼翼地运到新址，先重嵌宫殿，在墙的内壁铺上一层木板，逐片将壁画贴上，最后由画师加以修饰。

经过近五年时间，永乐宫如凤凰涅槃，易地再生。重建后的宫内壁画完美保留了原有的神韵，令中外学者叹为观止。这里也成为全国美术界学习和朝圣的地方。

《朝元图》堪与敦煌壁画媲美。闲时打开壁画图纸，走近数百位栩栩如生的神圣先人，似与中国传统文化心语神交，让人远离浮躁，洗尽铅华。只要是真圣贤之经典，总会光彩照人，让人膜拜景仰。

绍兴人才多奇崛

> 绍兴人才奇崛的历史现象，在中国绝无仅有。近几届政治局委员中都有祖籍绍兴者。

对浙江绍兴心仪已久，曾有幸三次拜谒这座古越名城，其中两次是调研和采访。虽走马匆匆，但诸多历史景观如珍珠般撒遍市区，无不让人惊鸿撩动。明代著名的文学家袁宏道曾感叹，绍兴名士如过江之鲫。毛泽东有诗写道："鉴湖越台名士乡，忧忡为国痛断肠。……"绍兴作为千年历史文化名城，不愧天肇祥瑞，地毓灵秀。

在这片土地上，古代曾有过越王勾践的故事，文种、范蠡、西施概源于此。一代书圣王羲之父子，至今在绍兴的兰亭留有遗迹。大名鼎鼎的嵇康、贺知章，加上陆游和唐婉的凄婉故事，使绍兴在古代历史的政治、文化两方面光彩夺目，许多圣贤至今为人们所效法和景仰。

中国近代历史上，由于政治动荡和国势衰竭，能够站得住脚而无较大非议的名人相对较少，但绍兴人才辈出仍不显凋敝。比如，在文化教育领域，涌现出了蔡元培、鲁迅、陶行知、范文澜、朱自清等大名鼎鼎的人物扬名海内外，科学界出现了竺可桢、钱三强、马寅初等各有建树的著名科学家，特别是政治人物涌现出周恩来、秋瑾、徐锡麟、邵力子等，尽显雄才大略，这些人在积贫积弱、风雨飘摇的旧中国，以及建立新中国以后的社会背景中，都占有重要一席，有些已居于后人不可逾越的峰巅。

在现代社会中，稍加辨识依然会发现绍兴名人的足迹，各方名士不绝如缕。身为院士又写小说的著名科学家潘家铮、商界巨擘的马云、演艺界的陈道明和六小龄童等。特别是近几届的中央政治局委员中都有祖籍绍兴者，真是名流荟萃，史不绝书。

漫步在绍兴一处处名人祖居和故居中，让人不断遐想和探究绍兴悠久而丰富的历史传承。纪念勾践的越王台和秋瑾、周恩来的旧居，显示了世代绍兴人放飞济世报国的情怀。兰亭园中书圣的碑亭和曲水流觞，还有百草园和三味书屋，让人想象到绍兴的人文底蕴怎样由孕育到勃发。而千年爱情不老的沈园，以及范蠡和西施的传说，无不给绍兴人心中埋下讲情谊、重恩爱的种子。

中国北有黄帝陵，南有大禹陵。20 世纪 20 年代，史学家顾颉刚认为禹的传说，表达了古代会稽山区治理水患的史实。大禹治水告成，死后葬于会稽。《史记》中亦有秦始皇"上会稽，祭大禹"，亲自主持祭典的记录。大禹陵就位于绍兴境内。从大禹起始，继而有越王勾践忍辱负重、韬光养晦，20 年苦心灭吴。一个移山填海，胼手胝足，过家门而不入，一个卧薪尝胆，终复兴国家，后继的绍兴人耳濡目染，无时不在锤炼他们的风骨。

我常想，一个 400 多万人口、8200 多平方公里的江南地级城市，怎会这般盛产名人雅士呢？这种人才奇崛而出的历史现象，在中国恐怕是绝无仅有。

许多北方人认为绍兴居于南国，方言属于吴语系，"醉里吴音相

绍兴大禹陵。其五水共治，福泽万代。

绍兴鲁迅故居的百草园。鲁迅早年进私塾读书，接受中国传统文化教育，不囿于四书五经，多涉小说、野史、笔记和民间文艺。

媚好"，无意中就有了"软"的印象。加之绍兴人看重诗书继世，大批绍兴人通过科举，循规蹈矩地进入官员队伍中，所以和"风骨"两字似不搭边，其实，这只是问题的表象，并不是一个人品质的标志，中国历史上的知识分子们，身上从来就是风骨胜于媚骨，柔中不乏刚强的。

明代有绍兴籍重臣刘宗周，跨入宦海之时，正值明朝江河日下之际。刘宗周抱着"一日未死，一日为君父之身"的忠君思想，百余次上书直谏，抨击魏忠贤等宦官主政，先后三次被革职为民。当京城陷落之时，他以顺天府尹率领京城军民奋力护城。明朝灭亡后，刘宗周欲跳水而死，被救出后，又不为弟子黄宗羲所劝，最终绝食而亡。这个历史上的忠、廉之臣，自号山阴废主，晚年更号克念子，著有《刘子全书》40卷、《刘子全书补遗》24卷。《明史》评价他"其论才守，别忠佞，是为万世龟鉴"。

绍兴人做事低敛，求实而不务虚名。据前几年的资料记载，中国民企500强中，绍兴有41家上榜，居浙江省首位。绍兴的上市公司在全国地级市中也居第一。绍兴还拥有26个"中国驰名商标"、51个中国名牌产品，但都没有过多的宣传和推介。因为绍兴人大都深谙"大名之下，难以久居"，避免分心劳神，把精力都用在了实处，这和盛名之下的某些商界之风迥然不同。

400年历史的开放标本

素以低调著称的朱镕基和李瑞环，都在云南和顺这个小镇欣然命笔，高调表达对这个小镇的敬意。

和顺，是云南边陲腾冲县的一个小镇。如果说我国从西部新疆到中亚的丝绸之路，是脍炙人口的西北大通道，那么，从我国西南川滇出发，经缅甸、印度等国到达欧亚地区，就是另一条丝绸之路。腾冲就在这个路径的一个结点处，而腾冲最有名的古镇就是县城以西四公里处的和顺。

早在明清时期，和顺就有"走夷方"的传统。一般男子成年礼后，依托大小规模的马帮，穿越峰峦起伏的高黎贡山，纷纷到西方去从事贸易、学艺取经和劳务谋生。马帮沿茶马古道带去了茶叶、烟草等，拉回了宝石、金银等细软，人们学会了现代工艺和技术，这样中原文化和东南亚文化、西方文化碰撞交融，使当地人们的视野开阔、意识开放，经济也逐步富足了，原来的荒蛮之地，成为西南地区人杰地灵的侨乡。

和顺在2005年争取"中国十大魅力名镇"时，著名主持人崔永元曾戏说和顺的几大"缺点"：一是开放得太早，早在400多年前已经有人走出国门，除了缅甸，还远渡重洋，到了欧洲、美洲和澳大利亚。而出国的人有些没有回来，因为在国外承担了一些职务，比如在麻省理工学院当了石油学博士。二是他们不珍惜文物，建筑比较凌乱，有徽派的、欧式的，也有中西合璧的，建筑也不太注意更新。三是和顺人不务正业，放牛的人经常清晨上了山，把牛放在山上吃草，自己却到图书馆看书。农民家里最多的应该是农具，但家家都有文房四宝。1928 年就建了图书馆，还请胡适先生题了字。图书馆也没有多少书，只有 7 万多册，基本上都是老书、古书、善本、孤本……这些幽默的话让人忍俊不禁，和顺荣膺全国魅力名镇，走进了全国人民的视野。

徜徉在和顺的祠堂、牌坊和古刹中，宛若在历史的陈烟中穿行的世外桃源，让人领略改革开放的一个真实标本。这里有数十名海外留学生建造的"留学林"，出现了一掷万金支持孙中山革命事业的富商，走出了被毛泽东称为老师的著名哲学家艾思奇，这里文风之盛，女子教育开始很早，20 世纪 20 年代即有进步的青年会组织……没有当年的大胆"走夷方"，就不能成为当时先富起来的一代人，就不能使和顺在西南地区脱颖而出并木秀于林，就没有今天丰富的人文资源并为世人翘楚。站在这里可以深刻领略面向世界、面向未来、面向现代化的时代抉择。

在和顺可以看到许多有价值的文物，也会有迥异于其他地区的特殊发现和惊喜。在村头矗立的十几米长的影壁上，白底黑字书写着国务院原总理朱镕基所书的"和顺和谐"四个大字，而影壁的背面，同样有四个大字"内和外顺"，是全国政协原主席李瑞环所书。这两位素以低调著称的政治家，对这里情有独钟，先后在此欣然命笔，高调表达其敬意。

和顺历代先贤，都有砥砺进取的精神，一代代人走出家门、国门，从追求生存到追求小康，进而追求理想，汲取中外文明的精髓，与时代同步，创造了独特的儒商文化和侨乡文化。她一直在无言地诉说，其社会结构、经济结构、文化结构不断重构，使单一的农耕生活更加多样化，安于自我和保守的心态逐渐显示出灵动和鲜活，平和的乡村结构被赋予了文明和竞争的意义。

和顺人走出去，又赶着回来，带回了许多物质和精神上的稀罕东西。比如，建筑风格中西合璧，家族宗祠中有西洋建筑的风格，布局更加巧妙和精致。封建时代体现在建筑风格上的等级制式，在这里因人们观念的进化而不拘一格。"罗马的钟，英国的门，捷克的灯罩，德国的盆"，还有德国的蔡司照相机、美国的派克钢笔，许多古董在一些人家里随便摆着。

"横看成岭竖成峰"。来和顺参观考察的人们，尽管社会地位和文化背景不同，审视和顺的角度也不同，但人们都会觉得，历代和顺人"走夷方"的脚步是多么扎实，他们的成果又多么现实。

登高壮阔江油关

在古老关隘面前，人们怀古寻踪，评说千年往事，探寻人与自然、历史与现实的和谐统一。

从成都向北行，几乎都是一望无垠的天府沃野，但进入平武县南坝段时，出现了满是苍茫的山峦。一座宏伟的雄关也豁然屹立在涪江之畔，那就是四川地震后复建的千古名关——江油关。

登上高达 20 米的四层关楼，俯览群山环绕，涪水中流。左担山脉壁立千仞，天险自成。簇新的村镇、逶迤的涪江和宽敞美观的街道，以及商贾云集的广场，与城楼浑然衔接，宛如地造天成的一幅市井图画。

江油关又称江油戍，与剑门关齐名，曾经改写过中国历史上蜀魏两国的命运。公元 263 年，魏国大将邓艾率兵攻蜀，逾七百里鸟道，不惜 3 万人摔死过半，如天兵降于江油关前。蜀国守将马邈魂飞魄散，献关投降，邓艾得以顺江而下，克绵州、陷成都，始灭蜀汉。

"古江油关就在今天的南坝镇，江油关大概是取'江由此出'之意吧。"河北唐山援建指挥长符睿敏介绍说。物换星移的千百年间，古关楼早已破败于川北的崇山峻岭，震前已有名无关。在震后复建中，来自唐山的援建者们重新安排山水林田，按照历史上江油关的模型，把千年古关复原复建，演绎出一段古老传说和现实场景交织的故事。

南坝镇在汶川地震中遭受重创，86%的房屋倒塌，基础设施全部瘫痪，直接损失75亿元。按照国家对灾区恢复建设的总体安排，一个省对应灾区的一个县，省里的每个市负责一个受灾的乡镇，唐山市对口援建平武县的南坝镇。唐山的震后重建曾经得到了全国人民的支援，现在，唐山怀着感恩的心，开始大笔如椽构划南坝宏图。

初入蜀地，建设者会同当地部门很快提出了南坝建设的总体规划，决定挖掘南坝历史资源，以山水城市为切入点，打造"宜居、宜业、宜游"的旅游名城。由于原有的公共用地因建设住宅、学校、商店等设施，已无空闲，他们就把部分河滩废地纳入规划，经过填埋和平整，开发用地400多亩，辟出了蜀汉文化开发区。

恢复江油关的原貌让建设者们颇费心思。一些年长的人虽见过连绵的古城墙："三人高，一丈宽，全是黄泥巴，夏天荒草比人高。"但由于年代久远，没人见过真正的关楼模样。他们查阅大量史料，根据秦汉建筑风格，设计出高20米、宽18米的模型，下部是青砖砌成的门洞，中部是箭垛环绕的廊道，上部为瞭望平台和箭楼。关楼左右分别立有两尊高大的花岗岩汉阙，以示城楼的庄重威仪。

南坝曾是川北重要的郡县治所，留下了很多历史人文古迹。诗人李白曾游历江油，写下名篇佳句，并在附近留下了太白读书台的遗迹。当年守将马邈投降后，其妻李氏唾夫殉节，有感于此，后人为她立下了墓碑，还有吴道子所绘的像碑和宋徽宗御笔手诏碑，都弥足珍贵，昭示着南坝镇厚重的人文历史。建设者们以这些资源为素材，邀请专家设计打造新的景观街区，在江油关前修建了系列建筑：文化长廊里镶嵌了反映南坝历史的各种碑刻、文化墙上篆刻了15首历代名人赞美江油的诗句、修建了涪江索桥并在门柱上大书"雄关如铁"四个字，而新建的纪念碑座的三面增加了"多难兴邦"、"锦绣山川"、"国泰民安"的石刻。这些建筑，和新修的滨江大道相映成趣，展示了"龙州古韵、汉唐遗风"的文化底蕴，江油关仿佛再度中兴。

"江油关代表蜀汉文化，长城代表燕赵文化，我们在涪江的坝堤上修建了长城垛口，也叫长城墙，这种混搭，融合两种文化元素，而为中华文化。"建设者们介绍说，建筑群以主体建筑为中轴线分布开来，可以增加气势，使布局严整有序。涪江索桥、滨江大道和江油关等一字排开，形成了以江油关为标志的滨江景观带，江油关虽是复建工程的锦上添花，却有如王冠上璀璨晶莹的宝石。

南坝地处成都前往九寨沟的中转站，是往来游客的休憩之地，簇新的江油关提升了南坝的旅游品牌，成为寻幽探古、凭吊历史的故地，已被列为四川省名胜旅游地，每天都有大量去九寨沟旅游的团队在这里驻足流连。人们走进城楼内的六个展室，通过文字、图片和物证，了解南坝的历史渊源和名人足迹，以及地震灾情和抢险救灾、援建的场景，江油关的仿古城墙以及瓷砖壁画，宛如艺术的长廊。

关楼以厚重和悠久，诉说着自古至今或悲壮、或惨烈的史诗。宽阔平坦的滨江大道被命名为"唐山大道"，《南坝镇震后重建碑记》记载了这个历史性的变迁。当人们传唱传统经典剧目《江油关》时，虎踞龙盘的江油关又有了雄关涅槃、浴火再生的新的诉说。

三亚的边城

从一个村落发展到一座城镇，在中国每天都发生着这样的事。这个小城的特殊在于人们来源的广泛多样性。

有一小溪，从山坡上顺着两侧起伏的山峦，由西北向南缓缓流动。小溪边有一排排米黄色的连体别墅，呈无规则的放射形排列，一直延伸到四周的山脚。山脚下又有10多列高层建筑，把整个山坳围成了一个小城。

溪水终年流动着，弯曲如弓背，山路如棋盘，小溪在小城的中心区形成一个长达数百米的人工湖泊，周边是数条茂密的林荫路，有芒果园、槟榔园，以及许多不知树名的绿植。近10年来，小城逐年扩大面积，聚集的人越来越多，冠名"万科森林度假公园"。

这里地处三亚市区最北端，距市中心约10公里，东临海南历史最早的古迹落笔洞，西北向是三亚市的水源地半岭水库，而北面则是连绵数百公里的绿色丘陵，犹如三亚的一个边城。虽然房地产业的造城广受诟病，但万科集团建设的这个小城，却改写着三亚这座城市北端的人文经济地理。

两年前，我曾到这个小城相邻的三亚学院造访，一位院长介绍说，2004 年吉利集团决定和海南省政府共同投资 10 亿元办学，三亚市政府划拨了数千亩丘陵土地。后来剩余土地转由万科集团开发建设森林公园。10 多年的接力建设，学院已建成有 20 多个学院、50 多个专业的综合类大学，而森林公园历经繁衍，形成了山丘区、溪谷区、湖泊区等面积约 1400 多亩的几大片区，其中建筑面积达到 47 万平方米，聚集了 5000 多户居民，最终取向是形成了这样一座袖珍的万人生态小城。

在小城里漫步，经常走在洒满红色紫荆花的路上，让人不忍行步。紫荆花生长在我国北回归线以南，是华南地区许多城市的行道树，花株大，呈紫红色在湿润多雨和阳光充足的三亚繁英满树。这里商业、文体、娱乐设施一应俱全，10 多个停车场上，可以看到来自全国各个省份的车辆，尤以冬季为甚。每年 11 月以后，四面八方的人们陆续聚集到这里，操着各种口音相互问候，直到来年的四五月份才离开，有东北和西北地区的，也有中原乃至东部沿海地区的，这些"候鸟"族和常驻的人们，成为小城的命运共同体，把漫长的冬夜，变成了浪漫的热带时光。

围绕这个小城，有内外两个环线。内环是在周边的山峦上，穿梭于树林植被间的一条山间小路。从西北面的山坡下开始登山，先是一座网球场，再登高一些，是个山间篮球场，再向上走上几十米，就是环山的小路了，路上间或有小亭子供游人休息，可以俯瞰整个小城及不远处的三亚学院。这条路约有两公里，实际上是半围着小城，可以领略许多人文景观。而外环线则是从小城南面出发，穿过落笔村，沿半岭水库向东到温泉村，再到红花桥，然后围着三亚学院校区，经学院路回到原处，总共约 20 多公里。山里的路时高时低，曲折蜿蜒，路上可以看到漫山遍野的果园，香蕉树的枝头缀满一簇簇香蕉，还有

庭院深几许，温润水长流。
栖居缤纷里，南下非客留。
海南三亚万科森林度假公园的冬日所摄。

大片青黄两色的芒果林，是难得一见的热带雨林风光。特别是山间的寂静安宁，只有随风飘落的果实发出的落地声，以及各种鸟类的啼鸣，才算有了声音。

小城里每个家庭都有着不同的历史，串起来就有了讲不完的故事，我的一个邻居来自吉林长春，几年前他卖掉在东北的资产，在这里买了一套三居室，带着老婆和儿子，成为小城的移民。儿子结婚有了孙子，夫妇俩既帮儿子照料生意，又每天到幼儿园接送小孩，在忙碌中晨起晨落，日子就这样一天天过下去。每个家庭都有着各自的欢乐。

从一个村落发展到一座城镇，在中国每天都发生着这样的故事。这个小城的特殊在于人们来源种类的广泛多样性。著名经济学家、原国家体改委副主任高尚全就曾住在这里，他多次参加中央重要文件，如中央全会的报告和五年计划建议的起草工作。我很敬佩这位中国改革的掘进者，曾想择日登门请教，可惜他于2020年6月以91岁高龄，在北京逝世了。

海南的历史过去只是一部黎族史，直到近年发现了落笔洞遗址，才把海南有人类记载的历史向前提升到史前的万年之前，而这个落笔洞就处小城的邻近。在小城各个角度，都可以看到两三公里外落笔洞那个郁郁葱葱的独立山丘。山丘四周杂草丛生，地下水溶蚀的石灰岩洞穴内，有似巨笔垂悬的石柱，考古专家在这里曾发现了史前人类遗骨，成为海南文史界的大事。明代的《琼台志》记载："石峰独耸，高数十丈。中有石洞，俗传有僧于此坐化。又有悬石，击之如箅。高处一石门，有万马首。入其中，有二石，形如悬笔，笔尖水滴不断。"落笔洞的传说，吸引吉利集团来此办学，由办学而衍生了小城，小城今后的发展，仍会和落笔洞的旅游开发联结在一起，促进小城不断走向繁盛。

2021 年 12 月，我因到湘西开会，曾到过沈从文笔下的边城，也就是位于川黔两省交界处的茶峒，那是个山清水秀的地方。把这两座小城比较起来，更加体会了《边城》中的话："生活有些方面极其伟大，有些方面又极其平凡……"这大概囊括了所有人类生活栖居的地方之本质。

夜宿二郎镇

　　二郎镇瑰丽奇特的风貌，还有百年醇芳的微醺史话，让人们没有理由不去虔诚地记录和赞美。

　　久闻二郎镇，是因为贾平凹的一篇散文《在二郎镇》。那篇3000多字的文章，描述了赤水河流域二郎古镇上的风情，以及天宝洞珍藏美酒的神奇。虽然那是郎酒集团组织数名作家考察后写就的"软文"，但文章内容丝毫不"软"。

　　赤水河为长江上游支流，长400多公里，因水色赤黄而得名。茅台、郎酒、习酒等大小数十家酒厂，都建厂于河的两侧。新华社曾发出专稿《赤水河流域成为我国美酒长廊》。

　　二郎镇位于四川泸州地区古蔺县，是云贵川三省接壤的地区。蜿蜒的山路沿着赤水河一侧前行，穿过雄奇的崇山峻岭，突然一个小镇显现在逶迤的河边，河岸名为二郎滩，沿着窄小的山路向山上走去，不远处就是二郎镇。

　　这个偏于西南一隅的二郎镇历史悠久，因酒而盛名，路旁满是和郎酒有关的各色门店。我们抵达时已近傍晚，镇上人烟稠密，街头熙熙攘攘，充满了初级的商业繁荣。当走到郎酒集团所在地的镇子中央时，回首垂望，赤水河像一条金色的缎带，缓缓向远方飘去，脚下是四川境内，河对面就是贵州的区域，让人觉得时空在这里格外紧凑和逼仄，且充满了历史和现实的各种遐想。

赤水河平时水流清冽，有时河水红黄间杂，而此时正值丰水期，水量丰沛混沌。由于空气的湿润，加上酿酒中的微生物在山中的空气里弥漫，整个镇上溢满了酒香。在静谧的夜晚，领略这般沁人的空气，没有人不会产生安谧、静定的心理。我们一行人，都没有理由抗拒郎酒的醇香，在厂区的宾馆里度过了美妙的夜晚。

次日清晨，吸吮着浓厚酒分子的空气，沿古镇起伏的主路走上一圈，大约用了近一个小时。街上有许多骑着摩托车往来上班的人们，还有急于上学，一般都穿着橘黄色校衣的孩童，拿着早点匆匆往来。小镇半是青石板铺就的古老街道，也有些仓促开发的居民新区，历史与现实，就以简单的新和旧的形式，生动地展示给我们。

吃过早饭，沿着崎岖的山路向山顶出发，上行十几分钟后，充满奥秘与神奇的天宝洞就出现在直立的岩壁上，洞口有个小广场。值班人员打开铁锁，推开洞门，只见里面幽暗深邃，一眼望不尽的数以千计的酒坛整齐排列，每个约一米高，像酒林兵马俑，雄壮而莫测。洞里的宽度可以并列开行五辆卡车。我们拿着高强度的手电，一眼望不到边际。仔细用手轻轻地摸酒坛，发现酒坛外面包裹着一层毛茸茸的细微物质，那大概就是日积月累的酒分子微生物吧。

这个天然溶洞是怎样的地造天成，洞藏美酒的梦幻怎样成为眼前的现实？据说50多年前，郎酒厂一位员工在为母亲采药时，意外发现了这个杂草灌木覆盖的天然溶洞，当时数百只岩燕从洞中冲天而出，这真是天赐良机，人们命名为"天宝洞"，并开发为藏酒洞。有了天宝洞的滋润和造化，郎酒似乎增添了大自然的魂魄，人们传说郎酒从此变得更加醇厚芳香了。

洞中远处传来了细微的水声，原来顶上不时有滴水下落，如同串串珍珠般的清洌甘泉，洞中空气湿润而并不稀薄，这一切，让人感到天宝洞乃地造天成，是上天赋予郎酒得天独厚的福分。

走到洞的中央，有一个向下望去深不可测的小洞，我们以为是一口井，随行的工人们笑着说，这里哪有井啊，是连接着下面的地宝洞！原来从这里向下 44 米处，是另外一个溶洞，他们称"地宝洞"，里面也贮藏着数千坛郎酒的基酒。这个垂直上下的小洞，使天地两个宝洞，气流相通相融，其鬼斧神工，叹为观止。二郎镇人造酒藏酒，其技法灵异，就是神授了。

在这个世界上绝无仅有的巨型藏酒洞里，数千个盛满美酒的瓮坛排成行列，静谧地卧在大山的腹中，不管世外风吹雨打，孕育中独善其身，它们的辉煌时刻，就是作为基酒，来进行点化和勾兑，这从哪个方面来说，都让人们的表述一言难尽，心有千千结。

出天宝洞，在当地人所说的"七七四十九个弯"的山坳里，有着郎酒集团的三个贮酒区，几十米高的酒库，一个个排列着，在万绿的山体中，也是一番壮观的场面。在天宝洞附近的天宝峰，有 16 万吨酱香原酒储藏区，占地 273574 平方米，大小罐体有 71 个，最大储量 5000 吨，最小的也有 2000 吨，显示了一个新型工业化、城镇化互动的名酒名镇。

因为时间紧促，次日午后我们即向这个难忘的小镇依依告别。据说郎酒集团正规划把小镇打造成一个与酒文化有关的度假胜地，并融进了当年红军在这里四渡赤水的故事，因为红军曾在这里用酒给伤员消毒，用郎酒来庆功助兴，郎酒也可以说是红军酒、胜利酒，这是和茅台酒一样的历史说法。二郎镇就是中国西部数以千万计的乡镇之捧出的一束奇葩。

一座古镇、一条河流、一脉山峰，不仅因为瑰丽的风貌，还因为它芳醇微醺的史话。追寻一段风云万象的神话般的故事，记录一个历史性的变迁，也是充满幸运和幸福的事。

松花江畔冰城梦

　　走是采风，是践行，是没有蓝本的读书；读是撷取，是思辨，是没有羁绊的远足。

　　汽车出哈尔滨后在辽阔的三江平原上驰骋，皑皑白雪辉映着片片葱郁的林木，显得那般和谐素雅。一个个升腾着袅袅炊烟的村落在车窗外急速掠过，一望无际的山川大地令人心胸豁然。

　　以黑龙江四分之一版图之阔、72万林业人口之众，构成了我国最大、世界鲜见的特大型林区。我曾多次到这里采访调研。出尚志、到海林、抵穆棱，一路过雪原、穿林海，和林区工人一起围坐"大火炕"，痛饮"小烧酒"，山野之雄峻、民风之淳朴，让真、善、美的豪放之气浑然一体。在亚布力林区，我第一次装备上滑雪衣具，在积淀了一米多深的雪层上，从蹒跚学步到"雪山飞狐"。零下30多摄氏度的低温，使裹上了厚厚棉大衣的我们都变成"红脸"大汉，眉毛结上冰霜。举目四望，天地洁白无垠，宛如人间玉宇琼楼。多年后我参与编写《滑雪新时尚》一书，其中融入了自己的感受。

　　如同到了维也纳就会联想到音乐盛宴，到哈尔滨总是离不开冰雪世界。这里夏短冬长、薄暖重寒，冰雪是城市乡村的本质特征。后来

2010 年 9 月，在吉林长白山地区参会调研。

的几年中，我和几位同事多次去哈尔滨采访调研，大家徜徉在冬季夜幕下的哈尔滨街头，只见冰挂缀满如梨花，坚冰像玉龙一样装点街头。我们在扑朔迷离的彩灯引导下，分别来到冰雪大世界和兆麟公园，只见游人如织中，一尊尊冰雕千姿百态，晶莹剔透，真如"素影动乾坤，寒光射寥廓"，凝华焕彩的各色灯光使皎洁的月色都相形逊色了。我们还在太阳岛上领略以冰雪为材料砌筑、堆塑、雕镂而出的各类艺术造型，既粗犷敦厚又细腻圆润，不愧巧夺天工的匠心之美。

哈尔滨的夜晚，风之凄厉，冰之冷峻，行走在松花江上的冰雕群列中，行百余米就得钻进特设取暖用的小屋中去烤火，但你感觉到的不是严寒的肃杀之气，而是冷得出奇且豪爽，因为大自然造就了冷艳的愉悦。据说香港报刊载文曾称哈尔滨的寒冷冻伤了许多人的耳朵，使东南亚和港澳地区的游客锐减，令人愕然，伊人不知冰城之美，只识北方之冷。

一方水土养一方人，美是触类旁通的。冰雪的圣洁和厚实，造就了冰城人特有的性格魅力，充满北方人典型的率直和坦诚，与之交往你不需设防。虽然鲁迅先生说过这样的意思，南方人精明但失之狡诈，北方人爽直但失于憨实。由于职业的习惯，我在哈尔滨结识了许多人士，一位时任哈尔滨市副市长的中央下派干部，领衔市政建设，数年中几乎深夜12点前没有睡过觉，在城市拆迁的紧要关头，常深夜把局长们从梦境中唤到工地。他的工作节奏和习惯，曾引起一些人的偏见。还有曾任哈尔滨市市长的汪光焘，力排众议建设中央大街、重现索菲亚大教堂的风采。汪光焘后调任北京市副市长，大刀阔斧抓北京城建，毫不逊色大名鼎鼎的"城建市长"张百发的名声。

如果把黑龙江省的版图喻作一只昂首而立的天鹅，哈尔滨就像珍珠挂在她的脖颈处，有人称"天鹅项下的珍珠城"。据查，哈尔滨之名最早由女真族建立的村庄"阿勒锦"音译而来。这里有着俄罗斯文化的丰厚遗产，据说在"文革"前还可见俄罗斯的小提琴手在街头献艺，是当时国内唯一有啤酒市场的城市。悠久的异域文化浸润其人、其景，使冰城有别于国内任何一座城市。我多次住在中央大街上历史悠久的马迭尔饭店。打开临街的窗户，步行街上欧式风格的一座座建筑物尽收眼底。这里似乎没有冬天，街头上的女性任何时候都一袭高筒皮靴，长裙曳地，尽显婀娜挺拔。马迭尔这座百年店堂，记下了步行街上的一幕幕良辰美景。

屈指算来，我从北京到哈尔滨的往返旅途已不下数十次了。这里既有公务行为，也有为朋友间的友情，冰城留给了我许多美好的记忆。

后来，我把一位哈尔滨朋友送我的上世纪远东地区最大的东正教堂——索菲亚教堂的一尊金属雕塑摆在家里的案头上，静夜时分，它常使我隐约想起悠扬的教堂钟声。

灵魂的飞扬与磨砺

　　　　现代和传统，通过相互渗透和杂糅，终能"嫁接"始成一家。

　　那一年去长沙参加全国图书展，忙碌之后，只剩下半天时间，次日就要返京了。在朋友们领略和消遣这个极为发达的城市娱乐业时，我悄悄溜出去，在岳麓山上一番匆匆游历。

　　对岳麓山的景仰，来源于当年在中国新闻学院就学时湖南籍同学的自豪表述。位于湘江西岸的这块名胜佳地，不仅风光优美如画，还显示着湖湘传统文化的厚重。这里的每个院落和房舍、每座石碑和亭廊，都铭记着灵魂飞扬和磨砺的史话。

　　岳麓书院始创于北宋年间，历经千年而学脉延绵，几度废兴，仍弦歌不绝。毛泽东青年时代曾寓居这里，和蔡和森等人常聚于爱晚亭、赫曦台，指点纷乱的江山。他倡导的"实事求是"，就缘于这里的一块匾文。丰富、深厚的岳麓文化，还孕育了曾国藩、左宗棠、谭嗣同等历史上的风云人物。那些匾额、楹联等历史文物，以及浩繁而泛黄的文化典籍，体现了许多延续至今的观念、情感和行为方式，有些可能时过境迁，甚至有些陈腐，但精神本质仍在砥砺社会的前行。

　　英才辈出且灵魂飞扬的因素固然很多，但我认为至少有三点不容忽视：

　　——把自我修养放在首位。朱熹手书的"忠孝廉节"匾，立于清初的"学规碑"、"学箴碑"、"整齐严肃碑"等都有着深厚的内涵。"为政在人，取人以身，修身以道，修道以仁。"这是形成人格风范的根本，就是做什么、不做什么、怎样做，都规矩等身，并适时用道德的力量去检点规范。毛泽东年轻时曾在这里誓言：终生不虚伪、不懒惰、不浪费、不赌博、不嫖妓。这是他成就伟人的基本条件和底线，许多人曾在此详细阅读碑文，接受一种洗礼。

　　——注重治学和立业的渐进过程。《自卑亭》中有碑刻记载："君子之道，辟如行远，必自迩；辟如登高，必自卑。"强调人的修养如长途跋涉，须从近处开始；如同登高，须从低处起步。这里揭示的是实现自身价值过程的普遍规律。浮躁和短视是成长的大忌。冠军并不产生在竞技场上，而是诞生在幕后长期汗水的浸泡中。失和得许多时候是并行不悖的。

　　——重视劳动和社会实践的功能。有句门联："学以致用，莫把聪明付蠹虫。"意指学后要善于应用，不可像书蠹一样啃书本。书给了你一切，但到头来没有应用，书什么也不是。尽信书不如无书，就像真正的政治家并不过多地赖于政治的概念和辞藻一样，真正的读书并非抱着书本引经据典。政治家曾国藩、军事家左宗棠、思想家魏源，以及投身于中国革命的谢觉哉、何长工、邓中夏等都是从这里积极入世，投身社会改革和革命，在中国历史上产生了深远影响。而毛泽东是从这里开始他的"远足"，对当时中国社会各阶层进行调查研究。

　　岳麓书院里严谨和闲适的读书氛围，影响一代代人的成长，使他们在时间的自然流变中，滋养了自己的文气，形成了科学的世界观。书中的理论和实际时有脱节、现代和传统相互渗透不一，只有靠学养的积累去思辨，通过杂糅和博取，用自己的头脑去嫁接和思考，才始成一家。通过思想的锻造与冶炼，才有灵魂的飞扬，而支撑飞扬的力量，是蕴含书中的无形无量之力。

这正像学习中国书法，必须了解其历史发展，始于对名家的临摹，研习各派之风尚，才终成一家；也像学习中国画，从山是山、水是水，到像山不是山、像水不是水，最后还是山水杂糅、相映如画，完成从个别到一般的推衍转换。

数以千百计的仁人志士从岳麓文化中汲取了诚勇、奋发和刚强，学习的结果不同，才有人们灵魂的飞扬和沦落。读书，使他们垂老不倦，贯以终生，是他们灵魂飞扬的起点和归宿。

2019年春天，我再赴长沙参加一次调研活动，忙里抽闲用一个晚上和长沙的友人再去拜谒岳麓山，夜幕下群山俱寂，偶见几个在山路上跑步的学生。随行的友人说，他就是山下湖南大学毕业的，每来一次岳麓山，就仿如敲打一下自己的心灵，仿佛回到了过去年轻的岁月。在读书成为一种奢侈，物质享受成为高雅生活的代名词时，岳麓山是一个象征，也是一个庄重的宣言，用她的历史和文物为社会的进步而呐喊。

集美，集厦门之美

　　动车驶过厦门跨海大桥，杏林湾的湖海环绕处，就是"厦门岛外第一城"的集美新城。

　　规划面积 47 平方公里的集美新城，是厦门推进岛内外一体化发展、建设海湾型城市的宏伟战略。站在集美新城核心区的杏林湾商务营运中心制高点俯瞰，只见市民中心、诚毅书城、图书馆、科技馆、嘉庚艺术中心等连片成势，远处波光涟漪，绿色葱茏。集美一位区委书记介绍说，集美新城按高起点、高标准开发建设，注重城市总体布局和功能设置，综合协调产业、生态、自然、文化和建筑等要素，实现了岛内外基础设施建设一体化、基本公共服务一体化。

　　集美新城三面为 7.2 平方公里的杏林湾环绕，构成了一幅美丽的山水画卷。由于有一条海堤相隔，杏林湾保持了淡水成分，水质得以提升，营造了新城良好的水生态环境。"山水田林路村"并举的小流域综合治理，则做到了"为有源头活水来"，走在杏林湾沿岸，可以看到改造后的 52 个排污口，以及环湾 20 多公里的截污系统。

　　在杏林湾畔一处大型施工现场，"九天湖水动力工程"正在紧张施工，其功能是驱动湖水循环，增强湖水更新能力，使水质达到四类标准以上。全国青运会皮划艇比赛曾在碧波荡漾的杏林湾上劈波斩浪，是对杏林湾水质的检验，也使集美新城走进更多国人的视野。

集美新城建设采用大量的新技术、新材料，如地下综合管廊、海绵城市、三网融合等。其中，地下综合管廊技术得到大规模应用，避免了城市马路经常被"开膛破肚"的尴尬。实地探访集美新城的地下综合管廊，只见廊道宽阔笔直，明亮整洁，干燥通风，电力、通信、广电、热力、给排水等管线在这里有序"共享"。由于管廊足够宽阔，工人一般都是开着电动车巡线检查，这在其他城市里极为鲜见。

厦门素有重视城建规划的传统，集美新城始于规划走"产城融合"的道路，重点发展软件与信息服务业、总部经济、物流商贸、文化产业等主导产业，实行产业链精准招商。目前，辖区内的杏林湾营运中心、创业大厦已有近400家企业入驻办公。

新城目前主要的产业支撑，是未来厦门经济的战略增长点。被誉为海峡西岸经济区"硅谷"的厦门软件园三期，规划面积10平方公里，包括动漫教育产业基地和软件研发产业基地，规划容纳规模企业2000家及20万创业人才，形成2000亿元产值，是产业发展全要素聚集的创新型社区。中国移动的咪咕动漫公司作为业界龙头企业，可带动上下游配套企业1500多家，一批批年轻人创业的身影，激活了这些年轻的产业门类，我国三大运营商的手机动漫基地相继落户厦门。

集美新城的区域位置促进了创新创业方兴未艾，来自两岸的许多青年在这里实现了创业梦想。目前"一品创客"在孵的创业团队超200个，其中50多个团队来自台湾。这些团队的创业方向涉及移动互联网、物联网、无人机、机器人、电子商务等新兴领域。围绕建立"创业导师+专业服务+产业园区+创投基金"的创新创业生态体系，集美为创客提供投融资对接、商业模式构建、创业培训以及食住行等全方位服务，吸引高端人才入驻，这就在一定程度上已经超越了经济意义。

集美是福建省的著名文教区，拥有 14 所高校和科研机构、12 万高校师生和科研人员，其中包括科研实力很强的中科院城市环境研究所、中科院稀土研究所。集美将这些高校和科研院所的资源纳入辖区产业发展规划，走"产学研"融合发展道路，增强了创新发展的内在驱动。

集美以"一精神三文化"（嘉庚精神、华侨文化、闽南文化、学村文化）为特色人文，引领人文集美的发展战略，以产业为基础驱动城市更新，以城市宜居度和承载力为目标完善各项功能，以高校院所为产业创新的源泉和人才基地，促进"产城学人"的深度融合，为经济发展创造良好的人文环境。

人们对近年来集美新城的崛起作了形象的概括：基础设施、路网建设、环境整治等搭起了城市筋骨，新兴产业、主导产业发展充实了新鲜血液，嘉庚精神使人文集美建设有了灵魂和内涵。

千年流淌的燕赵之水

冬天在滦河的冰道上拉着一根木棍小心地行走，冰面下不断发出"咚"、"咚"的声音，疑似历史上的兵马前行。

河北的潘家口水库，是当年为解决天津饮水困难，引滦入津而建。它跨越唐山市迁西县，承德市宽城、兴隆、承德三县，使两市四县濒水相连，形成了南北长 50 多公里，总库容 29.3 亿立方米，面积 72 平方公里的宽广水域。

水库中的滦河水，源自遥远的丰宁坝上草原，汇集众多溪流而由此进关。流淌千年的滦河水上，曾经发生过数不清的惊心动魄的历史故事。

潘家口，古称卢龙寨。东汉建安十一年（206），曹操北征乌桓从此口出塞。唐诗《塞上曲》有句："铁衣霜露重，战马岁年深。自有卢龙寨，烟尘飞至今。"说明军队长期驻守于此，战事不息。宋朝以后，因有一潘姓将军携眷长期驻守，故改称潘家口。

沿库区南岸的山峰蜿蜒向西，两岸危岩耸立，地势险峻，经潘家口折向北面山峰进入喜峰口。这段有长城约 50 公里，巍峨的城堡、坚固的城墙、雄伟的箭楼和水门等建筑，形成了完整的军事防御体系。建于 500 多年前的喜峰口、潘家口城堡属于明代长城的一部分，是两个依山傍水、易守难攻的关隘要塞，也是中原通往东北边陲的咽喉要道。史上抗倭名将戚继光在此三次退敌，并在喜峰口受降，之后镇守北方，使这一线的边陲 16 年和平无战事。后来，皇太极曾由此进入北京，建立了清代政权。

1975 年至 1981 年，为解决天津用水问题，从根本上治理滦河，数万名解放军基建工程兵利用山形地势，在这里修建了潘家口水库，使之发挥多种效益：平均每年可调节水 19.5 亿立方米送往天津、唐山，并减轻北京密云水库的供水压力。同时，有效控制洪水灾害，保证下游京山铁路和滦河大桥的安全。水库施工中，曾有 31 名年轻的战士献出生命，长眠于此，在坝区一侧，建有纪念碑亭，褒扬战士们的牺牲精神与大坝共存。

潘家口水库是华北地区最大的水利枢纽工程，大坝长 1399 米，高 107.5 米，是我国第一座混凝土重力坝。由于拦腰截断滦河、蓄积滦水，连绵的山体成为蓄水的天然屏障，构成了"高峡出平湖"的胜景。库区内风光秀丽，云水相交，峡谷幽深，奇峰竞列，展示着沉稳、凝重、包容的气度。雄伟的大坝构成了波光旖旎的山光湖色，成群的野鸭，以及天鹅、白鹤等珍奇水鸟，在湖面上自由流动和飞翔，大自然的奇特造型移目换景。由于蓄水后水位超过了长城高度，喜峰口、潘家口两座雄关镶入一潭碧波，历经 500 多年沧桑的长城，也依山顺势，蜿蜒隐身水下，部分墙体隐约可见，形成了万里长城独一无二的水下奇观。盛夏时节的七八月份，当水位过高开闸泄洪时，滚滚滦水则从洪道闸门奔腾而下，浪翻涛涌，如扫千军。我曾写过一篇《泄流》的散文，登在当地报纸的文学副刊上。

悠久的历史遗产，让人惊叹自然景观的旖旎之美，也领悟山水的悠远和灵性。这个连接关里关外，护卫京城的关口，曾发出"大刀向鬼子们的头上砍去"的呐喊，抗日战争时期著名的喜峰口战役就发生在这里。1933年春，29军在宋哲元指挥下，在这里夜袭日军，抗日名将赵登禹率领500多名大刀队员，以古之利器夜袭敌寇，取得大捷。远在上海的音乐家麦新被大刀队的英勇所激动，谱写了著名的抗日歌曲《大刀进行曲》，从此，"大刀向鬼子们的头上砍去，全国武装的弟兄们，抗战的一天来到了"唱遍中国，砥砺着人们的抗日斗志。

物换星移，史上硝烟战火所留下的残垣断壁，已被年轮风化，只有写着"鬼子来了"的一块横卧的纪念碑，以及导演姜文为拍电影《鬼子来了》建造的几十间土房、碉堡，还向人们诉说着一段段过去的历史。

一座城市的生命密码

唐山地震40周年之际，正是唐山世界园艺博览会向世界绽放芬芳之时。唐山也进入了一个新的历史轮回。

唐山地震40周年之际，正是唐山世界园艺博览会向世界绽放芬芳之时。50多个国家和地区参展、总面积22平方公里的园区，像一颗晶莹剔透的宝石，镶嵌在唐山核心城区的南湖，标志着唐山进入了一个发展的新阶段。

40年前，震惊世界的强烈地震使百年历史积淀的唐山市区夷为平地，带走了24万个鲜活的生命，工业企业全部停产，经济社会遭受重创。40年后的今天，唐山仍为河北省经济实力最强的地区，居环渤海地区最具发展前景的城市前列，也是京津冀协同发展战略的重要区域。

新唐山从震后废墟上崛起，已届不惑之年。从园博会璀璨的"颜值"，可以领略新唐山的品质和气概。其40年发展历程，呈现出三个历史阶段。

1976年大地震后，唐山开始大规模恢复建设。按《唐山市恢复建设总体规划》和1985年版《唐山市市区城市建设总体规划》，解决了震后复建问题并不断完善，到 20 世纪 90 年代初，建成民用住宅 1479 万平方米，98％以上的居民搬入新居，人均使用面积居全国大中城市前列。1990 年 11 月，唐山因"成功解决了震后百万灾民的入住问题，并辅之科学的城市管理"，成为我国第一个获得联合国"人居荣誉奖"的城市。

1994 年版《唐山市城市总体规划》标志着唐山市域发展和生产力布局开始向沿海地区战略转移。作为新型工业城市，唐山全域统筹，功能互补，基础设施完备，进入经济社会快速发展的新时期。依靠煤炭、钢铁、电力等传统产业的雄厚基础，辅之做大做强沿海各区县经济增长极，唐山成为河北经济发展的"领头羊"，在 2010 年中国城市 GDP 排行榜中名列第 18 位。这是唐山经济社会发展的峰巅之作。

新唐山建设发展的第三个时期伴随阵痛和再生。随着全球经济增速放缓，钢铁、煤炭等产能严重过剩，传统工业城市之"尊"变为忧思，面临转型升级的严峻考验。唐山通过化解过剩产能，压减炼钢、炼铁产能，削减煤炭消费量。同时，通过技术设备升级、产品链条延伸、规模档次进阶，改造提升钢铁、建材、化工、能源等传统主导产业，发展先进装备制造业和高新技术产业。"十二五"期间，高新技术产业增加值年均增长 16.7％。装备制造业逐步取代钢铁产业，成为拉动唐山工业经济的第一主力。

唐山凭借雄厚的工业基础，借助改革开放的历史机遇，把自身发展作为局部和微观，始终同改革开放的历史大背景相联系，以发挥京畿之地的地缘优势谋划发展，因势促变，顺势而为，在原有产业类别基础上，不断循序渐进，使电子信息、节能环保、生物医药、新能源、新材料等新兴产业集群作为经济新增长极，应时而生并行稳致远。

　　唐山的发展体现了人与物的高度吻合，实现了生产力的发展与人和社会的全面进步。城乡居民人均收入水平、农村养老参保率均居全省第一位，人均住房面积达30平方米以上，城市绿化覆盖率达41%。各区县之间形成"半小时交通圈"。

　　作为我国沿海地区性重要港口，唐山海域面积和大陆海岸线分别占河北省的64%和47%，唐山港逐步形成以曹妃甸港区、京唐港区为核心，丰南港区为补充，协调互动的"一港三区"发展格局，货物吞吐量跃居国内第六位、全球第七位。目前，全港形成了以煤炭、矿石、原油、天然气、钢铁、集装箱为主，现代化、专业化、大型化码头齐备的港口集群，实现了运输航线由国内近海到国际远洋的跨越，通达全球70多个国家和地区的160多个港口。

　　唐山是李大钊的故乡，曹雪芹的祖籍地，也是抗倭名将戚继光的戍边之地……在历史繁衍中，形成了"铁肩担道义"的大钊精神，公而忘私、患难与共、百折不挠的抗震精神，开滦工人的"特别能战斗"精神。经过地震灾害的洗礼，唐山沿着马克思设计的社会管理中人和物高度吻合的轨迹不断探索，在满足日益增长的物质和文化生活需求中，焕发人们的主动性和创造精神，淳朴诚挚的燕赵之风，以及效率效益、竞争开放的观念，形成了这个城市共同体的基石。

海滨也充斥着资本的力量

　　既要发挥资本的强大能量，推动经济社会发展，又要防止资本原则替代或部分替代政治原则、道德原则。

　　七月流火，全国都进入了烈日炎炎的夏季，海滨成为人们消夏避暑的首选。全国数以亿计的大中小学生，还有各业人员都把暑期作为一年中重要的假期，从天上、地下，奔赴东南海岸线。全国各大海滨城市爆满，开往这些地区的飞机和火车应时涨价，许多旅游城市一票难求。广袤的海滩上，响彻来自各个地区、各种年龄的人们欢快的笑声。

　　休假，是改善民生、刺激内需的需要，人们有更多的时间和财力进行旅游度假，这是社会文明富裕和进步的佐证。这些海滨城市又都涌动起资本的湍流。宾馆厅堂越来越豪华，道路日趋宽阔和密集，各种设施只要想到的大都尽善尽美。特别是许多海滨建筑还在日夜抢建中，以期在当年夏季获得收益。一些城市的海滩上，几年不见，让人相见不相识了。

　　充斥各个城市的各种人造景观，在海滨区域屡见不鲜。根据传说建造的庙宇和各种展览馆、博物馆五花八门，沿街璀璨的霓虹灯迷离闪烁，各种风味佳肴满足着南来北往的各色人等……

　　海滨最吸引人们的除了海景、沙滩、绿树的自然风光以外，还靠什么来吸引人呢？不同的人们有不同的解释。有人说对印尼的巴厘岛而言，最吸引人的是土著纯朴的村民，是世外桃源般的静谧安详，以及没有泯灭的原始风貌。有人说，泰国的普吉岛靠"世界村"而闻名，当地村民们特有的热情使海滩具备了人性的亲和，使世界各个角落的人们能在这里消除相互间的陌生感。

　　中国的海滨城市若干年前，也都是由大大小小的渔村演变和发展而来，至今许多海滩周边，仍是渔村的包围之中。巴厘岛和普吉岛所有的我们也都曾有过，甚至比他们曾经做得更好，比如在平等互助、扶危救困、保护劳动者休息的权益上，更体现出中国的国情和特色。以北戴河为例，从20世纪50年代起，国家陆续在此兴建了几十家工人疗养院，囊括各个工业门类。以其中最大的中国煤矿工人疗养院为例，1950年7月筹建，1953年扩建，疗养楼面积达数万平方米，俱乐部可容纳千人，许多常见病和多发病的治疗室一应俱全，旨在为华北、东北和部分西北区的煤矿工人提供疗养服务，在国家百废待兴之际，投巨款建设这样的院所，是旧中国的"煤黑子"们想都不敢想的事。与此前后在这里兴建的还有天津工人疗养院、河北省总工会疗养院等，都初具规模。我想，北戴河最吸引人的当然是海滨的自然风光，但国家在当年那样的困难条件下，仍建了那么多的职工疗养院，无疑让人感到温暖。

　　遗憾的是这些疗养院现在许多年久失修，设施老旧落伍，而近年来许多垄断和新兴行业建设的一栋栋疗养院，已经都不以工人疗养院的名义命名了，先前命名的院所也在经营理念上有了许多转变，虽然疗养院中仍不乏工人的身影，但工人疗养院越来越少。让人想象为中国工人的劳动条件和环境都发生了很大变化，职业病和工伤，这些为社会创造财富的副产品，已经大大减少了。

生产力的奇迹般发展，创造了巨大的社会财富，刷新了整个社会的财富指标。当流动的叫卖者被超市所取代，童叟无欺的善良面孔和方言被售货机、屏幕替代，皎洁的月光被夜市的繁华和喧嚣淹没时，海滨出现的是不断走向豪华、档次更高的疗养场所，集中彰显了资本扩张的力量。

改革中形成的资本群体正在成为社会的强势，收益较小的工人和农民，承担了许多改革的代价却处于相对劣势。怎样趋利避害，防止资本原则替代或部分替代政治原则和道德原则，通过限制资本的过度扩张对社会正常生活的危害，保持社会的平衡稳定和公正呢？

在月光如水的幽静海滩上，在观瞻壮观的日出日落时，想到资本正在侵蚀着资本以外的更多利益，这多少有点和疗养内容风马牛不相及。我们为这个色彩斑斓而生动的社会画卷所感动，也需要社会的管理者们不断进行调色，防止偏色和脱色。

滨海小城的世界之声

　　　　博鳌论坛显示了亚洲国家参与国际事务的灵活身段，是
对国际经济事务中垄断、脱钩行为的抗争。

　　当来自国内各个地区、世界各种肤色的游人候鸟般临抵海南，享
受大海、阳光和沙滩、椰林之美时，人们发现博鳌在岁月的演进中，
开启了迈向世界的旅程。

　　漫步在博鳌小城，会看到各届博鳌年会留下的历史遗迹。弹指
10 余年，这个滨海村落发出的亚洲之声，使其成为亚洲与世界联系
的国际平台，也是我国对外合作交流开放的窗口。在博鳌论坛所在
地，你不经意地就从某个历史细节中领略到中国的和平崛起，挺身参
与国际社会博弈，促进亚洲经济一体化。

　　亚洲的崛起，特别是东南亚"四小龙"的快速发展为世人瞩目。
始于 20 世纪末的金融危机，亚洲再次成为国际社会关注的热点。它
使亚洲各国认识到，亚洲需要开设一个交流和磋商的高层讲坛，建立
共同防御经济风险的机制，也要让世界倾听亚洲各国的声音。于是，
由 25 个亚洲国家和澳大利亚共同发起的、非政府性的博鳌论坛正式
成立，并以海南博鳌为论坛的永久所在地。日本前首相、论坛名誉理

事长中曾根康弘说："相对于达沃斯的寒冷和阿尔卑斯的高山，博鳌向太平洋的广阔海洋敞开着。"

博鳌论坛作为具有开放性的地区性论坛，意在探讨亚洲在经济社会发展进程中面临的挑战，引导人们思考当今世界和亚洲面临的共性问题。这是用开放的心态构筑起的一座通向世界的桥梁，其生命力、影响力，体现在它对世界热点和焦点问题的高度关注和权威诠释，博鳌论坛的内容琳琅满目，充满玄机妙处：

世贸组织坎昆回合谈判失败、全球化推进遇到障碍，论坛年会提出"亚洲寻求共赢，合作促进发展"的议题，倡导"开放的地区主义"，推进亚洲区域合作；

全球经济危机诡异蔓延之际，论坛提出"绿色复苏：亚洲可持续发展的现实选择"的议题，引起国际社会的关注，以至夏季达沃斯论坛把可持续发展作为探讨和交流的主题；

亚洲经济在多年高速增长的背景下，面临着一系列新的挑战，有鉴于此，论坛年会适时提出了"包容性发展"，探讨如何让全球化、地区经济一体化带来的利益惠及所有国家，让经济增长恩泽所有人群，这也是联合国千年发展目标的重要理念。

亚洲的崛起，并不是像歌唱家在《亚洲雄风》中唱得那般轻松，而是充满曲折和坎坷。年会为此曾有针对性地推出一系列专题研讨：非典暴发时期，召开非典国际会议，宣布非典阻止不了亚洲的发展，稳定了亚洲社会和经济秩序；东南亚特大海啸发生后，安排了专门的国际论坛，吁请国际社会援助；石油价格波动起伏，论坛召开能源会议研讨石油价格……

联合国前秘书长安南说："博鳌亚洲论坛的成立，证明了这样一个信念，即只有各国共同努力，全球性关注的问题才能得到积极的应对。"全球产业转移的趋势如何？新兴经济体的地位与作用将发生哪些变化？世界将如何建立新的经济秩序？这些国际和地区性热点问题，博鳌论坛都提出了独特的见解，让人树立推动发展的信念，充满合作的信心。

瑞士的滑雪胜地达沃斯被誉为"一个用思想征服世界的小镇"。这是因为 30 多年来，达沃斯世界经济论坛已成为国际上深有影响力的论坛。如果说达沃斯论坛属于地域上的"西半球视角"，博鳌论坛则凭借"东半球角度"，放眼亚洲和世界的发展及未来。

10 余年物换星移。有数以万计的政要和商界、学界精英纷至沓来，论坛理事会增加了来自欧美国家的众多理事，美国前财政部长保尔森、俄罗斯前总理切尔诺梅尔金、法国前总理拉法兰等，以及比尔·盖茨、著名思想家基辛格等精英人士。博鳌论坛中方副理事长曾培炎曾这样表述：博鳌论坛不断显示出世界意义和国际影响。

"开窗迎入大江来。"世界各国为应对经济全球化的变革，不断加快区域经济合作，非洲、美洲相继成立了区域统一组织；亚洲有东盟10 国、"10+3"会议、上海合作组织等多种机制。伴随亚洲地区影响力的日益扩大，博鳌论坛将开拓更大的发展空间，以应对国际经济事务中的垄断、脱钩行为，增强变革世界格局和秩序的正能量。

民国时期的卢木斋之"宅"

卢木斋经营实业，兴办教育，是当时先进生产力、先进思想的代表者。

多年前，有位朋友送我一本书，收集了他的家族纪念一位前辈的文章，这个前辈即是清末民初著名的民族实业家、教育家卢木斋，也是唐山开滦煤矿、启新水泥厂，以及许多民族企业的创始人之一。不期到北戴河休养数日，竟有缘住进了老先生当年的别墅。

沿北戴河东坡路而上，距著名的鸽子窝仅千米之遥，有三幢欧式风格的灰色别墅，掩映在一片遒劲的苍松翠柏中，花园内啁啾鸟语，一座圆顶彩绘凉亭和一座两亭相连的"双亭"，相映成趣，漫步百米外即可听到海边的涛声，这里也是早晨观看日出的理想之地。20世纪初，达官显贵们在北戴河建造了风格迥异的数百幢别墅，卢木斋是开风气之先的人。

居其所，知其人。不时有慕名前来观瞻的人历数卢木斋生前的不凡经历。是时，李鸿章开展洋务运动，到处招贤纳士，卢木斋怀才而出。他曾任我国第一所培养陆军的新式军事院校——北洋武备学堂算学总教习。后来的北洋将领段祺瑞、冯国璋等都曾为他的学生。其后又历任直隶多个县的知县。1903 年任直隶学务处督办兼保定大学堂监督。赴日本考察学务后，又任直隶、奉天提学使。后半生则致力于办实业、兴教育，直至 1948 年去世。

评价一个历史人物，就要把握他的人生节点，观其或延续、或转折的行为轨迹。我认为，理解卢木斋其人，至少有三个关键点，表明他跨越了三个层级，成为当时先进生产力、先进思想的代表者——

一是摈弃中国传统的私有财产的积淀方式，而采取先进和开明的生产方式。民国初期，地价非常便宜，买卖时不论亩而论块，卢木斋拄着拐杖，在天津、唐山等地，买下了一块块荒地，盖起了一片片经济适用房，出租给附近不太宽裕的家庭。后来地价飞涨，他赚到了第一桶金，并没有像有些土财主一样建宅院，当寓公，而是颇有眼力地开办实业，先后投资入股天津济安自来水厂、滦州煤矿、启新洋灰公司、张家口电灯公司、耀华玻璃公司等。

二是从办企业积累财富，转向注重教育和文化事业发展。他认为"救国之危，化民之愚，惟普及教育之一策"。中年以后，不遗余力地建起多所学校和图书馆。创办天津图书馆后，又捐资 10 万元，捐书 6 万卷，兴建南开大学"木斋图书馆"。同时，创办木斋中学，在天津兴办了中国最早的幼儿园"卢氏蒙养园"。当时社会上还质疑，怎么把幼儿园办得如此奢侈。他还在北平旧刑部街 20 号（现在北京民族文化宫的位置）建造了私立木斋图书馆。后来，全部图书转送给清华大学。民国时期的北戴河，东部有卢木斋捐建的"单庄小学"，西部有朱启钤捐建的"完全小学"，成为一段佳话。

三是跳出私有财产的樊篱，最终走向了与社会进步潮流相适应的大我之境。他在晚年研读马克思的《资本论》后，把子女叫到身边告诫他们，将来的社会不劳动者不得食，你们要早做准备，否则将来吃

2020 年夏天的北戴河海滨，滩涂上一群群鸽子快活嬉戏。近十几年来，每年夏季都光顾的地方。

剥削饭会饿死的。他设立了"木斋教育基金"，预立遗嘱，财产不传子孙，皆用于教育基金。卢木斋92岁无疾而终，所购置房地产、经营股票红息等全部家财，均捐助了教育事业。

卢木斋历经仕途，却对当官始终没有多大的兴趣，这可能是他返璞归真的内在动力。辛亥革命后，他干脆脱离官场，专力经营实业，四处兴办教育，这多少缘于他的科技启蒙意识。据说他在考试举人时，监考学使以"朴学异才"为由，向清政府保奏。"朴学"相对经学中理学的空疏而言，强调求实切理，朴实致用。卢木斋还喜欢新鲜玩意，听说有个德国人有架500倍的望远镜，就高价买来，把蚂蚁开膛破肚后仔细观察。后来，他又买了架1000倍的望远镜，架在别墅的走廊上观天象，还常把学生们喊来"开天眼"。

这几栋别墅是卢木斋60多岁时建造的，开始建了五幢，本意留给五个女儿。由于年代久远，目前只剩下了三幢，被当地百姓称为"绣楼"。旧宅已修葺一新，以独特的审美价值，守望当年主人的理念，不时与后人对话。我那次是侍候父母而住在此处，也是最后一次陪母亲旅游外出，当时她已步履艰难，吃饭和外出都由我们搀扶，夜里也休息不好，在那里留下了我对母亲刻骨铭心的记忆。

井冈山的精气神

　　　　红色旅游＋绿色自然，革命圣地的巍峨雄姿和秀美山川，让人体会到了完全意义的美。

　　越过峰回路转的山路，在茫茫绿海中穿行，当车子绕过最后一个山口，缓缓下行时，井冈山的风貌映入人们面前。千里来寻旧地，巍峨雄壮的井冈山，不知对来者似曾知晓——

　　新华社寻根溯源传统教育小组一行，在纪念新华社建社 80 周年之际，拜谒革命圣地，接受庄严洗礼，从哪个意义上说，都是让人兴奋的激情之旅。

　　1927 年 9 月 9 日，毛泽东率领以工农革命军为骨干的 5000 多人发动秋收起义，其后沿罗霄山南下，经过永新村三湾改编，把红旗插上了湘赣两省边陲的井冈山。随即开展土地革命斗争，建立湘赣边界工农政权，成为中国革命的第一个立足点。在这里，毛泽东提出了"三大纪律和八项注意"、"三大任务"等建军原则，粉碎了敌人数次"会剿"。

　　1929 年 1 月，中国工农红军从井冈山向赣南挺进，创建了以瑞金为中心的中央革命根据地。1931 年 11 月 7 日，在瑞金成立中华苏维埃共和国临时中央政府。同日新华社的前身红色中华通讯社（简称"红中社"）成立。后来红中社随中央红军开始长征，1937 年更名为新华通讯社……

到井冈山的次日清晨，东方旭日高悬，蓝天白云尽染。我们 20 余人来到北山烈士陵园，列队拾级而上，向安息的数万名革命先烈敬献花圈。远眺霞光环绕群山，映照着高举右手宣誓的一队队人流。陵园里陈列着人们许多熟知的名字和照片。山上的雕像园和碑林中，有十几尊英烈雕像栩栩如生，在这个陵园里，有几位曾在新华社工作过的前辈英名。

井冈山山高林密，沟壑纵横，重峦叠嶂，尤以黄洋界为首要。它海拔 1343 米，时常弥漫着云雾，好像汪洋大海一望无际，所以人们称它为"汪洋界"或"望洋界"。1928 年 8 月，红军在这里以一个营的兵力，打退了敌人四个团的进攻，保卫了井冈山。毛泽东为此写下了著名的《西江月·井冈山》，诗中最后一句"报道敌军宵遁"。次日，我们在黄洋界上，为体会当年顽强、艰苦的斗争生活，专门走了一趟挑粮小道，只见来自各地的人们挥汗爬山而上，尽兴谈笑而归，体会着当年红军官兵意志的坚定和执着。精神力量和物质力量在不同的时空环境下，不断地转换着，此消彼长，有时共同发生作用。

井冈之夜，恬静中到处是璀璨的灯火，看完大型室外剧《井冈山》后的人们，三两地围着这个山坳中心的一池碧水悠闲散步。置身于一个个街道的月夜，你能体会到它的细微变化，在市里的各单位搬出山外后，山里更加整洁和肃穆。随着经济的发展和社会的进步，各项市政设施日臻完善，旅游业会集了各方文化。革命圣地的雄伟英姿，加上秀美的山水林田，政治和经济、文化的融合，让人体会到了一种完全意义上的美。

人们关注自己的历史，胜过飞鸟爱自己的翅膀。井冈山是一块红色的土地，更是一个充满绿色的宝藏。井冈山精神，是英雄主义和理想情怀的结合，是国家各项事业的发展之基、胜利之源。她像一个人的精气神，注入肌体，让人醍醐灌顶，传承前人未竟的事业。

诞生于江西苏区的新华社，发轫于革命战争的烽火硝烟中，成长于社会主义革命和建设的激情岁月，至今居于波澜壮阔的改革开放潮头，始终和井冈精神相依相伴，随时代发展而奋进。重温井冈精神，就是要积蓄和孕育智慧、力量，在崇尚未来的日子里，永远敲响暮鼓晨钟。

屈指算来，我已经是三次拜谒井冈山了，井冈山的一切，早已并不陌生。有两次住在山上的竹林宾馆，这里开窗见山，山上遍布毛竹。竹林是这里的主要经济来源，是生活的必需品和加工原材料，也显示一种支撑灵魂的气节。而远眺绿色的山谷，是一幅壮美的山水图画。

人生中有无数次的出发与到达，无数次的经历与参与，每次到井冈山都体味着心灵浸润的豪迈感。井冈山——革命山——旅游山——文化山，它从红色传统中走来，向绿色自然中走去。2010年7月，我和刘少奇之女刘小小在上海参加《王光美私人相册》一书签售后，来到井冈山。回京时带回了一尊"井冈红旗"的金属模型，并把它摆放在书柜里。经常端详一下红旗飘逸的造型，仿佛在内心深处倾听一下历史的回声，让人把过去、现在和未来仔细思量。

卷三 域 外

在海外远方的回响

爱丁堡：梦里寻她千百度

    经历了太多的荣辱兴衰之后，爱丁堡的历史与现实之间，仿如隔了一层落满灰尘的窗棂。

  步入依山傍海的苏格兰首府爱丁堡，会享受到世界上最美好的景致。这里素有"北方的雅典"之称，是欧洲最激动人心的城市之一。历代苏格兰君王在这里留下了精致的建筑杰作。各种艺术珍品像珍珠般散落在幢幢庄园、宫殿和教堂中。一代又一代文学巨匠，把文化沉淀在每个广场、每条街道。千百年来它作为窗口向世界诉说着苏格兰的悠远文明。

  城市南部高耸的玄武岩脊上，矗立着中世纪时期的爱丁堡城堡，历代苏格兰国王在此加冕。白云缭绕中的古堡，令人产生无尽的遐想。

  沿着城堡垛口拾级而上，有昔日护城设防的古炮和百年水井，城堡内陈列着过去君王缀满宝石翡翠、价值连城的王冠和长剑。还有一块看似普通的石头——过去国王加冕时坐的"命运之石"。1707年苏格兰与英格兰合并后，这块巨石被运往伦敦威斯敏斯特大教堂，及至上个世纪的1992年，伊丽莎白女王才恩准将它和皇冠一起送归故里，这体现了女王的恩赐和亲善，抑或是两个民族和睦为一、不存芥蒂的昭示？

城堡的扬名缘于当年苏格兰女王玛丽令人毛骨悚然的故事。1566年3月，钟情于玛丽女王的意大利籍男秘书遭到玛丽丈夫的谋杀。而数月后，谋杀者又神秘地死于劫难。年轻美貌的玛丽女王很快又上了他人的婚床。玛丽的轻佻和妄为惹得天怒人怨，不久被迫让位于儿子詹姆斯。

逃到伦敦投奔伊丽莎白女王的玛丽，又因觊觎表姐的王位，在谋反的密码被破译后惨遭处死。阴谋家的故事，使爱丁堡的古城平添神秘，导游说，如果仔细观察，还能看到墙上的陈年血痕呢！

站在城墙的垛口处远望，16、17世纪精美绝伦的建筑鳞次栉比。遥望城区的尽头，伊丽莎白女王在苏格兰的官邸圣鲁德屋宫隐约可见，这所皇家殿堂里摆放的都是两个世纪前的家具。巨石构架的门口处，几个皇家卫队士兵显示着这座建筑物的威仪。由此远眺城市的北部和东区，则是浮光耀金的海岸线，无数灯塔和船艇辉映着潮涨潮落的一色水天……

沿古堡的山道而下，是把城市分为南北的王子大街。它贯通城市东西，每年8月举行爱丁堡国际艺术节时，雄壮的军乐队就行进在这条大道上。路北的广场、街道编织成了缜密的新城，是城市规划的典范之作。在不远处的卡尔顿山上，坐落着国家纪念馆和苏格兰启蒙时期的一些伟人的墓地。芳草萋萋，古迹斑驳，在这些数以百年计的历史建筑面前，人类显得极其渺小、短暂和无为。

苏格兰位于英国北部，在历史上曾与英格兰抗争百年。1707年才放弃独立，但仍保留了自己的法律和教育体系，使用着同英镑并存的货币。如果你在这里看到没有英国女王头像的货币，那就无疑是苏格兰的"钱"了，但是它不能流通到国际市场。

地广人稀的苏格兰占英国疆域的三分之一，人口却不足十分之一，且30%住在爱丁堡和格拉斯哥等几座城市里。东部以爱丁堡人为代表，自视品位高雅、性格纯真；西部以格拉斯哥人为代表，以热情和真诚著称。爱丁堡既有每年隆重非凡的国际艺术节，也诞生过克隆羊多利。在经历了太多的荣辱和兴衰之后，爱丁堡变得更加醇厚和久远，历史与现实之间仿如隔了一层落满灰尘的窗棂。

风景如画的苏格兰，遍布着2000多个城堡，许多城堡不但出现在教科书里，还出现在有名的影视大片中，它们是苏格兰历史的精髓，记载了无数坚忍不拔的惨烈故事。虽然许多已为残垣断壁或废墟，但雄风依旧，雄关不朽，让人感受回肠荡气的壮美，让世间许多神奇和腐朽，都变成了只言片语的匆匆过客。

泰晤士河流淌的历史

英国上院的座椅为红色，下院的座椅为绿色。上院和下院互不通融，大概是便于从不同角度去思考和决策。

泰晤士河，河上架有 31 座桥。她流经伦敦市区，也流淌着英国政治文明的史话。

英国的议会制度和工业革命是对人类的两大贡献。建于泰晤士河畔的威斯敏斯特宫——议会大厦，是一座建于维多利亚时期的哥特式地标。

从 1512 年起这里一直是英国议会所在地，迄今在这里已通过了 150 多万件法案。她有千余个房间，室内走廊逾三公里。南端的维多利亚塔楼傲然雄踞，北端是挺拔高耸的钟楼。1858 年建造的巨型时钟——大本钟，让人生发思古悠情。

国会开会时，任何人只要登记后，都可以进去听取议员们唇枪舌剑的辩论。而无论何时国会开会，楼顶都要挂起英国国旗。恰逢英国议会正在讨论对伊拉克战争的议题，大概是惧于恐怖行为，议会入口处增添了两位全副武装的警卫，这在平时是不多见的。而议会外的花园旁，一干人马正挥舞旗帜和标语聚合在一起，抗议英国的参战行为。当地人介绍说，这些人是抗议"专业户"，大都常年待在这里，抗议内容有时是环保类的，有时是劳工内容的，政府也见怪不怪了。他们聚集在长约几十米的一条地段上，是市区中乱糟糟的一角，政府仿佛愿意留下这个角落，显示社会给予的自由和民主。

大厦内分为上院和下院两部分，互不相融。上院的座椅为红色，下院的座椅为绿色。上院中绝大部分为贵族，以及神职议员和法官，其职责是发表演说，审议下院提交的议案。而下院相对庞杂，设有650个座位，但平时开会很少坐满。女王每年的11月初到上院来宣读演讲时，上院议长坐在羊毛袋上，以此表明羊毛在英国经济发展中的重要性。这时，上下院之间的通道打开，下院的人们赶到上院去觐见女王。上院和下院平时的不通融、不互扰，大概是为了便于从不同的角度去思考和作出决策。

英国经历了工业文明初始时期的环境污染，所以人们对天气十分关心，每天的问候语常从天气开始，对政治却不甚着意。但表达自己的政治见解时，诡辩术的应用则充分而详尽。诡辩术在这里是个中性词语，牛津大学专门开设了"诡辩术"的专业，前首相布莱尔就毕业于那里。当他激情四溢地陈述要用纳税人的钱去打伊拉克时，施展诡辩技巧，独身舌战众人，人们说：布莱尔的辩术这下派上用场了。

诡辩术应用的最好场所称得上是海德公园。每逢周日，人们从四面八方汇集这里，进行你争我吵的辩论。只要不使用暴力，无损他人特别是女王，一概都能应允。据说有人为了辱骂他人而不越轨，就搬来椅子站在上面，意在没有站在英国的国土上，不受法律所囿。不过随着物质的极大丰富，过去曾热门的民族、阶级等话题，逐渐被宗教和环保内容所取代。海德公园内的辩论场景逐渐不再红火了。

英国的发展历程，有许多是正在成长和发展中的国家可资借鉴的。比如在市政管理上，伦敦的街道并不宽敞，车流如小溪般流动，但绝少堵塞。高大的楼房一般是政府购买用于收留流浪者的，女王曾表示要使居者有其屋。市区里看不到警车呼啸开道，因为女王的车队也同平民百姓的车子一样顺序前行……

在泰晤士河边的鸽子广场，有一尊丘吉尔的雕像，当年筹建时，丘吉尔断然回绝，说他不愿让广场上的鸽子在头上拉屎。于是，建筑者在雕像头顶安装了小型放电装置，使鸽子不得靠近。这个充满乐观、幽默和大度的丘吉尔，是英国历史上最有人缘的政治家。牛津郡的布莱尼姆宫，人称"丘吉尔庄园"，据说有2000多英亩。那是300多年前，安妮女王为奖掖老丘吉尔在英法大战中，率众大败法军的功绩而赏赐的。

在许多街头、公园和广场上，都有英国历史上建功立业的英雄雕像，一位独臂独眼的将军和其他几人组成的雕像群就屹立在市中心，旁边还有几支鲜花。据说，每年元旦和女王诞辰日，女王都要嘉奖好人善事，公布各种捐献者和志愿服务者名单，有些甚至可以因此而戴上大英帝国勋章，乃至封为爵士或贵族。人们耳濡目染，其实这就是公益、爱国的熏陶。英国是一个非常崇尚英雄、历史感很强的国度，只是宣传形式手段不同，这是一个国家的历史和传统文化决定的。

从白金汉宫到温莎城

　　　　英国王室命运多舛，改革王室呼声俱增。但王室仍具有不可替代的权威。

　　白金汉宫作为英国女王的寝宫和皇室象征，受到人们的尊崇。这座建于18世纪初的宫殿，曾为权势显赫的白金汉公爵宅邸。伊丽莎白女王买来后，几经修葺，成为皇室在伦敦的寝宫。宫殿北面和东面是负有盛名的圣詹姆斯公园和格林公园，前者以繁茂的植物和宁静的湖泊著称，后者为大片起伏的草地和丛林，粗犷的园林和精致的建筑形成强烈对比。

　　融合了英格兰、苏格兰和爱尔兰国旗特点的英国国旗，由红十字、红白色的对角线和雄狮组成，猎猎飘扬在白金汉宫的塔顶。白金汉宫前广场上的换岗仪式，是旅游者爱好观瞻的节目之一。

　　上午11时正式换岗前，广场上已人声鼎沸，英国人和许多异国他乡的游客摩肩接踵。几位骑着高头大马的男女警察往返巡察。换岗时分，军乐队在前，引导着肩扛步枪的士兵方阵，采用英国军队大甩手的行进姿势进入广场，最后是骑兵方阵。这些来自新的军团的士兵们进入广场后，在军乐团演奏的国歌和军乐曲声中，与原来值勤的另一个军团的士兵们一一交替换岗，历时一个小时。仪式结束后，原来的士兵们也一如新来的士兵，在军乐声中列队步出广场。望着在军乐中远去的队伍，想起一名英国男子通过地下排水管道，进入伊丽莎白女王卧室，并在床边与女王交谈，直到女王悄悄按动了警卫呼叫才将不速之客带走，这对国家的警卫力量，多少有些讽刺。

英国的君主制已成为国家强有力的身份象征，它不受选举限制，权力模式无以替代。虽然王室近年状况多有阴影笼罩，人们对王室的改革呼声与日俱增，对王室应具有的形象也颇有争论，但王室还依旧是王室。从白金汉宫前广场上人们的肃穆和庄严中，可以领略女王在社会生活中绝对的权威和影响力。女王还是富可敌国的世界第一富婆，也是这个星球上最大的私人艺术收藏者，拥有数不清的珍宝和多处王宫。

从伦敦出行约一个小时，矗立着著名的温莎城堡。这座已有200多年历史的宫殿，自12世纪亨利一世起，就成为王室的主要寓所。它以一个土丘加周围的峭壁构成，几乎每一位国王都添加部分建筑，形成了现在的规模。

城堡的一半是女王的私人寓所，不对外开放，但也不戒备森严。另外的部分则让人一饱眼福。一个个金碧辉煌的厅堂，无论会见厅、饮食厅、礼品厅和众多的休息场所，都有着丰富的陈列和精美的装潢。据说1992年温莎城大火前，城堡并不对外开放，大火后，王室为弥补修缮的巨资，同时也为了报答周边村落人们的奋勇相救和社会捐助，女王才下令开放一半，人们在浏览中仍可看到那次大火的斑斑痕迹。

每年6月女王生日和新年时两次册封爵位，都在温莎城堡举行。册封时，受封者单腿跪在女王面前，女王在说上几句嘉勉的话后，用一柄长剑在受封者肩上轻轻一拍，就大事告成了。那把女王册封时坐的椅子和使用的长剑，与平常的物件实在没有什么不同，只是物以人贵罢了。据说英国的爵位只传子而不传女，遇到有女而无子时，爵位就会失传。戴安娜王妃的祖上就因此而丢掉爵位，成为平民。王室的传位顺序也长幼有序，先长子，后长孙，继次孙，然后是女儿。当然也有个别杰出女性，如撒切尔夫人因任首相，被封为撒切尔男爵。过去岁月里的 40 位国王中，有 7 位是女性。

　　我们在城堡中逗留了半天多，其间看到有直升机到楼顶换下女王旗帜，升上了英国国旗——女王出城堡而去了。我们临走时，女王的旗帜又不知不觉间飘扬起来，说明女王已经回来。从频繁易帜上，可以感受到女王的旺盛生命力，以及广泛的社会活动。这些固若金汤的城堡如同金丝鸟笼，我想女王若长期生活在这里，也断不会十分轻松愉快的。

马克思恩格斯论酒

喝酒见证了马恩两人的友谊，喝酒成为他们生活的标配。他们经常讨论喝什么酒，交流对酒的喜好。

经典大师们的论述也并非全是经典内容。比如，被称为人类灵魂的革命导师马克思和恩格斯，就留下了不少交互谈论喝酒的文字。

不久前，同事从淘宝网淘来一本旧书《马克思恩格斯书信中涉酒文字》，我读来有趣，几天的闲暇，都在考据马恩两位大师与各种酒的私密关系。

这本书的编者是中国社会科学界大名鼎鼎的人物于光远。正常年份里，于光远是没有闲心编写这样一本无关主旨的边缘性闲散图书的。这是他在 20 世纪的 70 年代，在下放改造的农村干校里，闲来无事摘编并加评注而成。

是时，于光远在北京被批斗三年后被押解到外地的干校接受改造。斗争会、批斗会少了，种水稻、养猪之余，可以自由地看些书，特别是除了《毛泽东选集》、《红旗》杂志外，还可以看《马克思恩格斯全集》，于是有了编辑此书的时空背景。

起因缘于一位爱喝酒的陶姓胖子。此人酒后鼾声如雷，没人敢和他睡一起，甚至同楼道的人都深受其害。于光远戏谑地对他说：陶胖，我给你编一本《马克思恩格斯论喝酒》，让你今后喝酒有经典著作的依据！

于是，于光远翻了一遍马恩全集七卷，把其中凡与酒有关的文字都摘录下来，制作了几十张卡片，按内容性质排定次序制作目录，并设计了封面，然后交给了陶胖。大家传看这本手抄的奇书，都觉得新鲜可读，后来竟传得无了踪影，留下了一段苦中有乐的佳话。

于光远又在一次会见某国马列组织时，有意谈及此事，对方竟也颇感好奇。鉴于此事的国内外"影响"，于光远在因工作需要，再次翻阅马恩全集七卷时，对有关酒的内容顺便都夹上纸条，并对每段都加以简短的评注，经再度整理，竟又成为一部数万字的书稿。过去遗失的孤本，俨然化为一部严肃的研究性作品。2004 年 8 月，经贵州教育出版社出版。此时，作者已经 89 岁高龄了。

于光远做这件事，一是穷途潦倒的时候，二是垂老将至之时。但翻阅其书，对马恩两位导师为什么有深刻的"酒缘"，倒也可以归纳出几种情况。

马恩两人都很在意酒的价值，并以此衡量当时的经济状况。比如，1846 年 7 月 27 日，恩格斯在替马克思在巴黎寻找住所时，写信诉说这里的啤酒质量很差，但"用十分之三的一个法郎就可以在酒铺喝一次酒，过一下平民水平的生活"。1849 年 8 月 17 日，马克思给恩格斯写信中提到"葡萄酒酿造者因受到保存酒税的威胁而狂怒"。这些都是通过论述酒来阐明生产关系。1882 年 7 月 29 日，恩格斯致信马克思说："在这里没有德国啤酒也过得去，码头上的小咖啡馆里的苦麦酒好极了，和德国啤酒一样起沫。"

在两人交往和其他社交时，常以酒来营造环境和气氛。1847 年

3月9日，恩格斯给马克思的信中说："我强烈地希望同你一起痛饮一番。"他还讲到在布鲁塞尔一个晚宴上如何举杯致辞。1856年2月7日，恩格斯致马克思的信中说："我现在已经戒酒，但到了那一天，我一定要在曼彻斯特痛饮一番。"两人多次提出戒酒，但都能以各种理由再度痛饮。1864年1月3日，恩格斯致马克思："圣诞节的多次痛饮，弄得我完全不能搞业务，所以无法较早地给你回信。"而马克思写道："我和路德老头一样，甚至认为不喜欢葡萄酒的人，永远不

茅台酒厂最早的酒池，已被评为中国工业文化遗产，予以传世保护。摄于2020年12月26日。

会有出息"。

饮酒生发诗情万丈，马恩两人虽爱酒但都反对酗酒，认为喝酒关乎文化素养。他们讽刺一个军事管制官"这个不花钱喝得烂醉和纵欲于身的司务长"。马克思在抨击一个"十分平庸的骗子手"时，说他是"一个整天在酒馆鬼混的人"。马恩的朋友中，有几个人酗酒成性，马恩对此都很恼火，认为这和他们流亡异国的生活以及水手出身有关。

喝酒见证了马恩两人的革命友谊，喝酒成为他们生活的标配，而且经常讨论喝什么酒，两人各有喜好。恩格斯还长期负责马克思一家的生活用酒。1857年7月30日，恩格斯致信马克思："我已差人从曼彻斯特给你寄去一筐酒，波尔多酒六瓶，波尔图酒三瓶，赫雷斯酒三瓶"。患病的恩格斯还曾在信中说："我被规定吃低脂食物，不喝啤酒，但幸好还准我喝一杯葡萄酒。"

恩格斯是在马克思身后的1895年8月5日逝世的。此前两天，他致信友人："我无力写长信，就此再见。让我斟满一杯加了陈白兰地酒的冲鸡蛋祝你健康。"这也是他一生最后的一封信，而这封信中又提到了酒……

于光远用特殊的眼光和角度，发现了一个人们一直忽视的独特领域。看来人只有在充分闲散时，才能恢复纯粹的自然认知，发现许多新奇有趣的事。我们并非要从马恩两人的论酒探隐和求索，只是说明伟人生活也是多侧面的。伟人生活中酒的权重，表现了伟人的生活情趣，酒的意义真不等闲。

老罗斯福的性情

> 谁上台时都有一笔钱装在兜里，犯错误时就往外掏一点，失败者总是入不敷出。

美国历史上有两位罗斯福总统，分别称为老罗斯福和小罗斯福。他们都与林肯、华盛顿、杰斐逊齐名，在美国最伟大的五位总统之列。

老罗斯福是美国第 26 任总统。他出身名门望族，身体先天条件不好，孩提时代体弱多病，气喘常使他有气无力，视力也极差，他的父母甚至怀疑他能否活到成年。12 岁时，父亲告诫他："你有才智，却没有体魄，将注定与伟大的事业无缘……"父亲的忠告使他警醒，他每天坚持举重、打拳、骑马或溜冰，等到哈佛大学毕业时，身体已经极其强健了。

"老罗"曾经做过牧场的牛仔，在美国与西班牙的战争中，担任义勇骑兵队队长，后又任纽约的警察局局长。在漫长的社会历练中，他的热忱和精力一直无穷无尽，充满进取的力量。他参与副总统竞选时，长途旅行 2 万多公里，发表了 673 次演说。在他担任总统后的一次演说时，突然遭到对方枪手的伏击，肋骨被打断一根，一颗子弹还进入了胸腔，但他坚持完成了预定一小时的演讲，然后才答应人们把他送进附近的医院。

"拳王并非在赛场上诞生——他们只不过是在那里受到了公开的肯定。"如果想知道选手如何夺标，去看一下他们每天例行的训练就是了。"老罗"是个拳击赛迷，推崇脸上带着伤痕和血汗、奋战不懈的勇士。他说过一段常被人引用的名言："那些冰冷又怯懦的人，从来也体会不到获胜或被击败的畅快滋味。"有位法国大使曾讲述罗斯福和他到树林间散步的事情：当他们来到河岸时，发现水深无法涉过，"老罗"脱掉衣服，拉起法国大使一起过河。对罗斯福而言，没有任何一件事情能够困扰和阻挡他。

老罗斯福身心坚韧，执政的核心色彩是"温言在口，大棒在手"，也就是后来人们说的"胡萝卜加大棒"。他在总统任内，制定了森林、矿产、石油等资源保护政策，设立了国家森林公园，使将近 1 亿亩的林地得到保护和开发。他推行反托拉斯法令，在国际事务中常出奇制胜，最早预见到了美国作为世界一级在国际事务中所要扮演的角色。他曾勉励远房侄子的小罗斯福说："一个人只做到行为端正是不够的，要想赢得社会的尊重，还必须积极勇敢。"这句话成为小罗斯福后来执政的座右铭。

英国历史学家休·布洛冈曾形容老罗斯福是"入主白宫的人士当中，自林肯以来最有能力的，自杰克逊以来最生龙活虎的，自亚当斯以来最爱读书的"。"老罗"还颇有书生意气，总统任期届满时，立即作出了一个令人吃惊的决定：打点行装到非洲旅行，并带领一个由美国史密斯博物馆赞助的探险队。几年后，他年届 55 岁，仍率领探险队深入巴西的热带雨林地区。他兴奋地说："这是我最后一次在原始森林中，尽情体验童年的乐趣了。"

这是在我们社会生活中很难见到的一种陌生的政坛人物。在现实中，有多少颇为优秀的人才，由于各种欲望的缠扰，总是那么不自由、不自然，使其形象大打折扣。我们不说罗斯福如何领导美国建立起世界一流的海军，不说罗斯福如何因调停日俄战争而获得诺贝尔和平奖，不说罗斯福如何完成了巴拿马运河的建设，仅是罗斯福率真的性情就足以让人神往了。撒切尔夫人说："掌握权力就如同做淑女，你提醒别人尊重你是淑女，就不是淑女。"

1919 年 1 月 6 日，罗斯福在纽约的家里安静地逝去。当人们将他的身体从床上移走时，发现枕下还放着一本刚看了一半的书。当时在场的副总统马歇尔动情地说："死亡必须趁他安睡时把他带走，因为罗斯福如果醒着，必定会与死亡搏斗！"老罗斯福逝世后，美国海军于 1981 年建造了以他名字命名的"西奥多·罗斯福"号航空母舰。

哪个领导上台时，都有一笔固定的钱装在口袋里，犯错误时就往外掏一点，掏没了，人就下台了。失败者都是入不敷出，成功者从来腰包鼓着。而成为一个杰出的领导者，很大程度上又和投资股票市场相似。如果希望有一天暴富，就不会领略成功的滋味。只有在漫长的施政过程中致力于做好每一件事，同时保持着领导者应有的情怀和资质。否则即使成功了恐怕也是偶然，最终会是一盘败局。

孤独的和平鸽子

佩雷斯总统曾因促进巴以和平而获诺贝尔奖，他对东方文化亦有深刻的理解。

90岁高龄的以色列总统佩雷斯，被称为政坛的"常青藤"。他曾任以色列财长、外长、防长，多次出任总理，并在84岁高龄时登上政坛的高峰出任总统，在世界政坛上独树一帜。

那年仲夏的一天，时任以色列外长的佩雷斯在北京故宫西华门内的"皇史宬"举行他的新书《新创世记》首发式。我作为出版方代表之一，与之会晤交流，深感历经沧桑的希伯来文化与东方传统文化的相映交融。

"皇史宬"是清代皇家档案馆，以存储皇室文书、家谱及印玺，特别是因存放过《永乐大典》、《大清会典》等历史文献而著称。正殿上书"皇史宬"的"宬"字，据说本没有这个字，是嘉靖帝把"城"误写成上边宝盖的成，无人直言其误，才相传至今。

在这个著名的文化古迹举办国际活动，恰到好处又颇费一番周折。

那天上午10时，访华间歇的佩雷斯乘坐一辆以色列大使馆的灰色奔驰车疾驶而入，没有中方高层人员随行，只有以色列使馆的几名官员，以及几个雄健的保镖须臾不离前后。由于前些天发生过巴勒斯坦人体爆破事件，这个私人性质的活动显得格外低调和戒备森严。

原新华社副社长、本书译者高秋福和佩雷斯牵手进入西配殿大厅。高秋福曾翻译了佩雷斯的《新中东》一书，向中国读者介绍了佩雷斯的政治经历以及他对中东发展的前瞻。佩雷斯的这本新作《新创世记》，则通过回顾人类文明艰辛曲折的演进历程，诠释了当今世界发展趋势及佩雷斯的重要见解，两书均由新华出版社出版。

高秋福说，在和佩雷斯相识的 13 年中，作为新华社记者曾几次采访他，作为译者多次直接或间接请教他，感到佩雷斯不仅是具有远见卓识的政治家，而且是笔耕不辍的著述者，对中国人民怀有美好的感情，是两个伟大民族相互了解的纽带和桥梁……

高秋福致辞时，佩雷斯一直聚精会神地倾听，虽然当时已 79 岁高龄，仍目光敏捷犀利。他在而后的讲话中，介绍了中以两个伟大民族的共同点，讲述了人类文明进程的诸多艰难，呼吁巴以应该和平地享受现代文明。大概是想到他的温和理念受到了当时沙龙强权的不屑，他在表情和言语中不时流露出淡淡忧伤。

作为蜚声世界政坛的政治家和诺贝尔和平奖获得者，佩雷斯明白，世界矛盾盘根错节，特别是以巴矛盾不可能根本化解，但他并未因此而气馁，一次次充满个人色彩的艰辛努力，使他广受世人的尊敬。他在书中说过一句话："我宁愿做一只孤独的和平鸽子，也不做前呼后拥的鹰隼！"

为保障佩雷斯的安全，以色列政府配备了七名大个子保镖，始终环绕在他的前后左右，视人虎视眈眈。中午，室内台案摆上了一些面包和水果、饮料，佩雷斯慢慢走到一个临窗而设的太师椅旁，拿起一杯饮料，坐下来和人们安详地交谈着。

　　散发着墨香的《新创世记》，封面是一尊佩雷斯作沉思状的头像和中英文书名。佩雷斯频频为人们题签，并和译者一起接受了记者们的采访。我走上前去，向他表达谢意，感谢他无偿提供了中文版权，以及以色列使馆的资助，并和同事一起陪他参观了皇史宬的古建筑群。

　　皇史宬始建于明代嘉靖十三年（1534）七月，占地 8460 平方米，分为城门、正殿、东西配殿、御碑亭等。正殿是我国大型古典无梁无柱建筑之一，坐落于一米五高的石基上，四周环以汉白玉护栏，屋顶以黄琉璃瓦、吻兽相向。整座大殿均为汉白玉架构而不着一钉一木，且墙厚六米，称为"石室"，以利防火、防潮、防虫和防霉。佩雷斯在室内一米多高的石台上，看到整齐排列的 150 个外包铜皮，且饰有鎏金雕龙的樟木柜子，饶有兴趣地驻足良久，仔细询问了用途和过去存放的文件，这大概为历史上不断迁移的以色列人所罕见。这些"金匮"告诉人们，人类在漫长的社会转换中，顽强地延续和传承着文明。

　　午后，佩雷斯留恋地离开这里。这是他紧张的外事活动的一个插曲。第二天，他就要起程返回以色列，去追寻他的"新创世记"之梦了。目送这位和平老人躬下身子，慢慢地迈进那辆插着以色列国旗的车子绝尘而去，我们都在心里祈盼他健康长寿，为世界的和平施以新的作为。

　　几年后，在佩雷斯 90 岁寿辰时，中国驻以色列大使馆举行国庆招待会，佩雷斯应邀出席并高度评价中国的建设发展。针对一些国家对中国强大后的担心，他说"中国的儒家思想讲求大同，是在承认国家间差异的同时，达成一种和而不同的和谐状态……"这显示了他对两脉传统文化的深刻理解，让人想起当年他在皇史宬里回荡的声音：

"人类可以在达成共识的基础上建立一种共享的文化世界。我们需要一个新的开端、一部新的《创世记》。也可以说是需要一种洞察力，能使我们看到神灵在水面上疾速地运行。阳光将普照人间……"

索尔仁尼琴的哀荣

> 人们常说屈原被逐，乃赋离骚，司马迁宫刑，才有史记……其实，为什么非要让他们受到这些人为的磨难才有所作为呢？

诺贝尔文学奖获得者、俄罗斯著名作家索尔仁尼琴去世后，许多报刊追述这位苏联不同政见者的曲折一生，对逝者多有褒扬。网上关于索氏的条款不下千余条，对索氏身后之事的处理态度，特别是俄罗斯政府的表现尤为发人深省，值得各方垂注。

一是俄官方的高调评价。俄政府的哀悼电文说："索尔仁尼琴的著作和生活可以作为整个国家的道德指南。"俄总统签署"关于永远怀念索尔仁尼琴的命令"指出："他的一生献给了祖国，是一个真正的爱国者。他的名字永远与俄罗斯命运联结在一起。"并决定设立以索尔仁尼琴命名的俄罗斯大学生奖学金，将莫斯科市一条街道用索尔仁尼琴命名。同时，在索尔仁尼琴的出生地举行纪念活动。俄总统和总理还冒雨前去告别献花。普京在献上一束红玫瑰后，提议把索尔仁尼琴的作品列入俄罗斯的教学课本，并称：索尔仁尼琴用他的作品和生活反映了国家的历史，"为社会打了一剂防疫针"。

二是墓地选择的戏剧性。索氏被安葬在莫斯科顿河修道院内。这个墓地里安葬着四种人：除了国家航空英雄等杰出人物外，还埋葬着在斯大林时期被枪决的不少于4500个"反革命分子"的骨灰，还有当年"镇反"活动的组织者及这一制度的领导者们，而现在又增添了索氏这样的既是政府的反对派又同时获得政府拥戴的人。

对于一位长期对政府持批判态度的反对派代表人物，给予这般哀荣，这需要宽广的胸怀和政治勇气。一个社会必须要有不同的声音，有不同的社会层面，所谓多元化的内涵是极为丰富的概念。"宇宙有多少生物，就有多少中心。"生动活泼的局面，离不开多侧面和多元化的加持，而反对派的存在可使决策更加完美科学，这就像燃烧的一堆篝火一样，适当洒上一些水，火不会熄灭，倒可能燃烧得更旺。这时的水，就是一种助燃的成分了。索氏的身后哀荣，说明俄罗斯的领导人认识到了这一点。

对一个国家而言，亿万之众不可能都持同一政见，那样就可能真如邓小平所说，有亡国亡党之虞。这就涉及一个以哪个层面作视觉的问题。你要看之长远和深刻，寻求长治久安，就要有人家那种"雅量"。看得浅显和近视，那就党同伐异，容不得不同意见。前者我们可以叫雄才伟略，后者只能叫政坛庸人和过客。

第一次知道索尔仁尼琴的名字，是大约20世纪的80年代初。后来我知道，索尔仁尼琴是苏联共产党的反对派，后被驱逐出境，成为西方反对苏共的"叛徒"。苏联解体后，索氏又回到了原来的国家，但仍然反对那个社会中痼疾般的腐败和官僚主义，并获得诺贝尔和平奖。我觉得索氏是个有良心、有道德的俄罗斯作家，为自己的孤陋寡闻而不平静。

索尔仁尼琴长期流亡美国，但心系苏俄故土，批判的意识和锋芒始终未减。后来他对西方社会消费时代的道德沦丧批判有加，但美国政府并没有像苏联政府那样恼羞成怒，不仅宽容了他不合时宜的文字，甚至感动于他的批评，因为他揭露的社会问题有利于美国政府对症下药，采取应对措施，提升美国的道德和文明水准。于是美国政府给予他很高的荣誉和待遇。现在俄罗斯政府也终于看明白了这场戏，知道"良药苦口利于病"，许多好话倒常常是别有用心的。

我们在歌颂先贤们的爱国情操时，常说屈原被逐，乃赋离骚，司马迁宫刑，才有史记……这样的事例教育了我们几十年，其实，为什么非要让他们受到这些人为的磨难才有所作为呢？为什么不让他们远离精神和肉体之苦，社会不是更美好和祥和吗？虽然那样他们可能不会成就其名，但那只能是他们历经磨难后的副产品。

索氏有一句话值得推崇："人民的精神生活比疆土的广阔更重要，甚至比经济繁荣的程度更重要。"索氏身上体现出 20 世纪时代巨变的缩影，可以给我们许多的启示和遐想。

想想历史有趣地把一生受到克格勃迫害的人，和克格勃领袖出身的人联在一起，让索氏和普京成为多年好友；还有在莫斯科顿河修道院的墓地上，许多持不同政见，甚至兵戎相见的人最终和平共处地安息于一处，就没有什么不能想通、非要"较劲"的事情了。因为"世界永远也不会完美"。

法拉奇拉开了世界铁幕

她认为掌握世界命运的领导人中，许多是毫无光彩的平庸。她的心中充满了藐视权贵精英的独立精神。

意大利著名记者法拉奇是西方新闻界的一个代表符号。她写满忧郁的灰褐色的眼睛，涂着夸张的黑色眼影，垂顺的直发从中间分开，充满藐视权威和精英的独立精神。

法拉奇出生于意大利的佛罗伦萨，曾亲历越南战争、印巴战争、中东战争和南非动乱等。她有时身着迷彩服、头戴钢盔，穿梭于人类敌对行为的炮火硝烟之间，甚至被弹片击伤多次，22岁时就成为有明星色彩的记者。

后来，法拉奇主要从事政治人物报道，足迹遍及世界各个角落，生动记录了20世纪中后期世界发展的整个脉络。她采访过30多位世界政坛首脑和驰骋国际风云的巨擘，虽然身为矮小瘦弱的女性，但采访风格硬朗尖锐，甚至咄咄逼人。在她的采访名单中，有中国的邓小平、美国的基辛格、印度总理甘地夫人、巴基斯坦总理布托、约旦国王侯赛因、利比亚领导人卡扎菲、巴勒斯坦领袖阿拉法特、柬埔寨西哈努克亲王、伊朗最高领袖霍梅尼等重量级强权人物。

在以色列，她曾访问时任总理的梅厄夫人和国防部部长沙龙，勾勒出了两个好战鹰派人物的肖像，被对方视为"不好对付，极难对付"的记者而没有办法；

在伊朗，她不顾伊斯兰教的禁令，进行宗教社会的多侧面报道，甚至当着伊朗宗教领袖霍梅尼的面揭开蒙在头上的面罩，让霍梅尼恼羞成怒；

在中东，她同巴勒斯坦领导人阿拉法特唇枪舌剑，在激烈的争吵中，窥见对方复杂的内心世界，并前瞻这个民族的前途命运；

基辛格曾因与她访谈时不慎失言而深深懊悔，曾说"一生中做的最蠢的事"是接受了法拉奇的采访……

法拉奇深厚的新闻和文学功底，加上提问尖锐、言辞泼辣，使圆滑老练的政坛人物难以招架。她善于根据不同对象，采用不同的发问方式，融自己的感情于浓烈的文字。于是，在她的笔下，一个个置身于台前幕后的政治家们露出了真实的面貌，或运筹帷幄、大智大勇，或狭隘暴躁、势利浮华，但她认为掌握世界命运的领导人中，许多都是毫无光彩的平庸之辈。

作为西方新闻界的精英代表，法拉奇始终置身世界矛盾的焦点之中，对这个被称为文明的世界抱有某种对抗和审视的态度，被视为反专制、反集权、反暴政的象征。她的许多作品充满了对社会良知和公正的呼唤，为追求自身自由、崇尚社会民主的人士所景仰，这些确立了法拉奇名扬天下的"国际政治采访之母"的权威地位，被称为意大利的"铿锵玫瑰"。自卑者可以从她的书中读出自信，崇拜和迷信权威者可以发现自己是怎么"跪"着而不起的。

法拉奇在她生命的最后10多年里，深居简出且沉默缄言，几乎没有人知道她的神秘居所。据说她安居在纽约摩天大楼的阴影中，

用鹰隼一样的眼神，冷静观察着纷乱的世象，安度她生命中的最后
岁月。

美国的"9·11"事件发生后，法拉奇告别多年的沉默，在激奋
中命笔，写出了8万多字的《愤怒与自豪》，呼吁欧洲民众要保护他
们的文化和价值观念。9月29日意大利《晚邮报》首次刊登后，四
小时之内报纸卖出100多万份，打破了新闻史上有记载的报纸销售纪

《法拉奇向世界投不信任票》2007年1月由新华出版社
出版。本书作者在书中写道，法拉奇作为著名记者和作家，
在采访几十位国家领袖和精英中，纵横捭阖，蔑视权贵，从
而成为风云人物，具有其特定属性。

录。美国媒体评论这篇文章的发表"成为欧洲新闻历史上最具震撼性的事件之一"。随后，意大利一家出版社把未删节的《愤怒与自豪》编辑出版，并荣登许多国家的"非虚构类畅销书"榜首，媒体称其为"欧洲的良心"。

新闻视角让法拉奇多侧面、多角度地审视事物，文学的底蕴拓展了她的表现空间，使她的作品展现出许多记者"写不出"的东西。她的多部著作被译成多种文字行销世界，其中《男子汉》使读者分享法拉奇式的炽热爱情和对暴政的批判。《给一个未出生孩子的信》阐述了她对生命存在的思考。中央电视台一位著名主持人说："如果说法拉奇站在珠穆朗玛峰，我们充其量就是到了拉萨。她是新闻界的一代宗师，是难以逾越的高峰。"这代表了中国新闻界许多人士对她的景仰。

2006 年 9 月 14 日，法拉奇逝世后，世界媒体以罕见的信息量，浓墨重彩法拉奇的曲折一生，其对中国新闻界的冲击和影响也不言而喻。基于对法拉奇的价值估量，我曾在她去世后的一个多月时间里，写出《法拉奇向世界投不信任票》一书，由新华出版社出版，以纪念这位特立独行具有世界意义的著名记者，再现其以笔代剑的壮怀一生。

德意志民族的风骨

现在的德国，崇尚生命，关爱人类，而不仅是热爱一个
民族、一个国家。比如，这里是接收欧洲难民最多的国家。

世界上很少有国家会像德国一样，对世界产生如此巨大的影响。诞
生了爱因斯坦和马克思等伟大的思想家，出现了歌德、贝多芬等无数顶
级天才人物，两次世界大战概缘于此。这块土地上充满了创新精神，汽
车和印刷机等机械制造自不待言，在许多方面辉映着人类的文明。

如梦如幻的自然风景让人充满艺术的美感。从浪漫的河谷滩涂，
到巍峨的阿尔卑斯山脉，再到广袤的葡萄种植园，雄浑和细腻的各式
风光，让好奇的愉悦充满你的心胸，我曾两次赴德游历，彼时的良辰
美景，破译了许多深刻且浅显的哲理。

德国的欧洲大陆多元文化最为显著，各个地区都有区别于其他区
域的独特文化，既有悠久的本国特色，又受其他周边国家的浸染。这
里视体育为神圣，多次举办奥运会和足球世界杯，以此唤起战后衰落
的国民热情，重建国家自信。那是充满艺术宝藏的国度，无论中世纪
的油画，还是精美的室内壁画，堪称世界艺术珍品的杰作。而作为各
个音乐流派的天堂，无论享有盛誉的柏林爱乐乐团，还是流行于基层

城镇的爵士乐曲，古典和现代艺术情景交融……

这是在德国见到的一幕场景。当大轿车向阿尔卑斯山行进中，突然车停下来，慢慢靠到路边。年龄不小的司机说车辆检测到轮胎有问题，就抱着工具下车，准备换备用轮胎。这时，驾驶台上的指示灯又不亮了。我们告诉他是否可以不换，他说灯亮过就说明有问题，在大家的笑声中坚持继续换胎。

这个"德国鬼子"累得满头大汗，但他认为费力也值得，因为他遵照的是行车条例。特别是在卸下固定轮胎的八个螺丝时，他都按1、2、3、4……依次排好放在地上，然后再按这个顺序依次装上，这几个螺丝孔大小相同，还需要一一对应吗？"德国鬼子"解释说每个螺丝虽然直径相同，但会有细微的差别。

也是这个司机，在出发前中国导游告诉他，原来的路有一段不好走，不如走另一条路，还能近一些，但他认为，GPS没有这样的显示，他不能照办。于是仍按GPS的路线行驶。路不好走，也乐此不疲。

遵守时间，是德国人际交往的基本信条。浏览市区时，总有游客超出约定的时间回到车上，在发生了两次这样的事情后，司机严肃地向中国导游说，一定要遵守约定的时间，不能迁就不守时的人！下次要让迟到的人自己想办法赶上大家。他的警示，表达了一种抗议。

一个德国餐厅女服务员，因为客人点菜很多，又不听劝告，遂引起争执。顾客认为自己花了钱，是自己的事，服务员坚持认为，这是在消耗和浪费资源，甚至警告对方要报警，最后还真的报警了。

在海德堡城市的山坡上，有一条著名的哲学家小道，树木葱郁幽静，许多著名哲学家曾在这条小道上徜徉散步和构思篇章。典雅迷人的环境，是思考者的天堂和圣地。严谨而多少有些教条的哲学思想，浩瀚而充满灵动，是怎样的一种因果关系呢？

德国奔驰汽车总部的陈列展览，德国工业文明可见一斑。

　　德国人的外表服饰以庄重的深色调为主，像英国的服装一样，很少有不论年龄和性别，穿着大红大绿，这多少表明了德国人的冷峻和持重。这样的朴素外表下，却有着热情和善意。你如果问路，他们会认真地向你解释，甚至画出图来详细解释，最后让你都为他的热情有些不好意思。

　　我认为了解德国历史，不应忽略两个因素，一是在历史上，当汉武帝追击匈奴到达罗马附近时，罗马分裂成数十个诸侯，他们盘踞欧洲，使欧洲陷入了长达数百年的中世纪混战，德国留下了数以百计的古代城堡，其文化呈现历史的多样性。还有就是纳粹统治时期，错误的民族优劣意识曾使德国遭受厄运，导致后来德国勃兰特总理的历史性一跪，这是民族意志的一个转折。这些历史的争斗和国家兴亡的足迹，给德国留下了深刻印记。

　　感觉现在的德国，崇尚和热爱生命，关爱人类的自由，而不仅是热爱一个民族、一个国家，因为那样多少有些偏颇和狭隘，这是这个民族立足地球村的国际观。

英国王室怎样和媒体打交道

　　允许媒体猜测和臆想，尊重多渠道获取信息的权利。但歪曲事实，杜撰新闻，就是挑战底线而不可忍。

　　英国王室成员作为公众人物，他们的许多活动记者有权利了解并公之于众。但他们作为公民个体，又有诸多隐私需要保护和尊重。如何确定两者间的界限，让媒体把握好报道底线呢？联想起多年前曾赴英国考察媒体发展见闻，觉得英国王室与媒体打交道的方式饶有特点。

　　王室成员处于宫廷的帷幕之内，公众对之知之甚少，又有了解探寻的欲望，所以王室的新闻秘书经常安排媒体参加一些活动，介绍王室内部的动态，以利各类媒体据此组织报道。比如王室成员们近期分别去哪里和住在哪里、有什么新的爱好和情趣、周末和节假日一般怎样安排等，特别是他们的一些公益性活动介绍得尤为详细，以展示王室秉承的社会责任。这种介绍不是通过新闻简报、公报等形式发布，而大都通过隐性的表达方式，如安排下午茶，邀请记者参加酒会或舞会时，爆出一些不涉及隐私的"料"来，或披露相关的照片，甚至请王子或王妃在记者面前突然现身，共同交流一些问题，形式不一而足，着重在于潜移默化地影响记者们的观点。

英国非主流的麻辣小报，曾使王室非常头痛。为提高出版物销量和网站点击率，这些媒体使用高科技设备，不惜隐匿跟踪，视王室成员为猎物。为此，王室对正式公布以外的内容，采取了两种态度。一是允许媒体的合理猜测和臆想，尊重他们通过其他渠道获得的各种信息，一般不置可否。如报道哈里王子和女友一起出去过夜的消息，有可能是事实，但不影响王室形象，就姑且听之。但如果蓄意报道哈里王子酗酒闹事，那就要及时更正，指出媒体歪曲事实，因为王室成员毕竟代表着国家形象。

王室绝不允许记者在一些场所安装窃听器和摄像头，或窃听电话和偷录影像，如果杜撰新闻故事，那就是挑战王室的底线了。2012年哈里王子的裸照流传出去，王室立即投诉英国新闻委员会，称这些照片侵犯了哈里的个人隐私权，刊登属于违法。

王室成员在表达个人意见时必须和国家利益保持一致，不能表述对某党某派的臧否。新闻秘书经常提醒年轻的王室成员们，可以私下表达或讨论对国家政策、政党关系的看法，但不能在公开场合畅所欲言，以授媒体把柄。比如，查尔斯王子不看好转基因食品，认为此举违背自然规律，但一旦政府制定了有关规定，就要缄默其言。王室成员必须沿着一条严格规定的路线，言论自由也须服从整体利益，这大概也是王室的一条"纪律"。

王室负责媒体的团队有10多人，且不包括白金汉宫女王的专门团队。他们对媒体不分大小公平对待，每天要接待数百个电话采访，还要策划有关活动，并力求减少费用。其中五个人负责常规和固定的官方活动，安排提前宣传、发送资料和媒体沟通等，其余的人负责王室成员的慈善事业，如动物保护、环境保护、文物保护、教育培训等。王室一般不安排专访，因为可公开的都已尽数披露。比如新婚的威廉王子夫妇到加利福尼亚访问时，英国外交部转来要求采访的865个电话，均被礼貌而友好地谢绝了。

在过去时代中，偶像是神圣、完美的代名词，人们怀着景仰和钦佩的心态去尊崇膜拜。随着人们主体意识的增强，偶像日渐褪去神秘的色彩，失去了许多仪式化的意义，即为"祛魅"。这对许多国家都具有示范意义。英国王室适应这种社会变化，顺势赋予王室以平民化的形象。比如，王子在威斯敏斯特教堂举行婚礼时，有5800多名记者光临，王室为记者提供了高效舒适的采访服务，通过他们讲述一个美丽动人的爱情故事，盛大的婚礼场景传播于世，让人感到这是一场同普通民众婚礼一样的爱情礼赞，说明王室成员和大众一样有着美好生活的追求，从而赢得了社会的广泛祝福。有人做过一项社会调查，征询人们对英国印象最好的事物，英国王室位居前列。

王室文化是国家文化的一部分，也是国家软实力的生动体现。多年前，数额巨大的查尔斯王子基金会就在中国设立了分部，主要从事为中国旧建筑物修缮提供资金、挽救古老音乐，以及环保方面的公益事业。在成立仪式上，查尔斯王子的录音祝词说，他很遗憾不能亲自到场，但他希望基金会能够成为"中国人民的伙伴"。这些都是在传播英国王室，也是英国传统文化在海外的影响力。

奥巴马的多样表情

政治家居于人类群体的峰巅，他们的表情有时呈现一个民族和集体的灵像。

比较几位美国总统的个性化风格，会发现他们有着共性，也多有迥异个性。看近日奥巴马在多种场合的照片，有他大快朵颐吃比萨饼的，有他跷脚端坐着倾听立正的白宫办公厅主任汇报的，有他在社区里挥汗参加公益服务活动的，每次观赏都在心中琢磨，美国的这位黑人总统为什么如此充满活力和从容静定。

作为世界第一强国的总统，奥巴马既担当着管理这个强大国家的责任，更体现着他的个性特征。他在就职总统之前的两天活动可谓丰富和严密：前往阿灵顿国家公墓，向无名战士墓献花圈；在严寒中出席林肯纪念堂前举行的音乐会；探望和慰问陆军医院的伤员；拜访输给他的竞选对手并称其为"美国英雄"；修订就职演说稿并进行反复演练……

最精彩的可谓奥巴马宣誓就任总统的场景。在夫人和两个女儿的陪同下，在21响的礼炮声中，奥巴马用雄浑和厚重的声调宣读誓词，亲吻家人并与副总统拥抱。当天晚上，他和夫人跳起了就职舞会上的第一支舞曲。次日清晨，在国家大教堂做完祈祷后，他忙着在白宫接待公众代表，晚上又携夫人与军方代表共舞。

奥巴马的这几天，该吃就吃，该喝就喝，该玩就玩。干活不惜力，身体动幅大，脸上表情极鲜活，目光充满自信，毫无半点拘谨。这可能缘于他经过了长期的律师生涯和基层政治的历练，习惯于公众场合上的大众表达，美国的议会和司法界从来都是政治家的摇篮，加之有着深厚的政治和社会学养，腹有诗书自能举重若轻。还有一条最本质的原则，就是他来自选民，身旁有着 100 多万选民的兴奋欢呼，这是他坚实可靠的社会基础，而酷爱体育、毫无赘肉的刚健身材，树立了他的活力形象，则是他显示的硬实力。

人必须有个性才会有魅力，必须有胸怀才会表现从容。也是一位美国总统的克林顿，在一家医院视察时，过来一个小孩儿羞怯地问："总统先生，您能给我签名吗？"克林顿笑着答应了。没想到孩子请他签四张，克林顿不解："为什么要那么多啊？"小孩儿认真地说："我想用另外的三张换一张乔丹的。"克林顿也没有表现出愠怒。

奥巴马就职的良辰美景已经拉上了历史的帷幕，这些风光的场景是否会成为奥巴马后来四年或八年总统生涯中的最高点呢？人们有理由记录这些内容，并此立此存照。美国自华盛顿总统起，都有精彩的就职演说，这些演说已收编整理为上下两卷本的典籍，完整地表现了美国各个时期政治传统和社会理念的延续。

大概是受传统文化和政治制度的影响，东西方官员的表达形式不同。在我国，一些公众人物过于恭谦和内敛，官腔官调居多，讲话干涩乏味，极少生动和激情，有时语言的生动性和感染力甚至不如古代一些有文采的诏令与奏折，因为那些文书倒是一些纯粹的文人学士们写的。近年来，一些领导同志带头改进"话风"，在职务行为中适当体现出一些个性色彩，甚至引入网络流行语言，受到了人们的喜欢，被认为是政坛的清新之气。

由于崇尚平庸和保守的心理沿袭久矣，在社会生活中，一旦出现鲜活的人物和生动的语言，对应僵化的体制倒使一些人觉得新奇另类，质疑"为什么会这样说、这样做"，认为是咄咄怪事。靠这样的人来经略治国，怎么会有世界眼光，思考战略性的发展问题呢？

说不尽法国的故事

　　　　一个民族的精神风貌，以及社会结构和各种政策酿成的行为方式，都记录在社会发展史上，显示出有规律的国家生命周期。

　　几年前在法国巴黎旅游时，导游告诉我们说，如果需要问路时，最好有个性别选择：如果车上下去一个男士问路，法国男人一般会很不耐烦，甚至不搭理你。如果换个车上的女士下去询问，法国男人则会十分热情，甚至激情四溢。这个近似笑话的故事，后来竟被现实所印证。

　　比如，新老交替的两届法国总统萨科齐和奥朗德，身上都显示出花样年华。一个曾有过三次婚姻，任期内与妻子离婚，旋即又与名模再婚，并成为"奶爸"，在总统任期内多次折腾出情爱的故事。另一位至今未婚，但与前女友进行了近30年"不论婚嫁"的同居生活，并共同育有四子，还能与现任女友和谐相处。法国人的浪漫故事真是说不清楚的事。

　　萨科齐当政数年虽然活力无限，实则乏善可陈。入主爱丽舍宫后盛气凌人，傲慢且自我陶醉：胜选当晚就和一些富豪大肆庆典，毫不掩饰对上流社会的青睐和痴迷；他曾戴着劳力士名表，携名模夫人乘豪华游艇恣情于海滩；允许24岁的儿子执掌巴黎商业区，而不避"裙带"之嫌。五年中有88次专机出访，虽大多无功而返，但风光无限……任何问题的质变都来自量变的积累，萨科齐的这些作为使人大跌眼镜，"审美"疲劳，最终责无旁贷地走进了竞选连任的败场。

当你做对了，可能没人会记得；当你做错了，却没有人会忘记。相形之下，新任总统奥朗德虽然是个"三无"干部：无执政经验、无明显弱点、没作过决定，但做事低调谦和，不事张扬，每天骑车上下班，自诩是"普通先生"，上任后还自减三成薪水，强调社会公平和民生建设，这些都赢得了法国选民的好感。可以说他并非以非凡的能力胜出，而因为萨科齐反衬出他是个内敛、低调的正常人。奥朗德的另一面则相对淡化了。

遥想萨科齐五年前上任时春风得意："法国需要改变，我将拯救

巴黎埃菲尔铁塔上鸟瞰大巴黎区，领略深邃久远的法兰西文化。

法国!"而高调之后却落寞淡出,这在当今世界的掌权人中并不乏见。治国理政的经验和道理相通相融,人类文明的成果可以互为借鉴。政治家的基本素质当以国家、民族的整体利益为重,而不能以个人、家族和团体的利益为转移。更不能用极端和偏执的思想情绪,试图驾驭舆论,左右民众和社会。扮演领袖的角色需要高超的智慧,必须审慎地使用自己的权威,恭敬地呵护自己的权力,"治大国,若烹小鲜",就是说需要"庖丁解牛"般行云流水,来不得任何的轻盈和乖巧,容不得丝毫懈怠乃至戏谑。

一个民族的精神风貌、文明程度,以及社会结构和各种政策酿成的行为方式,都将记录在社会发展史上,并显示出有规律的国家生命周期。看看同时相互易职的俄罗斯总统和总理,和法国政坛的变幻无独有偶可又完全不同。普京和梅德韦杰夫两个硬汉,缺少梦幻、浪漫和激情,但总是伴随着理性和刚劲的力量,当然这也可能有阶段性,他们的后期也难预料。比较功德圆满的倒是德国总理默克尔,在坚定沉着之中,维护国家的根本利益,从善始到善终。

社会上每时都在演出活生生的闹剧:今天趾高气扬像只公鸡,明天威风扫地成为鸡毛掸子。由于奥朗德所在的社会党的标志是红色的玫瑰花,巴黎的街道上曾掀起了"玫瑰"大潮,人们高唱《马赛曲》,表达对奥朗德的支持,法兰西民族真是个对美好前景充满向往,并充满灵动的伟大民族。

幸运之神赠予你冠冕,也必然要用严峻的逆境来折磨你。走向强国必须要有杰出的领袖和代表人物,有非常之人才有非常之功。对于缺乏执政经验,也没有成熟和完整的施政纲领的奥朗德而言,觉得其执政前景终不会像摇曳的玫瑰花那样灿烂。盲目乐观和无端忽视似乎都不合法国的时宜。

乌兰巴托，穿越旷野的风

> 对成吉思汗的强烈情结，可以体会到蒙古国对过去帝国时代的深刻怀念。

盛夏时的雨季，蒙古国辽阔的草原植被茂盛葱郁，远眺无际，旷野无垠。

2014年8月，由中央主要媒体组成的中国新闻代表团10余人，从北京直抵乌兰巴托。当我们走出乌兰巴托机场时，使馆接机的小伙子对我们说，别看是出国了，其实跟国内内蒙古的景色没啥区别！

入住的宾馆位于市中心广场附近，距总统府咫尺之遥，据说几个月前李克强总理来访时也下榻这个宾馆。设施和装饰如同国内的四星级酒店，但前台突出地挂着五六个时钟，显示出东京、纽约、莫斯科、伦敦等地时间，700多年前，成吉思汗的蒙古帝国西征欧亚大陆，这些地方有些曾是蒙古国的疆土。

俯视乌兰巴托，像一个庞大的集镇，没有高楼林立的繁华，如同大草原上点缀的小城。据说在成吉思汗时代，曾经有千年不遇的雨季持续了10年，为草原上的蒙古兵马带来了丰沛的食物，大自然的物质保障造就了后来的乌兰巴托。现在，280万人口的蒙古国，有一半以上的人居住在这个城里，在城市边缘地势缓和的城乡接合部，簇拥着形态各异的蒙古包和低矮房屋，城市建筑像无边的野草向四周延伸，缺少规划和秩序，显示出恣意蓬勃的生机。

在市郊的山冈上，有一尊数百米高的金属雕像，在阳光下银光闪烁，那是成吉思汗骑着战马，昂首遥望远方。人们从数十公里外就能看到巨大的轮廓，来到雕像前才知道登上台阶就有几层楼高，从里面坐电梯可以直达顶部的雕像内，走出去就是宽阔的观赏平台，站在平台上可以远眺四周广袤的草原。对成吉思汗的强烈情结，可以体会到蒙古国对过去帝国时代的深刻怀念。

在接连到几处饭店餐饮后，感到这里肉类供应充沛，蔬菜则少得可怜，几天下来大家都不习惯。据说几年前因为水草丰厚，促进牛羊生长，牛肉价格甚至比不上土豆。我们问使馆的同志，为什么国内不多进口些物美价廉的肉类呢？使馆同志解释说，因为要保护国内市场，内蒙地区是绝不能进的，那样会影响牧民的收益。新疆口岸过去进口了一些，但现在也被中止了，因为国内饲养和人工成本高，肉价就要贵得多，形不成竞争力。

间或看到中国施工的建筑工地，商店里中国品牌的商品不绝如缕，让人感受到中国作为相邻国家的巨大影响。但这些似乎都是看得见的，潜在的则是蒙古国北边的俄罗斯的影响，已经浸入了这个国家的骨髓。

在苏联统治时期，蒙语进行了俄化的改变，人们的生活习惯也受到了苏式影响，街上可以看到的广告多是酒类饮料，许多行走的人身上弥漫着浓烈的欧美香型。中国的高铁在这里不被接受，经过多次谈判都被搁浅了。许多矿山限制开采的规模，与其说保护自然环境，毋宁说防止邻国的势力渗透。夹在两个大国之中的蒙古国，对中国的防

2016 年 8 月，参加中国新闻代表团访问蒙古国。乌兰巴托市郊高大的成吉思汗雕像，在草原上极为突兀，是几十公里外就能看到的地标。

范已成为许多执政党竞选时的承诺和招牌。

在大街上看到一个门口有士兵站岗的大院子，这是这个国家的重要部门——国防部。据说时任国防部部长出身于蒙古国的摔跤冠军，出生地是成吉思汗省。蒙古国有 1 万多军人，其中有部分骑兵，国防部门口只有一个流动的哨兵。记得网上曾有人用"蒙古海军"来调侃。

在参加中国摄影展的开幕式后，晚上我们在国家剧院观看中国内蒙古歌舞团的演出。次日，我们驱车前往数百公里外的成吉思汗省，传说那是成吉思汗出生的地方，也是 20 世纪惊悚的政治事件——林彪出逃的坠毁地，过去曾叫温都尔汗。

车子一直在草原和戈壁上行走，这是世界上人口密度最低的国家，间或看到用矿石和渣土堆成的山丘，那是挖矿后堆积的土石方而成，让人误以为是大自然演化的山脉。蒙古国的草场在过去几十年里退化严重，很多茂盛的草场变成了戈壁，更加显得苍茫和荒凉。

成吉思汗的省会城市，如同国内的一个县镇。在政府礼堂里召开的两国新闻界研讨会上，组织会议的蒙方记协的一位中年女性，发现少了一副耳塞机，总是找中方人士询问。使馆的同志和她很熟，就怼她说：我们中国人没人要你那东西！她也没好气地说：就可能是中国人拿走了！后来还是她发现自己弄错了。她诚挚地向大家道歉，让我们仍对她充满好感。

成吉思汗省的一位副省长，是个 30 多岁的女性，这个蒙古国的高级干部，就像中国驻村扶贫的大学生。那次带队的中宣部一位女副部长，以及团里一位省委常委兼宣传部部长的女性，都衣着打扮精致，与皮肤粗糙的女副省长宛如天地，但女省长带有蒙古族特征的浓茂黑发，还有充沛旺盛的精力，显示出一种蒙古族女性的美。

高颧骨的阔脸、细眯眼和扁鼻子、厚嘴唇，是蒙古人的典型特征。据说细眯眼和扁鼻子是为了抵御风沙和零下到零上40摄氏度的极端天气，这种自然造化形成了特殊的相貌特征。当然，这也使蒙古族变得无比强悍，能在不宜生存的环境中生存发展。在这个省的展览馆里，我们看到了那位国防部长雄壮的摔跤照，和当了国防部长后的戎装照，好像20世纪的英武骑士，光耀家乡故里。

回到乌兰巴托的时候，我与新华社和人民日报社驻蒙古国两位记者成为好朋友。他们一个驻在中国大使馆，一个租住在饭店，都已在这里派驻了几年，在当地有很多好友。在他们的带领下，我们一行买了多件羊毛织品，价格比国内便宜一半以上。他们说，乌兰巴托就是冬天太难熬，烧牛粪取暖已经糟糕透了，还时常有烧破旧轮胎的，空气严重污染爆表是常有的事，这和夏天的蒙古草原很不着调，只能无奈地改变自己去逐步适应。

在两国新闻工作者的交流会上，我作了官方风格的发言，介绍了新华社的地位影响和工作情况。蒙方的通讯社和报社负责人都向我表达了邀请新华社社长访问蒙古国的愿望，他们渴望与外面世界进行广泛的交流。

谭维维演唱的《乌兰巴托的夜》，深情描绘了这个城市美丽而深沉的夜晚，带着几分淡淡的忧伤，对未来充满憧憬和期待："穿越旷野的风，你慢些走，我用沉默告诉你，我醉了酒。乌兰巴托的夜，那么静，那么静，连风都听不到，听不到。飘向天边的云，你慢些走，我用奔跑告诉你，我不回头。乌兰巴托的夜，那么静，那么静，连云都不知道，不知道……"

历史从来不是记忆的负担

一切想自立于世界之林的国家，都必须以强国的发展为镜鉴，而走向强国必须有杰出的领袖和代表人物。

在中国共产党的报刊史上，有两次高调评价美国总统富兰克林·罗斯福。一次是 1945 年 4 月的《新华日报》社论："罗斯福用大无畏的精神推行新政，他渡过了危机，安定了国民生活。"再一次是他逝世时，《新华日报》专门发表社论，题为"民主的陨落"。

罗斯福成长于美国发展方兴未艾的世纪之交。1933 年 3 月就任美国第 32 任总统。这位美国历史上唯一一位连任四届总统的人，不仅是一位优秀的政治家，也是一位出色的经济战略家，一生充满了传奇与神话。

是时，伴随工业化和物质文明的快速进展，美国进入了帝国主义垄断时代的"恶与善俱来的时刻"。资源掠夺开发、社会分配不均、骚乱和犯罪等社会问题，使过去农业社会里的道德准则日显单纯和苍白。特别是时值世界性经济大萧条的风暴席卷美国，贫穷、饥饿、破产和暴跌的恐惧场景遍及国中。时局呼唤着强大的政府掌控能力，也为罗斯福的推出准备了天时、地利和人脉资源。

罗斯福应运而生，奔波社会各界宣传执政理念，组建了高效能的政府。在宣誓就职时的阴冷下午，他发表了富有激情和阳光的演说："人类在每一次危机、每一次灾难中，获得新生时，他们的知识就更加广泛，道德更加高尚，目标更加纯洁。"

自由经济制度给美国带来过空前的繁荣和富足，但当市场经济的能量发挥至极限时，弱点也暴露无遗，罗斯福的伟大在于，将市场调节和国家调控相结合，无形的手结合有形的干预。他的智囊团吸收了各派政治观点和经济主张，通过借鉴大量经济、政治经验，通过"炉边谈话"的方式，广泛征询意见，国家复兴和对外睦邻友好的施政方略訇然出炉。

1933年3月至6月，罗斯福在国会召开的特别会议上，提出多种咨文，指导国会立法，以惊人速度先后通过《紧急银行法》、《联邦紧急救济法》、《农业调整法》、《工业复兴法》等。这些"新政"的内容分为前后两期，前期的主要措施是复兴：维持银行信用，实行美元贬值，刺激对外贸易，限制农业生产以维持农产品价格；协定价格以减少企业间竞争，制止企业倒闭。"新政"后期的改革措施，则有力地运用行政干预，实行缓慢的通货膨胀，广泛开展公共工程建设和紧急救济，实施社会保险，扩大就业和提高社会购买力。他利用国家的强制性弥补了市场经济制度的天然弱点。

罗斯福的新政，促进美国经济的全面恢复和发展，成功地走出了经济危机的阴影。当他第一个任期终了时，面对国民收入50%的增幅，罗斯福娓娓动听地描述："此时此刻，工厂机器齐奏乐曲，市场一片繁荣，银行信用坚挺，车船满载客货往来奔驰……"

罗斯福认为资本主义已经进入垄断阶段，"自由放任的伟大时代已经过去"，必须加强政府的职能。他与反对新政的最高法院进行斗争并成功地使之改组，继而利用宪法充分而宽泛的解释，进行司法制度改革，表明了他日臻成熟的政治哲学和治国方略。

真正的政治家具有历史的纵深感，美国著名记者约翰逊评述罗斯福："他推翻的先例比任何人都多，他砸烂的古老结构比任何人都多，他对美国整个面貌的改变比任何人都要迅猛而激烈，他深切地相信，美国这座建筑物从整个来说，是相当美好的。"

罗斯福从第二次世界大战带来危机的端倪中，看到了战后的瑰丽景色，酝酿着极富想象力的治理蓝图。在国内盛行中立思想的背景下，罗斯福力申正义，参与到反法西斯世界联盟中，致力于维护世界和平。1942年1月，在罗斯福的倡议下，美、英、苏、中等26个国家的代表在华盛顿签署《联合国家宣言》，后又签署《联合国宪章》，联合国在世界反法西斯战争的凯歌声中横空出世。

罗斯福任职长达12年，在美国迄今的历史上绝无仅有。他的传记作家詹姆斯·伯恩斯揭示了罗斯福成功的奥秘：善于掌握公众舆论，选择时机适当；关心政治方面的细节问题；注意内部的派别之争；注重个人的魅力和政治上的技巧。另一位传记作者弗兰克林·弗雷德尔则这样阐述罗斯福的思想："从他任总统期间总是把美国利益放在首位来看，他是一个民族主义者；从他相信美国的幸福有赖于其他各国的政治稳定与经济保障来看，他是一个国际主义者。"在运筹国内事务和国际关系两个大局中，罗斯福被称为当时美国的"北斗"。

每个职业水手都是以生命为抵押，容不得半点懈怠和休闲。罗斯福身上就有着水手的本色。49岁时，他患上了成年人极少得的脊髓灰质炎，忍着极大的痛苦，他架起用钢管和橡胶制成的支架，仍面带微笑，叼着烟斗，虽然不能登上三英寸高的台阶，却带领美国人民冲向了世界更高的一极。

一个人的存在，就这样影响了一个国家乃至世界的历史进程。在他蝉联总统之时，美国6000多名炼钢工人联合签名致信："我们知道您很累，但我们没有办法，不能让您退职！"在他生命的最后一年，他仍制订了一系列国内行动计划，即未来的科学研究和社会发展计划，引导美国从战时体制过渡到和平时期，最大限度地利用人力和物质资源，有人称罗斯福"那双眼睛比过去更加敏锐、好奇、友好而深不可测了"。

一切想自立于世界之林的国家，都必须以强国的发展为镜鉴，而走向强国必须有杰出的领袖和代表人物。大国的兴衰消长，从来是世界舞台上最受人瞩目的大戏。据说在从政的高层人士中，许多人阅读过《罗斯福传》，从中探寻一条精神路径，谁能够像他一样，赋予制度和体制以活力，形成弃旧图新的力量，致力于国家的强大和崇高呢？

美国有三任总统名传史册，一个是创建国家的华盛顿，一个是维护了国家统一的林肯，再一个则是赋予国家新生和活力的罗斯福，他们都代表了美国历史上的一个重要时代。

军事家无关乎政治

> 历史不是由军事家们书写的，有时甚至也不是由胜利者
> 来书写。

德国历史上功勋卓著的军事名将冯·西克特，被认为是德国国防军之父。但在中国却鲜有正面提及。这是因为他在红军的第五次反"围剿"中，作为国民党军队的实际总指挥，对当时红军组织进行"围剿"，并迫使红军退出根据地后开始艰难的两万五千里长征。

西克特是一位普鲁士将军的儿子，先在皇家兵团服役，19岁被擢升为步兵团军官，是经历了两次世界大战的老行武。第一次世界大战时，同盟国、协约国拼力厮杀，英军有战场记录如下："约有两个团的德军纪律严明，在周围满是七零八落的部队、难以辨认的脸孔和一大堆散兵游勇的洪流中，保持了他们的凝聚力和战斗精神，像在阅兵场上那样机动自如。"这支部队的领导者就是西克特，不久，德国威廉二世授予他军事荣誉奖章。

《凡尔赛和约》签订后不久，西克特就任战败后的德军总参谋长，翌年任德国国防军总司令，他采取了一整套精兵、卫国、图强的军事策略。《凡尔赛和约》规定德军的总人数不得超过10万人，他就要求

流经法国、德国、荷兰等九个发达国家的莱茵河，水量丰沛，航运繁忙，是欧洲西部第一长河和黄金水道，全长 1320 公里。

士兵必须具有 12 年以上服役经验，军官必须有 25 年以上从军经验，以精悍的老兵组建新型国防军。西克特还要求每个士兵掌握综合技能，军官通过培训提升领导才能。由于凡尔赛和约禁止德国拥有军事院校，他在团级单位建立了军事教育体系，列兵受到军士的培训，军士受到军官的培训，每位军官则受到成为将军的培训。

西克特是德国"10 万陆军"的缔造者，也是德国陆军重新崛起的教父。他使将领的战争理念提升到了以飞机、坦克为主的现代化水平，储备大规模的技术型兵种，为德军后来实施闪电战术奠定基础。二战时期德军隆美尔、博克等高级将帅均出此麾下。西克特使德国在战后不到 10 年，就具备了摆脱《凡尔赛和约》的军事实力。几年后希特勒上台，据此撕毁和约外侵，这如同生产出了最好的菜刀，有人却用作了杀人的利器。

外表强悍威武的军人，往往都有着怜悯的情怀，这个矛盾的两级在他们身上得到完整的结合。西克特看到一战后中国被西方列强附加了不平等条约，同情并希望中国通过加强国防建设而摆脱困境。1933年 5 月他来华访问时，向蒋介石提出《陆军改革建议书》，欲将精兵强国的理念搬到中国。次年来华出任国民政府军事总顾问，力图推进中国军队的现代化。他预示日本将很快挑起大规模侵华战争，为此制订了中国军队详细的防御计划。美国驻华军事总顾问史迪威后来把改革国民党军队的建议书送给宋美龄时，宋沉思着说："这是德籍顾问以前曾提出过的"。只是后来西克特因病回国，协助中国军队的抗日计划未能全部完成。但这不妨碍他是中国人民应该铭记的一位将军。

西克特具有文学特长，著有《一个士兵的思考》。据史料载，第五次反"围剿"中红军的实际总指挥，即军事总顾问李德也是德国人，只是在第一次世界大战时，西克特是德军的总参谋长，李德仅为德军的一名士兵。红军第五次反"围剿"的失败，按一般师徒关系的规律似为定局。

军事将领们承担着国家兴亡的责任，但西克特不擅长政治，沉默寡言的天性和谦虚的处世方法，使他被视为德军总参谋部"少说多做"的样板，其作用只停留在军事领域。这种风格似乎和政治领域的生态相悖，也是许多职业军人的共性。

号称"单兵天下第一"的以色列军队就颇有此风，以军一些高级将领认为，军人的职业精神集中体现为英勇奋战。比如，以色列北部军区一位将军，在第四次中东战争时，作为戈兰高地的一线营长，曾率部在戈兰高地浴血奋战，以 27 辆坦克阻止叙利亚军队 700 多辆坦克和装甲车，坚守阵地 24 小时，为扭转战局作出了重大贡献。然而，他却谢绝应得的荣誉，称为国家和民族而战，就是最大的荣誉。以色列军营里很少有锦旗和奖杯，在他们眼里，荣誉是用胜利和战绩来书写的，一次次的胜利和成功已经给了他们最高的奖赏。

千军易得，一将难求，更何况千古不朽的名将？当年以色列国防部长拉宾视察部队，发现特种部队司令巴拉克精明干练，悄悄对身边人说，此人日后如不走上我今天的位置，就应该检讨以军的人事制度。果然，后来巴拉克担任了国防部部长，多年后还担任了以色列总理。

脱离政治环境和背景去分析军事家，有时让人无法准确推断历史上的一些人和事。因为历史毕竟不是职业军人书写的，有时甚至也不是由胜利者来书写。军事领导人和政治家之间的关系之复杂，还在于许多军事家虽然充当鹰派的角色，功勋卓著，但本质上非常厌恶战争，有时他们还是个很天真、极简单的人。

别了，联合国秘书长潘基文

西方的政治家们善于利用媒体和舆论来塑造自己的某种形象和风范，这已是人所共知的常识。

网上曾盛传联合国秘书长潘基文告别联合国大厦的视频。潘基文不愧为炉火纯青的政治家和社会活动家，通过几个场景把这一幕告别剧演绎得淋漓尽致，情谊满满。

历时一分多钟的视频，分为三个片段。一是在联合国大厦的38层秘书长大厅，潘基文缓步走来，不时向散落在楼道中的人们招手致意。然后，画面一转，是大厦二层的一个小会议室。里面已有数十人在等候，这可能是最主要的送别场景，也是举行仪式的地方。潘基文走上讲台，即席发表了简短的讲话："我现在就如同一个灰姑娘，明天等这个时候就一切都改变了。"引发了全场的笑声。"明晚是新年之夜，我将到时代广场参加一个活动，在那里，成千上万的人们将见证我的失业……"全场又是一阵笑声。"对此，我应该欢庆呢？还是……"此时，全场已是掌声和笑声交织了。

潘基文没有现成的讲稿，完全心有所想，出口成章。接下来，他和手捧一束鲜花的夫人一起，走下了楼梯，在《友谊地久天长》的乐曲中，和守候在电梯旁的联合国雇员们一一握手，并向远处的人们招手致意。然后和夫人一起坐进车子，缓缓离去。视频结尾是潘基文的画外音："我永远是联合国的孩子，我的心永远和联合国、和你们在一起。"这大概是他不久前讲的话。

西方的政治家们善于利用媒体和舆论来塑造自己的某种形象和风范，这已是人所共知的常识。但潘基文的告别之举，似无可挑剔，因为很简洁直白，且充满感情，没有繁文缛节和虚头巴脑的空话，在这一点上，人们有共同的好恶和评判标准。比如，曾任英国首相的丘吉尔，素有打动人心的演讲技巧，不时风趣幽默，有时甚至自嘲，为他增色不少。这大概是东西方文化背景和政治生态的反映吧。一般崇尚权力之尊，社会文明尚在发育的地方，多注重形式和过程，释放威仪就放不下身段。

潘基文外貌温文尔雅，表情亲切诚恳，语气和缓，同时头脑敏捷，观察细致，总能敏锐地抓住并表达细节，这是作为联合国秘书长的外交基本功。他曾援引中国古代哲学家老子"天之道，利而不害；人之道，为而不争"的名言，并一再表示，担任减少全球冲突与苦难的联合国秘书长一职，是对他的格外"恩典"。也许正因为有了如此的境界，他才能表现得低调内敛。

随着我国改革开放和经济发展，政治仪式感正在逐步淡化，许多领导人的亲民之举，有时虽率性而为，却产生了良好的互动，如神来之笔。这也是领导人要以哪种风格和形象深入人心的路径选择。

媒体在形象塑造上有着不可推卸的责任。要制造亲民、爱民的动人场景，而不因某种规制，去制造和渲染某种威仪，这是对树立领导人良好形象的最好支持。比如，1988 年 1 月 20 日新华社发出消息，邓小平会见挪威首相时，当时的女译员错把邓小平的 84 岁，翻译成

48 岁，邓小平闻声仰头大笑，幽默地说，我有返老还童术了！这张照片发出后，人们感受的是邓小平作为领袖的亲切和自然。

　　潘基文在卸任全球最大的政府间组织"掌门人"后，古特雷斯已从容履新，其开场白是"我不是一个创造奇迹的人"，面对推动世界范围的和平、发展和经济复苏，以及联合国改革等重大主题，可谓更加低调务实。潘基文在结束长达 10 年的联合国任职后，自称将在解脱韩国的社会困境中，有所作为。韩国两大政党多次向潘基文抛出橄榄枝，而民调显示，潘基文支持率居几位当红的政治家之首，潘基文或许在将来的某个时间以身许国，还是个谜底。

认知当代世界的空间时态

全球化虽然在近年来式微弱化，但这是人类发展的大势
所趋。每个国家总要以全球视角，作为确定国策的支点。

人类的全球化时代，就是在经济一体化的基础上，产生一种内在
的、不可分离和日益加强的世界联系，由此深刻影响到各个国家的走
向和命运。

认识全球化的要旨，是把握国家和地区、民族和种族，以及宗教
习性之间的关联，理解那些跨国经济体叱咤全球的布局，辨析世界经
济的发展轮廓，洞悉民众之间的流动和迁移。

全球化深刻改变着人类的生产、消费和交换方式，也不断调整着
人类的思维和行为方式。一方面是物质和非物质，即资本和人员、技
术的快速流通，另一方面是价值观念多元和多种社会模式交融，这一
切，使国家间的渗透日益增多，乃至弱化了民族的文化意识和国家
权力。

更加开放和具有吸纳能力的社会胜过封闭和排斥的力量，国际上
的集体协商可以逐步取代单边行为。全球化带来的空间时态，逾越了
传统地缘政治和正统领土的概念，使距离不再是一种人为障碍。国家

主权的领土形式固然神圣，但每个国家至高无上的根本利益也按着部分妥协和共管财富的复杂关系，重新界定和组合，这是一个由争议所建构的共同体世界。

在一定程度上，全球化是对民族性的超越和挑战，要求我们既要有民族的思考角度，也要有全球的位势分析，在进行纵向的发展思维时，也要注重横向的差别比较。因为纵向思维可以让我们更好地传承历史经验，横向思维则能够在比较中汲取他人之长。任何一个国家的发展，都离不开世界政治经济的存在背景；任何一个国家的安危和损益，都联系着全球的集体安全，这是对立统一的两个方面。

据报道，苏联外长、著名外交家葛罗米科常坐在椅子上，长时间凝视着硕大的地图仪，以全球视觉作为他思考的支点。地图无外乎一幅用各种线条组成的图像，只是帮助人们完成对某些信息的思考。真正的全球观念要皈依活生生的现实。大国的政治家们都是在缕析全球事务中，考量本国的利益和发展。

全球化不是目标，也不是稳定的状态，而是一个注定的发展过程，迫使各个国家不断对自己的制度和观念进行调整创新，犹如化蛹为蝶。在这个过程中，地区的多样化始终与其并行不悖。各种国际组织、非政府组织，使跨国行为日趋活跃，经济上互相依赖的行为体，在全球空间内逐渐形成。看看各种谈判、会晤，乃至峰会，充斥报端和屏幕，就会感知各种利益交织的多重性。对全球化的"获益者"而言，生活水平和消费方式日趋文明和相近；对被排斥或边缘化者，则是差距更加遥远。

据联合国贸发署统计，全球跨国公司已达数十万家，分支机构逾百万个。它们的发展战略和组织架构都按全球化规模设计运营，不获取对方一分土地，却在人家的领土上创造并拿走天价的财富。20多年前，当麦当劳在北京王府井大街上开出第一家店时，《人民日报》有位女记者很有眼力地写了一篇文章《到麦当劳吃什么?》，她讲吃的是文化和效率。现在看来，其实"吃"到的是一个美国经济和文化影响全球的标本。麦当劳的全球分布，反映了美国经济和文化对外的影响速度。而今，当全球资本总量激增、国际资本流动加快时，跨国公司豪饮全球化的甘泉，其扮演的角色，比当年麦当劳更加精彩和惊心动魄。

全球化进程还深刻地改变着各个国家实力的要素结构。比如战争的转型，冲突和暴力的新形式，让我们在传统军事领域之外，必须考虑经济、社会和政治多种因素。战争固然是解决争端的"角斗士游戏"，但现代战争已使平民和军人截然分开，夹杂着经济贸易战、情报信息战和科技角逐等多种形式。真正战争的地理分布大都锁定在发达国家之外，富国最怕失去稳定的既得利益，未来发生的冲突可能都属于局部的战争。

作为构成世界空间的重要因素，一个国家的实力表现为自己的作为或不作为，或者允许他者行为和阻止他者行为。数年前曾经提出"金砖四国"概念的高盛资产管理公司，又列出八个国家为今后10年引领世界经济的"增长型经济体"。这些被称为"新钻国家"的崛起，将有助于构建一个多极的世界，进而形成以强国实力为基础的国际社会新体系。

世界治理难以找到共同的答案，由此引发的紧张和冲突，属于所有社会成员的共有，也需要所有社会成员作出集体的回应。比如解决环境恶化、气候变迁、能源安全和世界贸易规范等问题，这些取决于各个国家的意愿，也需要谋求各个国家之间最大利益的公约数。从这个意义上说，全球化虽一波九折，但势不可当。

卷四　文　思

字里行间的读写感悟

一个媒体的国家使命

在新华社社史馆，陈列着 139 位烈士的名字。他们是记者，也是冲锋陷阵的战士。国社，始终和国家的命运紧密相连。

在古今中外历史上，从来没有一家媒体和一个国家、一个民族、一个执政党的命运兴衰，如此紧密地联系在一起；

在浩瀚的中外新闻史上，从没有一家媒体经历过如此漫长的战火和硝烟的洗礼，在民族解放战争的各个战场上，都掩埋着她的儿女，有的甚至长眠异国他乡。

这个集体的名字叫新华社，常被人们称为"国社"。从 1931 年 11 月在江西瑞金的一个村落里，发出第一条新闻起，近 90 年沐风栉雨，如今她已形成覆盖全球的新闻信息采集网络，每天 24 小时用 12 种文字向世界发出中国的声音。她雄健地跻身世界几大通讯社前列，迈向世界媒体舞台的中央。

把日历翻到 11 月初，几个纪念日期耐人寻味。中华苏维埃第一次全国代表大会在 7 日召开。同日，新华社的前身红色中华通讯社宣告成立。她播发的第一条新闻是这个中央政府的第一号公告。而次日即 11 月 8 日，被后来者命名为中国记者节。

新华社的诞生无异于中国新闻界开天辟地的大事件，她始终和一个崭新的国家命运紧密相连，承担着崇高的国家和历史使命。一部 90 多年的新华社社史，由血与火凝练而成，在兴与废中拼搏，堪称中国共产党领导的新闻事业从无到有、由弱到强的壮丽史诗。

1930 年 12 月 30 日，红军在第一次反"围剿"战斗中，缴获了一部电台。欣喜若狂的战士们由此组建了无线电队，抄收外界电讯。不久，中华苏维埃共和国临时中央政府成立，作为中央直属的通讯社，他们开始用这台机器播发新闻，开始每天发稿只有 2000 多字。当时中央政府的 130 多部法律、法规和法令，就是用这样极其简陋的设备播发并载入了历史。

那是一支极其精干、高效的新闻队伍，瞿秋白、廖承志、博古、陆定一、胡乔木、杨尚昆等数十位中共的高级领导人都曾在这里工作。延安时期，毛泽东时常在深夜十一二点钟由警卫员提着马灯，到新华社察看当天接收的国内外电讯。他曾就一篇稿件谆谆告诫："文字和标点符号不要弄错。发出、广播和登报，时间愈快愈好……"

在战火硝烟中辗转不定，新华社须臾不离党中央的周围。在战火中、马背上、窑洞里，新华社忠实践行自己的责任和理想。转战陕北时，党中央身边有两支队伍，一支是"枪杆子"队伍，另一支是范长江率领的由新华社工作队组成的"笔杆子"队伍。这一时期，毛泽东、周恩来等中央领导为新华社撰写和修改的各类文稿达 70 多篇。毛泽东曾动情地回忆说："中央留在陕北靠文武两条线指挥全国的革命斗争。武的一条线是通过电台指挥打仗，文的一条线是通过新华社指导舆论。"

在河北省平山县西柏坡，有几排黄土垒就的房子。1948 年，新华社随党中央搬进同一个院落。这个设在中央大院里的总编室，传递着全国各个战场和解放区的声音。满怀对创建人民共和国的坚定信念，新华社用笔和镜头，真实记录了世界东方的巨变和一个新政权的诞生。董存瑞、刘胡兰等英雄的事迹，和辽沈、平津、淮海三大战役的捷报，拉开了新中国成立的历史帷幕。

在庄严、肃穆的新华社社史馆，陈列着139位烈士的名字。他们既是一名记者，也是冲锋在前的战士。晋察冀前线分社记者萧逸，是文学大师茅盾的女婿。他参加了清风店、石家庄、平津等重大战役，写出大量生动感人的战地通讯。1949年初，萧逸在刚解放的北平见到了茅盾，不久又投身到太原战役的前线。再不久，他在太原城外的阵地上采访时壮烈牺牲。

新华社始终以"勿忘人民"为本，把根须一寸寸深植于群众中，在传递党和国家的声音之时，时刻从人民群众中汲取丰厚营养。在十年"动乱"中，几位资深的新华社记者向毛主席反映"四人帮"的倒行逆施、新华社最早发起和参与实践是检验真理唯一标准的大讨论、率先报道为天安门事件彻底平反……来自人民群众，又是时代杰出代表的一个个先进人物，由新华社向全国播发后脍炙人口——

讲述雷锋故事的长篇通讯《毛主席的好战士》由辽宁分社的记者采写发表，"雷锋"成为响彻全国的光辉名字；

《大庆精神大庆人》最早传播了大庆油田和王铁人的英雄典范，当时的记者就是后任国务院研究室副主任的袁木；

长篇通讯《县委书记的好榜样——焦裕禄》，是后任新华社社长的穆青领衔之作，曾教育了一代代领导干部……

90多年风雨不等寻常。在远离国土的贝尔格莱德、巴格达的炮火中，在汶川、玉树等重大灾难现场，新华社忠实履行职责，坚守在报道的前沿一线。特别是在近年来具有划时代意义的媒体战略转型中，筚路蓝缕，全力加快推进国际一流现代全媒体建设。

始于 2009 年 10 月，新华社发起并成功组织了世界媒体峰会及主席团会议。这个被称为"媒体界奥林匹克"的盛会，以"合作、应对、共赢、发展"为主题，搭建起国际媒体合作的桥梁和平台，显示了新华社与日俱增且与大国地位适应的影响力和话语权。与 13 个联合国机构建立的高层往来关系，深化了国际交流合作，标志新华社不断走向更新、更高的世界领域。

近年，在美国纽约时报广场上，一块 18 米高、12 米宽的巨型液晶屏开始展示中国形象。许多美国人可能不清楚新华社的地位和影响，但他们看到了屏幕上巨大的新华社红色标识，以及滚动播出的中国新闻。《华尔街日报》称："新华社入驻时报广场，标志着一个新时代的开始。"

世界上的强国，必须有影响世界的舆论场，保有强大的媒体力量。在激情中保持冷静，寓英雄气概于理想情怀。位于北京宣武门西大街 57 号的"新华园"，时刻见证和捕捉着世界的细微变化，真切传达着党和人民的声音。把理想融汇在每天发出的电波中，穿越千山万水，传遍五湖四海。

《参考消息》与"种牛痘"

"种牛痘"是《参考消息》这家报纸的创办初衷，也是
独家特色，显示了当时国家领导人的自信和宽广胸怀。

原中办秘书局局长徐中远近年出版了三本书，内容都是回忆毛泽东的读书生活，因为他从 1966 年至毛泽东去世的 1976 年，担任毛泽东的图书管理员长达 10 年。毛泽东去世后，仍在中南海负责整理毛泽东生前阅读和批注过的文献资料。我几次与之相聚，听他讲述毛泽东读书不辍，其中就有重视《参考消息》的事。

新华社编辑出版的《参考消息》，是国内唯一一家全部内容都是转载国外媒体报道的日报。毛泽东对此非常重视，以此掌握国际动态，学习国际知识，并引为治国理政的镜鉴。他的早年自不待言，在晚年身体越来越差的情况下，仍坚持每天看《参考消息》。后来小号字、大字号都看不清了，工作人员就把重要文章，用近似毛笔的碳素笔抄写出来，送给他阅读。1975 年 8 月，毛泽东做白内障手术后，两眼视物不清，工作人员每天给他读的报纸就有《参考消息》。毛泽东去世前几小时，让人读的就是《参考消息》上刊载的一条外电报道：关于日本大选中时任内阁总理大臣三木武夫的消息。

徐中远题赠。

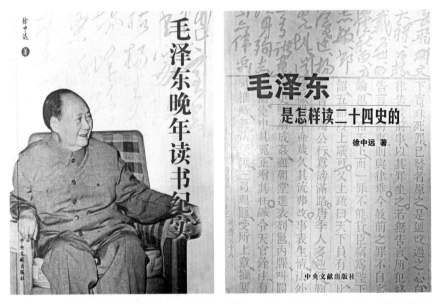

　　《毛泽东晚年读书纪实》、《毛泽东是怎样读二十四史的》由中央文献出版社出版，作者徐中远根据年轻时担任毛主席图书管理员的经历，记录了毛泽东博览群书、终生勤奋读书的生动故事。

　　毛泽东把办好《参考消息》，喻为"种牛痘"，为此确定的办报方针，是使之成为"天下独一无二的报纸"、"那些骂我们的言论也要登"。他说："人为什么要种牛痘？就是人为地把一种病毒放到人体里面去，实行'细菌战'，跟你作斗争，使身体里产生一种免疫力。发行《参考消息》以及出版其他反面教材，就是'种牛痘'，增强干部和群众在政治上的免疫力。"他还在一次会议上大力倡导干部们读《参考消息》，见世面，受锻炼，如果把眼睛和耳朵封起来很危险。

　　毛泽东多次要求《参考消息》扩大发行。1964 年 6 月，他在谈话时说：《参考消息》的订阅范围"以后要逐步扩大，今后可以增加到 50 万份、80 万份。只要纸张问题能够解决，做到每个公社、每个工厂都有一份，还可以发到个人"。一个月后，他又提出，发行量要增加到 100 万份。1971 年 6 月，毛泽东指示《参考消息》刊登美国记者斯诺采访毛泽东、周恩来的报道，报纸订数达到 604 万份。

　　作为一份报纸，《参考消息》有时负面报道太多，编辑人员怕效果不好，但毛泽东说不要怕，应让读者自己去评判，以培养他们分析问题的能力。有些同志提出在刊登负面新闻和批评报道时，可以加些正面按语，以利引导，对此毛泽东说"都不加按语，我们就是叫人们自己去思考……"1972 年 10 月 7 日，周恩来据此指示："《参考消息》从今后起一概不要有倾向性，完全客观，毛主席已说过多次。"

　　这就是伟人才有的胸襟和气魄，没有掩饰，没有封堵，坚信正义的力量，充满革命家的自信和执着。时至今天，我们体会毛泽东大力倡导《参考消息》"种牛痘"的意义，更加重大而深远。

　　一是不要怕人家有不同意见甚至说坏话，因为世间万物总要显示出对立统一规律，要敢于倾听和应对不同的声音，相信读者的承受和识别能力。

二是好话和坏话从来是辩证的，坏话有时会产生好的结果，好话有时会产生坏的结果。前者促进我们改进工作，后者容易让我们销蚀进取的锐气和斗志。

三是要善于营造讨论问题的氛围，在不同意见的交锋中明辨是非。善意的反面意见要倾听，恶意的攻击当然不能视为"疫苗"，而要反驳并提示人们警醒。

当年，在毛泽东的亲自倡导下，《参考消息》曾居全国报刊发行量首位，影响力也以高端、客观和权威著称，并延续到现在。记得前几年在中组部组织的一次干部培训班上，中央电视台著名主持人白岩松去讲课，举例说国内发行量最大的报纸是《环球时报》，当时在场的《参考消息》时任总编辑张铁柱当场举手申明：《参考消息》才是国内发行量最大的报纸。白岩松听后忙解释说，可能《环球时报》过去发行量是最高的。张铁柱执拗地又站起来更正说：《参考消息》从来都是国内发行量第一的。下课后两人一番理论，还成为要好的朋友。当时我和张铁柱在一个班并同桌学习，深感他的话体现了办报人的自信。当然，"种牛痘"需要坚定的办报思想，更需要宽松的社会环境。

追求永恒的瞬间

留下众多中外大咖的影像，与英雄美女零距离接触，有的在硝烟弥漫的战场上与死神碰撞……

新华社数以百计的摄影记者，散落在30多个国内分社、170多个国外分社，为世人留下了许多值得铭记的历史瞬间。《那些年，那些事：新华社摄影记者的故事》一书，翔实记录了新华社庞大家族中摄影记者的工作和生活。

作者在新华社摄影部工作了20多个年头。据说不拘小节的摄影记者们，常挤到她办公室内的长沙发上，东倒西歪，抽烟喝茶，谈天说地。与记者们的相知相交，促使她在《摄影世界》杂志上辟专栏，推介这些摄影大仙们。这些文章，集纳成这本书，一个个生动场景和摄影记者们灵动于纸上：

四川汶川地震发生时，新华社四川分社的大楼"吱吱"作响，人们纷纷外逃，摄影记者陈燮却本能地向楼内跑，从办公室取出相机，一口气跑到13层楼上，去拍摄震后街道上混乱的人群。然后，跑回办公室，向编辑部发稿。几乎在照片传到北京总社的同时，通讯就中断了，他的照片成为新华社发出的第一张汶川地震报道。而后，他急驰汶川灾区，拍下了著名的"吊瓶男孩"的照片：男孩手举吊瓶站在废墟上，身边是压在水泥板下的"夹缝少年"，两人的神情震撼人心。这张照片见诸次日国内各大报和网站。

还有参加了非典报道的王建民。在当年草木皆兵的恐慌之时，请缨进入北京市小汤山非典医院。在一张纸都不能带出去的污染区里，王建民戴着护目镜，套着隔离服，每天出入病房，聚焦会诊的医务人员。总后勤部部长廖锡龙知道他曾参加对越反击战，嘱咐他"这里不比老山，炮弹有声音，病毒可看不见、摸不着！"王建民一连七天，圆满完成报道任务。作为军事摄影记者，他还报道了神舟一号到九号的发射和回收，从通信卫星到铱星、澳星，从北斗到风云，从神舟到嫦娥，镜头如影相随……

在这个记者群落中，有的拍摄过众多中外领袖的影像，有的与英雄美女零距离接触，有的在硝烟弥漫的战场与死神擦肩而过……当国内外重大事件发生时，身为国家通讯社的记者都跃上前线，跻身事件的中心，成为重要的观察记录者。书中介绍了一位平凡的老记者，他亲历了一件至今史上没有公开的国内重大灾难——

20世纪的1975年8月，因连降特大暴雨，河南省驻马店、周口等地的几十座中小型水库相继溃坝，几十亿立方米的积水似排山倒海，七个县市受淹，死亡超过3万人。8日凌晨6点，新华社河南分社社长敲开摄影记者樊鸣涛家的门，告诉他驻马店的几个水库溃坝，省委会议开了一夜，让他赶快去拍照片，向中央报告灾情。

樊鸣涛8点赶到机场，乘坐空军的直升机进行航拍。飞机沿京广铁路南行，沿线只看到露出水面的树梢、稍高些的铁路路基和拧成麻花的铁轨。樊鸣涛用相机拍摄了汪洋中的一个个城镇、乡村、工厂，直到中午才返回机场。

接连三天，他连续五次起飞，当时的胶卷用了十几个，并在飞机上写好照片说明。每次返回机场，都有分社同志接应，即刻乘飞机或火车，把胶卷和文字说明送往北京的总社，再由总社上报中央。多年后，他回忆说，我不觉得那些照片有多了不起，但那三天我敢说全国就我一个记者在第一现场！由于那时国家经济落后，救灾能力不强，特别是由于极左路线的干扰，不搞所谓的负面报道，外界很少知道那次洪灾的损失，但樊鸣涛尽到了记录历史的责任。

内容平实而细腻，一个个故事独立成篇，又贯穿一条潜在主线。读过此书，让人抽丝成茧，至少有如下三点感悟。

一是新华社有着团结互助、事业为重的浓烈氛围。三峡工程开工典礼时，新华社拿到三个现场采访证，其中一个证件可以到任何位置拍摄，当时总社的老记者樊如钧把这个证件转给了年轻记者杜华举，并面授机宜，让他去拍国家领导人为工程揭幕。尔后的 10 多年中，杜华举拍摄了三峡的数万张照片，号称"杜三峡"。在一次全运会上，老记者胡越拍摄了朱建华打破世界纪录的瞬间，并获得全国摄影大奖。事后有人说新华社记者有场内随意拍摄的优势，殊不知胡越把唯一的场内证件让给了社内年轻的同事，他是站在观众席里，靠精湛的技艺抓拍的。

二是新华社殊途同归的业务管理颇具独特之处。为了开阔记者的视野，适应更广阔的社会土壤，国内各分社的记者不断交流，国内和海外记者也相互交换。如云南、甘肃、青海等边远和内陆分社的摄影记者，都曾被派驻海外，完成了许多国际重大活动报道，增强了他们的采编能力和国际视野。还有更多的记者坚守自己的独特领地，最终成为某个领域的专家。比如，青海分社记者王精业多年研究青海湖鸟岛，有时上岛一住就是几天，中学物课书的封面、中国邮政的明信片都使用了他拍的鸟岛照片。

三是摄影记者大都是有着强烈情怀和个性的人。他们比文字记者更有趣更有活力。这正如新华社社长何平所说：文字记者是以历史的逻辑解读当下，摄影记者则是把眼前的瞬间变成永恒。他们毫不矫情，凭着自己独特的感觉投入工作。西藏分社摄影记者觉果，曾数百次重返青藏铁路工地，虔诚地记录西藏靠"天路"融入世界的历史进程。他在纳木错圣湖畔举行了婚礼，并送给妻子一匹马作为礼物，敬畏的神圣与花样的浪漫是那般和谐。

何平在为此书作序中写道："只要看一眼中外摄影大师拍摄的经典照片，就会深感文字之苍白、笔墨之多余。然而，图片也有其天生的局限，长于具象而拙于抽象，由此，文字的优势就得以凸显了。"他概括说："无论文字还是摄影，都是在见证时代的变迁，都是在对历史作真实的记录。"如今，音视频技术的迅猛发展，给新闻摄影带来巨大挑战。在奥运会上，国外一些摄影记者利用高清便携式 DV，拍摄动态影像和截图数据，选择作为新闻照片，而对一般读者而言，则是看到发表在媒体上的照片就够了。凝固于方寸间的表达，显示出记者的资养和敏捷。

新华社中国照片档案馆存储着 700 多万张历史照片，这是新华社几代摄影记者的镇馆宝藏。这些历史的沉淀，能唤起人们记忆深处许多耳熟能详的人和事，也召唤后人实现崇高的新闻理想，记录历史，见证未来。

怎样让"眼睛"传神

　　　　阅读的感觉各有不同。有的独具慧眼，鞭辟入里；有的
由此及彼，另有卓见。

　　对一篇文章而言，标题是"眼睛"。对一本书而言，封面也有形同"眼睛"的功能。是深邃丰富，是清丽婉约，是夸张浮华，都可以从中体味出来。

　　好的封面自有人们都能认同的理由，差的封面总是在某个方面有着不同的缺憾。封面设计直接影响着读者对图书的认知和美誉。

　　国内图书的封面设计近年来处在长足的流变中。立意现代营销和新的审美理念，许多富有时代特征的新颖封面脱颖而出，与过去缺少设计思想、色彩单一、构图简单的封面创意不可同日而语。对称与对比、和谐与均衡、明快与柔和、深刻与新奇，造就了许多新的唯美形式，因为人们总是喜欢丰富多样，而不喜欢单一平淡，也不看好逼仄、杂乱和陈旧。

　　美编人员自身修养的提高，图书市场的激烈竞争，读者的目光日益挑剔，特别是社会上一些图书设计工作室的启发带动，是图书封面设计逐渐讲究内涵和斑斓的内外动因。在一次北京图书展销会参展获

奖图书的部分封面中，可以归纳出几个类别，看它们是怎样给我们形成视觉冲击的。

意境深邃型：《打破思维常规》这本书封面上部黑底白字，下部白底托出一个方形多框架，意喻思维的多面、多样。《决策之难》的封面在四个字的外围，设计了迷宫似的图形，直切图书主题，产生了较强的导读作用，设计者实现了图书内容和艺术形式的有机统一。

诙谐轻松型：《不情愿的资本家》的封面采用一幅戴礼帽、叼香烟的人头漫画，烟头上的烟尖形成一具问号，表达出书中对一些问题的思考。《普京与幕僚》的封面用投影性的头像艺术造型，可窥见人性的深度。

强势冲击型：《新战国时代》的封面用黑、白、红三色对比，以"新"字统领封面，关键字抢眼。《硬球》封面在"政治是这样玩的"副题上，添加了一个黄色的巨型棒球，缝制球体的粗线历历在目，标志西方政治有时带有玩的感觉。

文图对应型：把书名和提要同有关图片组合配置，图片的选取恰当地为视觉识别服务。如饮食方面的书就配上几则菜蔬、佳肴的图，旅游的配些景观照。此类封面虽易招致平庸而缺少新意，但简便和保险，不失为许多封面的主流。

质材工艺型：如《金蔷薇丛书》采用封面中间的孔中反映扉页中的作者头像，还有使用磨砂法、UV法、塑料封套等，体现了现代印刷的科技水平对封面设计的直接作用。

这是浏览图书时，随便归纳出的几个类型。相形之下，也有一些图书封面缺少设计思想，囫囵吞枣，让人不耐看。

简单的色块铺底：几个色块的简单堆积，有时甚至将书的上下或左右，简单地堆上几种颜色，这是最缺少设计思想的表现。有时甚至铺底块形都不讲究，颜色搭配缺少和谐，显得简单而粗糙。

比例上失调：黄金分割率是人们普遍能接受的铁律，但有的封面加框不规则，有的书名偏于一角，整体布局显得局促。图案组合安排不当，像主宾座次混乱的宴席。

推介用语不当：封面用语中有的抓不住关键词，或处理不当，缺乏醒目的色彩及美化功能，使用无谓的连词和虚词，不重要的词句却被做大、做重。封面上的提示语不能准确、精练地概括书中的内容。书名的字体、字号选择不当。

文图照应不利：书名和图片不应是简单组合。不是说图片必须呼应内容，但总该有些关联照应吧。有的封面上配图与书名完全无关联，与内容风马牛不相及。有的文图对应则过于直白，如讲战胜抑郁病的书，就是一个人在大笑；战争类的图书就配上坦克、大炮等。

构图失当：比如，封面上较大的人头像向右边看时，右边的空间理应留大些，风景图也应讲究适当留白，给人舒展的想象，但有些书恰恰相反。

封面设计是文化作用的艺术表象。设计者理应深入理解书稿、倾听编辑意见、汲取优秀封面的经验，通过不断思考、比较、总结，提高自己的艺术修养和技巧，进而提升封面设计的综合水平，使封面设计能深化和诠释读者对图书内容的理解。

阅读的感念各有不同，阅读的眼光决定一切。对封面的优劣认同也见仁见智，传统风格可以和现代审美交融，活泼轻松中寓含庄重大方，但读者的眼睛和封面交流时，应有个一般规律的美感。因为靠权威征订就发行数百万册的时代，已成陈年旧事了。

书籍是全世界的营养品。优秀的图书是社会科学、自然科学研究和传播的信息载体，在先进生产力的发展中承担着智力支持的特殊作用。人要衣装，佛要金装，书要皮装。看那些邮票的设计者们，在方寸间挥洒天地，是可以引为借鉴的。

"差一点"将失去什么

数字媒体节奏之快使人无暇精细打磨，但留给历史的不会是简约和速成。

我在中国新闻学院毕业实习时，师从当时的《人民日报》经济部主任、后任《经济日报》总编辑的艾丰。记得在人民日报社5号楼的夜班室看稿子时，艾丰常对一些文章"差一点"的问题表示遗憾：某篇文章的主题思想锤炼差一点、某个标题和文章提要的制作差一点、某个版式的设计上差一点……我理解他说的差一点，就是说有些应细致的地方不细、应有深度的地方不深、应该抢眼的地方很平淡，艾丰对此常表现出遗珠之痛。

在各类图书刊物的编辑出版链条中，表现"差一点"的现象何其多矣。主题内容出现问题暂且不论，有时就因"差一点"的问题而影响刊物的品位和质量。比如，常见的标题、提示语、内容提要等文字粗糙，对内容概括不甚精准；字词句的表达上失当或谬误，版式设计缺乏美学意识而陈旧乃至丑陋；文图内容关联不紧密；等等。特别是有的文中因编校质量不高，把关不严，出现错字别句，标点使用也无规矩，阅读这样的书刊如同咀嚼中遇到了一粒粒沙子，读者完全可以

2014 年，在中共中央党校（国家行政学院）就学时在南门留影。

因之而质疑文中立论的严谨和准确。

国家新闻出版总署颁布了出版物的质量管理规定和质量保障体系，不间断地对全国报刊和图书出版物质量进行抽查，并每年都专项抽查和通报 10 多种质量不合格的书刊，有的甚至勒令收回或销毁。据悉被抽检的有些辞书中差错率还达万分之十五以上，辞书应该说是出版物的金字塔顶吧。

清代学者戴震说："经之至者道也，所以明道者词也，所以明词者字也。由字以通其词，由词以通其道。"因字、词的表达错误，造成谬误流传，贻害读者的例证已不在少数。导致这些出版物质量下降的原因至少有二。就文化背景而言，是当今作为文化人的编著者文化素质下滑，文字能力和知识水平有所欠缺；就业务管理者而言，则是职责意识和读者意识的缺位。

　　数字媒体已经进入了我们的生活，节奏之快使人无暇精细打磨。有益的是开发了人们的碎片时间，让人们在最短的时间内获取更多的信息，但也出现了让人心浮气躁、思考碎片化的弊端。以资讯为主的传递常忽视了文字的精美和品相，忽略了思想的深刻和系统化。留给历史的从来都不会是简约而速成的文化。既要利用好信息共享的富矿，打造每个人都可以免费拥有的"麦克风"，又使一个民族的传统文化得到传承和延续，使深刻和快捷、长远和即时互相融合，应该是文化繁荣发展的应有之义。

　　新华社一位总编辑在布置工作时，常说把工作做深做细，就要以海恩法则和墨菲定律为警示，这里就有个克服"差一点"的意思。海恩法则是德国航空专家海恩提出的飞行安全法则，是说每一起严重事故的背后，必有几十次至几百次的未遂先兆或隐患，可都被人们忽视了。墨菲定律是说如果有两种以上方式去做某件事情时，一定有人选择坏的方式，就是说事情的变坏有时不可逆转。

　　几年前，曾有一本畅销书《细节决定成败》，那里说的所谓细节，都属工作中的"差一点"。如果把工作比作一个坐标，在工作进程的纵向轴上，疏忽了某个环节，就会影响后续的下一步工作。在横向坐标上，缺少了左右平行的综合协调，也会因之失当失衡。许多工作程序上就在最关键的地方，差了一点，结果就可能功亏一篑，"差一点"换来失之千里。

　　胡适曾写过一篇文章，叫《差不多先生传》，讽刺国人中办事不认真的习性。文中为"差不多先生"画像："他有一双眼睛，但看不很清楚；有两只耳朵，但听不很分明；有鼻子和嘴，但对气味和口味都不很讲究。他的脑子也不小，但记忆却不很精明，思想也不很细密。"就是这位差不多先生，在把千字写成十字，惹得老板发怒时，还自我解嘲："千字十字只多一小撇，差不多!"他赶火车时误了两分钟，火车开走了。他有病请医生时，竟来了个兽医，但都认为"差不多"。

差不多，在这里就是"差一点"的同义词。"差一点"最终将失去什么? 记得艾丰在当年领衔全国质量万里行组委会时曾写过一篇述评。文中说，由于众多产品的"差一点"，我们最终将失去质量和品牌，失去效益和效率。克服"差一点"的习惯，是责任和义务，是品位和格调。

新闻和出版形同两个相切的圆

　　　　　新闻、出版两个业界非为"楚河汉界"。干过新闻，又有出版背景的人，若能汲取两者的优长，就离"完美"不远了。

　　新闻界和出版界两个行业，多有联系和交融，又互有细微之别，形同两个相切的圆。两个行业的工作性质，对从业者的磨砺不同，但又日趋完善。

　　新闻从业者多以"快"著称。做事风风火火，讲究快捷和高效，因为每天要保持一定的信息量。出版业则讲求一个"慢"字，温火去熬、微火去煨、余火去烘，唯此才能编出经典名著，若推出一套丛书，那就更是经年累月的活儿了。据察，干新闻的人走路和吃饭往往都比出版社的人快上几拍，新华社内一位看澡堂的人说，出版社的人洗澡都比新闻部门的人慢几分。

　　干新闻要讲求热情和迅捷，而出版界的人更需要冷静和沉淀。当记者们匆匆的身影，出没在一个个社会活动场所，穿梭于大街小巷时，出版界的人们也许正气定神安地伏案秉笔，他们追求青灯黄卷、一丝不苟的劳作态度，这才是他们工作的最高境界。

　　好的记者每天都要出去"跑"。要腿勤、嘴快、手不闲，不出去也要打上几个电话，联系几个部门，以求新闻线索。所以，记者们讲求"动"，不似出版界要求的"静"。出版界当然也有时联系书稿和组织选题，但如果哪位出版社的人过于"不安分"，就会有人说："那个人坐不下来，哪像个出版社的编辑，能编出好书来吗?"

　　新闻从业者要求新求异，关注社会新、奇、特的变革，追逐社会涌动的潮头，并注入自己的感情色彩和个性风格。北京发生重大火灾或车祸，你不知道或不关注，就不是好记者，出版社的人则大多事不关己，另当别论，他们注重的是收集、集纳和复制文字，集腋成裘，使之成为典籍。

　　国家有新闻出版总署，形式上把两者统揽起来，因为两个范畴毕竟也有许多相通、相关的共性东西。比如，都属上层建筑的意识形态领域，都大抵算是文化人框架下的群族，同时都强调以宣传引导、解释答疑为主旨，都只能为大局帮忙，不能多事添乱。当然，两者也正在逐步走向融合，如近年来新闻宣传中也开始讲究策划，而出版业内也对一些书的出版提出了时效上的要求。慢中有快，快中有慢，是辩证的统一。

　　在新闻出版领域中，多有脚跨新闻出版两个领域的"两栖人"。因为两者并不是"楚河汉界"般分明。比如著名记者范长江当年以《大公报》记者的身份，跋山涉水4000余公里，写出了《中国的西北角》一书，几个月内再版七次，成为出版界的名篇；陈立夫以记者之资，出版《陈立夫访谈录》等多册图书，记录了一段历史内幕；斯诺以记者观察的角度写出了《红星照耀中国》等巨著，至今闪烁着历史的光芒。这使人想起那句关于记者最终归宿的话：成功的记者要不成为社会活动家，要不就成为文学家。

据此推衍，窃以为干过新闻，又有出版背景的人，若能辨析两者之优长，把冷和热、动和静、快和慢统一起来，而非厚此薄彼，那就离"完美"差不远了。

新闻传媒的人文关怀

对英雄模范与普通群众任何一方的过于倚重，都可能造成对社会价值取向的误导，不利于平衡地把握社会价值。

新闻传媒以报道当前发生的重要事件为主，运用语言、文字、图片，即报刊、广播、音视频等多种传播形式，反映和沟通社会信息，既是重要的传播手段，又是不可忽视的文化工具。

人文关怀意在以人为本，关注人的生存与发展，着眼人性和人的价值，尤其是人的心灵、精神和情感。人文关怀是一个社会文明进步的标志。

改革开放以来，人民物质生活水平得到极大提高，物质文明的进步，反衬出市场经济的实用性与功利性特征，导致人文精神的弱化。新闻报道作为重要的宣传途径和文化载体，与特定的文化背景密切相连，是社会的一种调节机制，有责任在人文层面上发挥推动和提升的作用。同时，人文精神也将深化新闻主题和内涵、提升报道品位、引发读者共鸣。

新闻传媒总是在传播信息的同时，有倾向性地向受众展示人与其他各种对象的关系，这是新闻传媒实施人文关怀的一个媒介手段。

近年来，新闻传媒自觉把人文关怀体现在自己的报道中，表现出了一个理性和现代社会的进步与成熟。特别是在抵御自然灾害和重大社会活动的报道中。比如，在地震发生后，迅即发布灾情信息，报告灾区状况，动员全社会奋起救灾，把生命的尊严提升为报道的要点。数以千计的记者，冒着生命危险辗转灾区，用手中的笔、话筒和镜头，把灾情信息和一个个刻骨铭心的现场，传递给全国人民，谱写了新闻传媒体现人文关怀的巅峰之作。

在事故和灾情带来恐慌和无望之时，媒体的声音给予社会希望和勇气；在光明和正义被黑幕所遮掩时，媒体伸张正义，张扬人性和光明；在灾后重建和治理阶段，媒体着力鼓舞士气，为灾区提供持续的精神力量。

毋庸置疑，新闻传媒在人文关怀上也毁誉参半。一些新闻传媒没有较好完成所承担的社会责任，忽视人文精神对社会发展的积极作用，缺乏人文关怀的宣传含量。比如在许多报道中，反映模范人物如何奉献社会，自我牺牲的内容居多，但很少见到这些模范人物如何热爱和享受生活，人物是平面而不是立体的影像，使这些人物残缺不美，宣传效果大打折扣。

国家的现代化主要分为物质现代化和精神现代化两个部分。精神层面的现代化必然以人文为核心。新闻传媒作为影响广泛的文化载体，理应传播先进的文化价值观，在人文层面上为建设社会共识和契约发挥更大作用。

人类文化所体现的根本精神是人文精神，它以追求真、善、美等崇高的价值理念为核心，以人自身的全面发展为目的。从人文角度出发，新闻传媒的关怀对象，显然应该是人性的价值、人的尊严和人生的意义。

新闻媒体的人文关怀，应体现在对大多数受众进行关怀的基础上。这就要求新闻传媒要贴近大多数受众的生活，符合大多数受众的情感、习惯与思维方式。在新闻宣传中，对英雄模范与普通群众任何一方的过于倚重，都可能造成对社会价值取向的误导，不利于受众把握社会价值的平衡，也不利于建设一个民主、自由、平等的多彩社会。

新闻媒体近年来在新媒体技术的影响下，注重宣传引导与反映生活的辩证关系，"点"与"面"相结合，呈现出一定的"平民化"倾向，以大众的生存状态为内容的报道逐渐增多，对人的关怀对象不仅是长远意义上的人生价值，而更多的是日常生活中的琐碎事物，一定程度上体现了新闻传媒对受众意义上的"人文关怀"。

文化是一个民族几千年历史的沉积，媒体在构建文化价值观时，不能否定传统的文化价值观，割断这种文化上的传统联系，否则，媒体的人文关怀就会成为无本之木、无源之水。在传播中要使用受众习惯的语言表达方式，符合大部分受众的思维方式、思想感情以及审美习惯，这样才会成功嫁接传统和现代的理念，使之并驾同驱，体现人文报道的完整性。

鲜活的政治领袖们

　　历史的波翻浪涌，塑造了神态各异、栩栩如生的政治家面孔。解读一个人的肖像，洞悉他们的心灵之窗，有时意味深长。

古罗马哲人马库斯·图留斯·西塞罗说："世间一切，尽在脸上。"脸上都写着什么呢？对政治家而言，既有强国愈强的自信和从容，也有国运衰竭、应对纷争矛盾的倦容，还有政权更迭动荡的惴惴不安、制度兴替变革的起承转合。可以说历史的风浪，塑造了政治家们栩栩如生的个性面孔。

政治家的肖像很多时候是一个集体和民族的征兆。他们或坚毅威严，或儒雅浪漫，每个迥异的肖像都透露出丰富的内涵。新华社一位摄影记者推出的一本新书，收录几十个国际领袖人物的表情画面，记录和捕捉了这些人瞬间的表情故事，并附拍摄手记。这些被称为领袖的各个国家和跨国的精英，在记者的镜头面前释放出各色情愫，有权威的代表性和无可替代的历史价值。

美国前总统尼克松在《领袖们》一书中写道："随着伟大的领导人物的脚步，我们能听到历史的隆隆雷声。自古至今，没有什么题材比伟大的领袖人物更具有经久不息的吸引力。"拍摄国家领袖人物形神兼备的照片，由此展示其性格特征和心理活动，历来是摄影记者们追求的目标。翻看新华社摄影记者的许多照片，特别是国际报道的影像，不禁让人沉思发想，一个人的肖像与他的精神和心理状态竟这般紧密相连。人们说眼睛是心灵之窗，而肖像就形同心灵之门。

新华社负责中央外事活动的摄影记者，有着别人望尘莫及的特殊机遇，和众多政治、经济和文化艺术界的顶尖人士多有接触，仅由我国政府接待的总统和总理一级代表团，每年就不下几十位，这是一般年景。此外，我国领导人每年还要出访几十个国家，作为随行记者，把来自不同国家、不同民族、不同观念的领袖们，云集在镜头之中，在不违反外事规定的同时，抓拍许多生活性照片，拓展画面之外更多的信息，加深了人们对这个世界管理层面的认识。

2011 年初，因公到访香港，在香港紫荆花标志前留影。

把拍摄新闻照片和肖像艺术相结合，讲述图片背后隐藏的故事，许多书中在每幅照片后，附有类似"采访手记"的文章，介绍拍摄时的其人其景，有时还颇有诙谐幽默的笑话。比如，美国总统小布什在白宫会见我国领导人，宾主落座，大门打开，几十个记者冲了进来，小布什握住我国领导人的手，大声叫着："快点照啊，晚了就没机会了！"众记者狂拍一阵后，环顾四周，发现肢上有疾的副总统切尼拄着双拐站在对面，又转身去拍切尼。小布什又喊："嗨！别认错了，总统在这呢！"显示了小布什不愧是幽默搞笑的总统。还有一次委内瑞拉前总统查韦斯来华访问时爬完长城，准备上车时突然向一个小摊走去，在摆满旅游纪念品的摊里捧起毛主席陶瓷塑像，用手小心地把上面的灰尘擦去，让随行人员掏出 20 元交给了摊主。记者们拍下了这个场景，这也是后来查韦斯政治走向的一个注解。虽说人民创造了历史，但领导人民创造历史的人始终为人们关注。

外交部一位高级官员说，美国国务卿希拉里在陪同中美两国领导人会谈结束后，和他喝茶时，颇为动情地说了一番话：通过许多次接触，她对中国领导人的个人品质认识越来越深，在讲到国家的发展时，中国领导人常表现出一种历史的责任感，他们的神态说明他们正为这个国家仍有几千万贫困的人们而焦虑。这和其他一些国家的领导人风范完全不同……希拉里大概是因中国有些领导人的凝重表情而触发感慨。

记者们的这些摄影作品让我们感到轻松但其实充满严肃。要知道，书中的绝大部分照片，都是在仅有三五分钟左右的外事拍摄时间里完成的。一位摄影记者对我说，拍摄好人物肖像，一般要有四个层次的境界：一是利用面部特征或典型动作展示人物的性格。二是抓住转瞬即逝的特殊表情或肢体语言，展示特定环境下的心态。三是用构图或光线色彩营造艺术性氛围。四是用周围的环境符号加上表情神态说明某种关系。这有点像一位哲人所说："我们不只是用相机拍照，我们带到摄影中去的是所有我们读过的书，看过的电影，听过的音乐，爱过的人。"

广袤乡间的文化之梦

> 历史遗存和文化命脉，许多根植在穷乡僻壤中，那就是常说的乡愁。

毛泽东自传中写到，他在年少时看了许多传统书籍，慢慢地发现了一个现象，就是这些书大都是写才子佳人的，也都是所谓才子们来写的，和劳动群众的生活没有太大的关联。这个发现是否影响了他后来的文化方针和政策，尚不得而知，但他当年的这个发现，至今仍有现实意义。

中国的农业、农村和农民，仍然是中国经济社会发展的主体力量，但走进乡村，物质生活的提升并没与文化事业的发展同步进行，学校集中到了乡以上的城镇，文化活动场所匮乏，有些文化活动在乡下已成为年庆时的偶然，几亿农民几乎与图书无缘，乡村中倒是常见些空洞的政治性口号，只是增加了人们的偏执和极端。在国内的图书市场上，很少有涉及农村内容的图书，影视作品更为少见。以图书为例，阅读对象以城市阶层和知识白领为主，涉及农事的书极为鲜见，多年没有产生过一本有轰动效应的"农"字头的书。

农村文化市场贫乏，农村类的图书稀少，不能用过去革命和阶级的观点去分析，但折射出文化工作者着眼点的偏差，以及情感上的误区。中国的文化本来就源自农村，因为中国人上溯三代无一例外的都是农民，都来自乡土。中国正在从吸纳大量农村劳动力的工业化时期，进入到相对排斥劳动力的信息化时代，这种信息化无疑带来了生产力和生产关系的重大变革，但到头来，信息化不应远离亿万之众的农民群体。

农村文化市场的呆滞，首先是利益驱动。许多文化工作者认为农村的文化市场尚待发育，市场的购买力不强。其次，就个体情感而论，几乎所有写书的人都坐拥一二线城市，一定程度上忽视了农民的诉求，许多书的内容虚头巴脑，实用性不强，也使农民用不上、看不起。

都说中国农村是一个潜在的巨大市场，这个市场的含义当然也包括潜在的文化市场。总后勤部所属的金盾出版社坚持多年的图书"三下乡"活动，为农村发展提供智力支持和信息服务，实现了经济利益和社会效益并举，这个成功的例证，已成为该社的品牌。在城市市场相对饱和的情况下，开发和拓展前景看好的农村文化市场，增加文化设施，丰富文化生活，弘扬民族文化和传统美德，仍不失为文化发展和求得效益的巨大空间。有鉴于此，文化部、财政部等几部委多年来联合组织为农村送书活动，用专项资金以较低码洋购买图书，无偿送至农村的"农家书屋"。这个如同"修桥铺路办学堂"的善举，虽实施多年，但似有不足，有资料说，我国现有图书数十万种，而供应农村的图书平均为数千种，除了中小学教材，数量就更少，更重要的是这种产品结构的失衡至今还在加剧。

乡村文化和古村落、古街道一样，是构成乡愁的一部分。许多历史遗存和文化命脉，根植在穷乡僻壤。农民并不是不需要文化，我曾经目睹过农民对文化的憧憬。当年我在农村做知青时，当为村民放映自制的幻灯片时，乡里的村民们蜂拥而至，有一次遇上停电，村民们开来了手扶拖拉机，用柴油机发电，在机器的轰响中欣赏着墙上模糊而游移的画面，那还只是为配合某些政治运动制作的幻灯片而非电影。我也记得老人们戴着花镜，饶有兴趣地读那些《千字文》和《农历》。不仅农民，推衍到现在那些进城务工者，他们并不是没有文化需求，许多人心中都有着各自的耕读梦想。

每年的 4 月 23 日是世界图书日。2011 年，我曾被抽调新闻出版总署参加当年的世界读书日筹备活动，起草邀请当时温家宝总理参加读书日活动的报告。在这个不大不小的纪念日里，京、沪、穗等大城市都有图书优惠销售等纪念性活动，北京的几家大书店还相继组织图书展示、主题报告会等活动，当然都是以城市为服务主体，其影响也远不如一些商业性的节庆活动，我一直为这个读书日的存在感到尴尬。

不了解农村就不了解中国社会，适应农民"求富、求知、求乐"的文化需求，为他们提供丰富的科技、法律、市场知识，宣传好国家的惠农政策和乡风文明，都是城镇化建设的文化内涵。

雄壮而柔美的音符

　　融注浓厚的个性色彩，产生穿透心灵的感染力，就能击中人们心灵的最柔软之处。

　　主流媒体就是要第一时间发出自己的声音，为人们提供丰富的资讯和信息，否则就不能称为"消息总汇"。就要播发具有导向性的高屋建瓴的扛鼎力作，体现国家和民族的主体意识，但唯有融注了记者个体的丰富感情，具有浓厚个性色彩的作品，才具有穿透心灵的感染力。因为这些作品不是长于施教和引导，不是应景应时，而是善于感染和熏陶；不是赖于材料的组织和综合概括，而是用思想、心灵，甚至泪水去构成情感。

　　在这方面，女性记者可能有着性别的天生优势。新华社女记者张严平、朱玉、白瑞雪的几篇来自抗震救灾前线的作品《明天，太阳照常升起》、《献给北川的橘子》、《故乡，让我轻轻擦去你的泪》，是近年灾难报道的上乘之作，也是女记者群体的代表作，无一不体现着女性情感的浓厚和细腻。

　　文章随处可见涌动着如涓涓细流的温情。比如："麦子黄了，布谷鸟叫了，灾难的底色上跃动的依然是生生不息。""在满目疮痍的废墟之上，已有飘动的炊烟、新播种的玉米、新插秧的稻田。"

文章充满了仔细观察捕捉的细节。比如："一个毛茸茸的玩具熊，孤独地挂在那里，等候着生死不明的主人。""他带着一包纸，在月色里悄悄爬上一块岩石，面朝北川的方向跪下，给死去的父母重重地叩了三个头，一张张地烧光了纸。"

虽然是血腥的灾后场面，但叙述中有着女性特有的温婉。如："她转身向店里跑去，但是，巨石追进了店里，追上了她。""从此，以睡觉的姿势，安详地一睡不起。"

文章中叙述的事实是客观的，但个人主观色彩不经意就倾泻而出。"当生我养我的故乡小镇在漫天尘土中越来越清晰，我却没有了还原的能力，因为那里几乎已经夷为平地。""我不知道记忆的坐标，应该从哪一片废墟开始。"浓郁的"情"字，使其他一切说教都略显苍白、浅淡了。

这三篇文章，感情充沛而叙述从容，精选事件而升华自然，体现着记者运筹笔墨和情感的综合素养。女性记者的付出，比起男性来相对要大，因为她们的身体硬件逊色于粗犷的男性。她们的肩上，挑着本不该她们去挑的重担，这足以让我们肃然起敬。正是由于她们有着比男性记者柔弱的一面，她们在"软件"上，比起男性记者驾驭和表现主题，似乎更"软"些，浸染着感伤和悲情。女性们从不吝啬眼泪，三位女记者避重就轻，扬其所长，选取充满人性化的角度和题材，在最佳的文章方位上，实现了自身性别优势的突破。她们击中了我们心灵的最柔软之处，拨动了生命交响中最凄美的音符。

《人民日报》总编辑范敬宜在为我的一本书作序时写道："我们主张新闻写作要多从文学写作中吸取营养，借鉴文学写作丰富、多样的表达方法，以增强新闻作品的感染力和影响力，使新闻事实不仅更加可信，而且更加可读、可亲……现在许多新闻之所以不受读者欢迎，不是由于文学色彩过浓，而是由于表达缺少文采，单调、枯燥、僵化，令读者望而生厌。'言之无文'，结果必然'行之不远'"。

中国古代的词风诗话中，就有豪放派和婉约派之别。主流媒体的救灾报道，要体现气壮山河的英雄气魄，表达钢铁般的坚强意志，也不废锦上添花的"婉约"，这是分析和鉴赏三位女记者文风的应有之义。在一次有关作品的研讨会上，我们倾听她们作为职业女性的叙述，不得不感知她们情感之丰富、心地之悲悯、情智之敏捷。这是和雄壮的气势、时代的壮美相得益彰的。

各种灾难性报道正走向史无前例的开放和透明。以报道别人为己任的记者，也常常当之无愧地成为报道内容的主角之一。三位女记者脱颖而出，留下了女性新闻工作者的丰富履痕。其实《人民日报》女记者计鸿庚集多年之功，写出《荣毅仁传》，新华社女记者顾迈南写了《非凡的智慧人生》，凤凰卫视的闾丘露薇先后出版了《我已出发》、《行走中的玫瑰》，女记者们早就出发远行了，她们有自己的专著问世，是业务发展的另一个高地。

想象 20 年后的报纸

想象再过 20 年，就是《中国青年报》创刊 80 周年的时候，社会将进化到哪个程度？那时，许多观念都会成为过眼烟云。

《中国青年报》创刊 60 周年之际，组织了"寻找金牌读者暨微评经典报道"活动，报社向来自全国各地的获奖者表示了崇高敬意。这里有几十年坚持阅读中青报的忠诚读者，有为之提供了大量精彩报道的供稿者，显示了中青报具有的强大社会基础。

我以一位新闻从业者、一位作者和读者的身份，参加那天的纪念活动，并和与会专家、学者和教授进行了交流发言。

20 多年前，我在中国新闻学院就读国内新闻专业时，在学校图书馆里每期必看的就有中青报。一是当时的中青报内容鲜活而犀利，在报刊中独树一帜。同时，那时自己尚年轻气盛，很认同中青报的许多观点，几个同学还经常就此研究交流，甚至争论起来。后来在新华社从事新闻采编工作 20 多年，基本上中青报是每天要看的几份报纸之一。在过去的十几本剪报集上，中青报留存的剪报也很多。有时看到内容和文字俱佳的作品时，真是反复研读，"漫卷诗书喜欲狂"。所以那天我援引了胡乔木当年为电力行业写的一首诗，表达了自己的心情："受你的恩惠已是多年，今天才见到你的慈颜。你的心多么慈祥大度，化为光照亮千家万户……"

中青报并不仅仅是青年范畴和意义上的报纸，它为我们国家、民族的事业发展和经济社会的进步，作出了应有的历史性贡献。它对公平、正义、民主，特别是对真理的追求，勇于创新、敢于质疑和批判、生机勃勃的特质和价值观，都在一定程度上影响了一代代人，进而影响着我们的社会生活。"冰点"展示的正是我们社会一个个的热点。"青年话题"其实都是当今社会上的焦点内容。我还记得，在几年前山西一次重大矿难发生后，中央媒体都缄默其口，甚至有中央媒体驻当地分社的两位记者收受了当地送的黄金元宝，是中青报的记者毅然把此事公之于世。一家报纸的风格，就是从一篇篇文章、一个个从业者的身上，集腋成裘，潜移默化，有境界终成高格。

进行历史的回顾和表达赞颂，显然不是报社寻找金牌读者的主题。"风物长宜放眼量"，在这里，"量"不是限度和范围，而应该用作动词，去作科学的前瞻。当今世界发展，正在以多样性和全球化为特征并异彩纷呈，中国社会的政治、经济和文化各个范畴，都在经历或迎接着深刻的变革，正处在一个"乱花渐欲迷人眼"的时代。处在这样继往开来的新时代，作为同人和旁观者，我对中青报面临的抉择和历史定位心往系之。几年前，我曾在这张报纸上发表了一篇文章，题为"灵魂的飞扬与磨砺"，是说我到长沙岳麓书院所感。那里曾是毛泽东、蔡和森青年时期指点江山的地方，也造就了曾国藩、左宗棠和梁启超等历史风云人物。《中国青年报》之于青年，应该像当年的岳麓书院，在日积月累的潜移默化中，造就未来社会的一代栋梁。

在世相万千的变革中，媒体不仅要提供信息和资讯，更要提供丰

2009 年参加中直机关党校学习时，赴广州等地调研。

厚的精神营养。中青报重在以后者见长。中青报会以"满川风雨看潮生"的气魄，与时俱进，立意高远，向社会奉献更多的精品佳作，勇于传世立说，功在当下和未来。

想象再过 20 年，也就是中青报创刊 80 周年的时候，社会将进化到哪个程度？那时靠权力和权威办报，靠硬性摊派来发行，靠兜售简单的政治概念，恐怕都会成为过眼烟云。以面向世界、面向未来的胸襟，"开窗迎入大江来"，这样才会体现出报头上冠以"青年"两个字的生机和分量。

此情可待成追忆

　　　　一件美好的事情在期盼中与我们相遇，继而渐行渐远，
会成为一种美好而长久的记忆。

　　在一个阳光和煦的上午，原轻工业部退休干部张莉和她的哥哥一起，来到新华出版社展示了十几幅山水和花草的国画，那是她父亲张则天先生留下的作品，据说家里还有数百幅。怎样纪念逝去的父亲，让这些作品发挥其价值，给后人以审美愉悦？兄妹俩想出版一本文图并茂的纪念册，表达对父亲的纪念和回忆，也为后人所传承，并请我为之作序。

　　出本书是很简单的事，但从另外角度去想，又很不简单。有的人出书是言为心声不得不为，有的则是为了某种社会行为，或求名利之作。像说话时有人发自内心，有人则出自嘴巴，这是本质不同的两件事。张莉等家人把许多未曾启齿的肺腑之言，以文本的形式向父亲诉说，其中洋溢着浓厚的亲情，也有着属于他们的动人故事。

　　由于书画作品很多，家属和同事的各种纪念文章参差不齐，两位编辑几易其稿，反复修改，终成定稿。当我作为终审，看到文图合成后的书稿时，感受到了许多动人的情节。

当年 18 岁的张莉受狂热的思潮影响，未告诉父母就报名奔赴了北大荒。父亲理解女儿的冲动，把对女儿的思念暗暗地埋在心里。多年后，女儿突然发现了父亲珍藏的她小时的许多画稿及后来的每一封家信，那里曾停留过父亲多少眷恋的目光，寄寓过父亲的多少企盼啊。

张老志趣高雅淡泊，具有知识分子的儒雅和清高。有的子女担任领导职务后，常有人到家里拉关系送礼品，张老一概拒之门外，并手书"常在河边走就要不湿鞋"送给孩子，让他们以此要求自己。

作画是张则天最大的乐趣，此外从无他求。晚年他的作品已达到一定水平，有人要出本书或搞个展览，都被他婉言谢绝。他说宁静恬淡，就是最好的追求……

一部好书，就是一部让人受益的教材，读者会身临其境，感受到向上的力量。读者在欣赏张老的数百幅书画艺术时会想到什么呢？从十几篇回忆文章中怎样体会一家人的浓厚亲情，感悟一种健康力量呢？许多书画界的名门之后，也出版前辈的作品集，但许多是为了宣传作品而忽视其纪念性。纪念父老的图书很多，唯有境界者，才自成高格。

这本书画作品集是一位德高望重的父亲一生脚步的忠实记录，其优美的自然界艺术作品，因融注了众多的情感而丰富多彩，这使我想起了自己以前经历的一件事。

20 多年前，刚从某特大型企业党委书记岗位上离休的石军，在得知他当年的老师施宏诰因病住进医院时，即赶到医院帮助照料。石军曾对我说，当年他在四川上中学时，恰好施老从清华大学毕业后被中共派到四川资中县中学任教，主要是发展党的地下组织。17 岁的学生石军在施老的引导下加入了"读书会"，从那里读到了鲁迅、巴金和毛泽东等人的作品，后来他们这些读书会的学生都走出巴山蜀水，投身到了民族解放事业。新中国成立后，施宏诰被派驻国外任大使，他们不远万里，鸿雁传书，每次施老回国，大家都团聚一番，把施老看作自己生涯的引路人。

施老住院后，石军望着施老的清癯面孔，50多年的师生情愫涌上心头，决定为老师立传著述。他像年轻人一样充满激情，陆续约了来自国内外同学的34篇计10多万字稿件，还有许多宝贵的历史照片，《施宏诰在四川》一书很快出版。我也曾为这本书做了一些编辑工作。

但遗憾的是施老去世一年多后，石军因劳累过度，在回川老家探亲时，也不幸病逝。石军衔草结环的情谊，感动了其他同学们，由11位耄耋将至的同学发起，征集纪念石军的诗文，先后收集了77篇文章，辑印为《春蚕》的一本书。书的前言中说，"春蚕"喻意石军对党的事业、对施老的情谊如"春蚕丝尽"。我从这纪念性的两代人的书中读到了一种旷世脱俗的力量。

每个读书和写书的人，对每本书都有自己的特殊感悟。许多大批量发行的畅销书，影响很广但其实难副。一些小众阅读的书，有时倒让人读出深刻的内涵。随着社会的发展，人们感情的日趋细腻和受众分化，小众读物可能会成为未来出版发行的主流。

一件美好的事情在期盼中与我们相遇，继而渐渐地远离，就成为一种美好的回忆。"同于德者，道亦德之；同于失者，道亦失之"。从这个意义上说，崇高的纪念是一件为之幸福的事。

每个人都是一道风景

　　年复一年，每个家庭都在代际传承中，构成了历史的旧剧和时下的新奇。

　　晚上，在北京陶然亭公园散步时，突然接到了唐山市訾惠的电话，告知为她父亲訾世增编辑的画册进展很快，已经要排版付印了，让我抽空写一篇文章为序。訾老是当地饶有名气的画家，性情温润如玉，颇有君子之风，我为老人家的作品结集问世而高兴，应允一定表达我的敬仰和怀念。我的答复多少有些唐突，但在湖边柳絮的飞扬中，回忆和訾老多年交往的一幕幕场景，充满美好的回忆，竟有"忽有故人心头过，回首江山已是秋"之感。

　　我家和訾家可谓世交。訾老师一直在遵化市文化馆工作，和我的父亲多年交好，都是当年从外地调入遵化工作的。訾老的爱人秦老师和我的母亲在同一所学校任教，两家过去来往很多。20世纪70年代末期，我上中学时，父亲让我假期到文化馆跟訾老师学习字画，因为那时文化贫乏，图书很少，学校里也学不到很多东西。于是我常到訾老师的办公室兼画室里，学习临摹毛笔字，并请他指教。当时还有王瑞生馆长、从北京下放到遵化的霍一心老师，常给予我教诲。我参与布置宣传橱窗和参加一些展览，学到了许多书法和美术知识，在那里我知道了中国书法有几大家，知道了水粉、版画、油画和素描的知识，重要的是经历了美学鉴赏的启蒙。

1976年，为了配合当时所谓的"批林批孔"运动，遵化的清东陵管理部门要举办"祸国殃民的叶赫那拉氏（慈禧）展览"，訾老带着我去参加布展。当时，清东陵远没有现在的旅游设施，许多陵墓的附属建筑被作为仓库和驻军征用。我和訾老师两人在慈禧陵前的西配殿里搭起床铺，白天和晚上都在那里设计展览内容和版面，吃饭时到不远处的文物保管所食堂。晚上方圆数里的偌大陵区只有我们几个人，四周山风阵阵，松涛声似千军万马袭来，让人不敢看外边夜色中一个个高大殿宇、城垣和门坊的影子。就是在那些夜晚，訾老师向我讲起他的许多往事，有时感慨深长。他还带我随其他几位同志，坐部队的大卡车到北京故宫博物院，拉回了许多重要的清代文物，作为展览物品，为清东陵所长期展出借用，这些物品后来成为陵区管理的镇宝之物。那个展览后来展出数年，细致地介绍了鸦片战争后中国加速半封建半殖民地化的历史进程，如同一部中国近代史的缩影。那时我正值十七八岁，充满对知识的渴望，从訾老师的口传身授和展览内容中，学到了许多人生和社会知识，留下了美好的记忆。

在我的心目中，訾老师是个永远平静如水、慈爱内向的人，说话时眯着眼睛，和颜悦色，总保持着师长和尊者的风范，受他恩惠的人们都对之敬佩和景仰。虽然他的几个子女都称他是"严父"，但我觉得那只是外在形式不同罢了。他的夫人秦老师则总是端庄娴淑，有一种知识女性的文静气质。他们身上都保留着中国传统知识分子和读书人家的善良品德。

遵化是一座历史古城，民风淳朴，"遵化"两个字就是"遵循孔孟，化教黎民"的意思。我离开遵化的数十年中，过去的时光常历历在目，多次打电话问候訾老，听到他浑厚的声音就倍感亲切。大概 2000 年前后，我利用五一节休假时间，带父母到迁西潘家口水库浏览，路过遵化市时，晚上专门到城北的文化馆打听訾老师的消息，不想訾老师辗转听到消息后，即赶到我们住的宾馆，但由于我晚上到当年就学的遵化二中去转了一个多小时，未及和他会面。回京后，我把近年写的几本书寄给他，并约有空去见他，但因工作忙碌，拖延数年未得会面。人们的相处，千万别认为来日方长，岁月如梭，许多事情会成为遗憾。

訾老师的晚年生活十分丰富，在老年大学里义务教授美术知识，让许多退休的长者也都尊称他为訾老师，孩子们也都长大成才。我觉得天地冥冥中，总有某种给人予平衡的回报。一年又一年，一代又一代人，就这样构成了历史的演进，每个人都是其中一道特殊的风景。訾老师精心绘就的每一幅画作，又特殊展示了生活的色彩斑斓。

卷五　感　世

世情万物汇成的斑斓图画

按摩师手中的唯物辩证法

　　　　　　　按摩师的眼睛长在手上，他们依经脉处百病，调虚实，谙熟辩证统一关系。

　　早在两汉时期就有记载的推拿按摩方法，历经千年仍为今人乐道。在每个城市和乡镇，都有按摩的门店，规模大小不同，但同人们的生活密切相关。北京还有专门的按摩医院，就诊需要提前预约。而在北京市残联开办的北京涌泉按摩中心，我已是10多年的金卡会员了。

　　按摩是通过双手的技巧，作用于人体体表部位，调节生理循环，以期防病健身。用专业的表述，即是舒筋通络、活血化瘀、补虚泻实。因为经络遍布全身，沟通和联系人体的所有器官，而气血在经络中运行，组成了完整的体系。

　　在静谧时分，感悟推拿揉捏的妙处，时而轻松畅快，时而气血充盈，心中意念随着按摩的手势而流动，真是心手合一，念由心生。不同按摩师的手法虽然各有特点，不尽相同，但都蕴含着朴素的辩证关系，我理解主要有以下几点。

　　讲究刚柔相济的对立统一。按摩有和法和散法、补法和泻法之别。和法即和解之法，手法轻柔平稳，动作缓和。散法则有消散、疏解之意，手法以摆动、摩擦为主。补法和泻法也是这样，前者手法轻而柔，以补气血脏腑之弱，后者则一般用力稍重，频率略快，以适当刺激，当然，这些都是相对而言。

讲究虚实结合，点面呼应，而不顾此失彼。虚的地方轻而不浮，重而不滞。实的地方则着力理筋整复，通顺经络。在虚实转换的时候，动作循序自然。讲究左右对称，上下呼应，这边按揉几下，那边必然要相应地按几下。我在几位按摩师工作时，默记着按摩的数字，竟都是左右相同，这或许是他们长年遵从此道，已不偏不倚，固化为习惯。

按摩时间长短、受力因部位而异，注意其特殊性。时间较长的轻刺激，可以活跃脏器功能，时间较短的重刺激，则抑制其生理功能，轻和重与时间、速度相辅相成。按摩还有方向性，据说向下推的高频按摩多为泻，向上推的低频按摩则为补。而匀量渗透则要由表及里，讲究拇指实，掌心虚。在局部推拿后，及时揉按四周，轻柔梳理，使肌体由张到弛。

注意各部位的内在联系，特别是局部与全局的关系。按生物全息学说，身体的某一局部是全身器官的缩影，而全身又影响作用着这一局部。比如足部，密布着丰富的毛细血管和神经末梢，与人体脏腑和大脑组织密切相关，刺激双足的反射区，可以调解各器官功能，促进新陈代谢。手部和耳部的反射区亦同理，表现出脏腑与体表的内在联系。

疼痛是神经系统失去或减少气血供应时的呐喊和预警。当血液循环发生障碍，气血供应不足时，酸代谢物堆积，刺激神经末梢引起疼痛，而按摩就是改善局部组织的微循环，使病变组织增加供给，致痛物慢慢移去或被结合，实现手到痛除的功效。

《黄帝内经》指出："经脉者所以决生死，处百病，调虚实，不可不通。"按摩是与中医经络理论的完美结合，目的是使气血等精微物质，以及能量信息通畅运行。我认为，太极、武术、药补等保健方法各有特点，以按摩求得经络相通，是健身的捷径。如头部劳累或不适时，通过按压风池下部，增强血液循环，促进血管扩张，恢复血管壁弹性，使之激荡气血。劳累时按揉肌肉关节，叩肩打背等，都说明经络间有着某些直接或间接的联系，这种联系就是身体保健的"杀手锏"。

近年来，我常在晚上去涌泉按摩中心，体会按摩师的精湛医道，受惠于他们造福众生的技艺。盲人和弱视的人对手的感觉非同一般，有着超越正常人的特殊敏感，每块肌肉的僵硬、每个神经的紧张，哪怕只是不经意的反应，他们似乎都有体验，这是社会上良莠不齐的按摩者远不能比拟的。我曾遇到几位年轻些的师傅，手法轻重失当，有的无的放矢，把充满灵性的按摩变成了机械动作，而缺乏与受者躯体的感应，都是因为没有掌握其中的辩证关系。

按摩是盲人和弱视者具有的天赋，也是对我们正常人的义举。据说全国有900多万盲人，其中有300多万人渴望就业，也有就业能力，中国残联已经提出了发展残疾人按摩事业的规划，国家人社部门也在着力推广按摩职业技能，这是多好的第三产业门类啊。其实，把按摩技术逐步推广到海外，既能体现国家的软实力，也是普惠人类的善举。

近年的按摩经历，使我由此及彼，常联想到许多问题。躺在按摩床上，放松心态，物我两忘，随着按摩师的手势动作，会升发出许多关联性感想，一些平时想象不到的事理，在这时由此及彼，豁然开朗了。

我对"沉默的杀手"帕金森的理解

中国领导人邓小平和美国总统里根、蜚声世界的拳王阿里等，都深受其害。

随着老龄化的加剧，神经退行性疾病患者逐年攀升，主要特征是大脑中枢神经元逐步丢失，帕金森病即为其中的典型症状。

帕金森病得名于英国医生詹姆士·帕金森在 1617 年发表的一篇论文。该论文对病症进行了详细描述，包括静止震颤、肌肉僵直而缺乏控制力、行动迟缓等。他的论述被医学界广泛关注，后来人们将这类疾病命名为帕金森。

1996 年 3 月 19 日，世界著名数学家陈景润因患帕金森综合征在北京病逝，那时帕病还鲜为人知。这位摘取了"哥德巴赫猜想"数学皇冠的科学家始终没能战胜医学界的"哥德巴赫猜想"。他生前曾幽默地说："哥德巴赫一个，帕金森一个，一加一等于二"。他不知道，在他以后又有著名政治家邓小平、美国总统里根、蜚声世界的拳王阿里，都步其身后，饱受其害。

1997 年，世界医学组织将詹姆士·帕金森的生日 4 月 11 日定为"世界帕金森病日"。在以后的日子，我陪患帕金森病的母亲曾到北京天坛医院倾听两位著名专家的讲座，室内表情各异的患者云集，他们来自我国 200 多万帕金森患者的群体。

2008 年前后，当大半生教书育人的母亲患病伊始，我就开始了对这种病症的认知。我曾陪她到 301 医院多次问诊已届八旬的著名神经内科专家匡培根教授。这位曾经参加抗美援朝和创建 301 医院，并长期为邓小平诊治的女将军，和颜悦色替母亲脱下袜子，用小铁锤敲打膝盖处的神经，显示出精湛的技艺和大医厚德，她曾多次对我阐述她对帕金森病的深刻理解。她是因为一个叔叔在 20 世纪 50 年代患有此病，才开始了对帕金森病的研究。

帕金森病的病变部位在中脑区，该处有一组神经细胞，叫黑质神经元，它们合成一种叫作"多巴胺"的神经递质，对大脑的运动功能进行调控。当这些黑质神经元变性减少至 80% 以上时，多巴胺就不能维持神经系统的正常功能，帕金森病的症状就应时而生了。

实际上，帕金森病本身不是致命的疾病，预期寿命与普通人群并无显著差异。随着医疗水平的创新和提高，越来越多的病人也能够终身维持运动机能和基本的生活质量。翻阅许多帕金森的相关书籍，会摸索出一些充满辩证的诊治之道，揭示某些病理现象和本质规律。

医治的阶段性：病情的阶段性发展和综合性治疗相辅相成，体现了病情由轻到重、医治手段由低到高、用药由少到多并优选渐进的过程。药物无疑是帕金森病的主要治疗手段，手术则是药物治疗的物理补充，心理治疗及康复护理也在相当程度上改善症状。

药物的利与弊：病情较轻时就过早用药，将加快药品在体内的失效。而过晚用药则失去了最佳的症状性治疗。以较小剂量求得相应的满意疗效，恰如"四两拨千斤"。根据典型症状选取对应药物，科学确定用药时间和剂量，不仅控制症状，也避开了药物的副作用。

患者的个性化：慢性进展性疾病，多具有异质性，必须根据患者的病情、年龄、职业及生活环境等诸多因素扬长避短，遵循一般用药原则又强调个体特质，兴利除弊，使激动剂和抵制剂相得益彰，患者症状能在数十年内长期有效控制。

预防治疗学：我国帕金森患者占全球患者总数的一半，近年来每年新增患者 10 万多人。我国 65 岁以上人群患帕金森病的比率高达 1.7%。除了太极拳和有氧运动等预防以外，流行病学证明每天摄入 300 毫克咖啡因（来自咖啡和茶叶），患帕病的风险会降低 24%，维生素 E、辅酶 Q10 等有可能保护神经元。

帕金森病常被称为"沉默的杀手"、永不停息的"震颤"，导致其病理改变的确切原因目前仍不十分清楚，《南方周末》曾刊载美国帕金森病学会主席的长篇文章，表示了用干细胞治疗帕病的向往。帕金森病的多发性、常见性，症状将伴随患者一生的特点，呼吁医务人员和患者家庭携起手来，创造全社会关爱和帮助帕金森患者的氛围。

由帕金森还可以引出一个著名定律。英国政治学家西里尔·诺斯古德·帕金森出版的《帕金森定律》一书指出，一个人可以在 10 分钟内看完一份报纸，但也可以慢悠悠地看上半天；工作可以占满所有可用的时间，但放慢了节奏或增添其他无关项目也可以耗掉更多的时间。他由此得出行政机构像金字塔一样不断增多，人员不断膨胀，但效率越来越低的"金字塔上升"现象。比如，一个不称职的官员不会把位子让给能干的人，也不会让一位能干的人来协助自己，倒会让两个水平比自己更低的人当助手。如此类推，就形成了机构臃肿、相互扯皮、效率低下的管理体系。这和帕金森患者的状态倒没有多少联系，时下的许多机构中存在着大量这样的冗员，如二八定律，但改变庞大的行政官僚体系，要比医治帕金森患者困难得多。

植牙的时空之进

人类与口腔疾病的斗争，始终与人类进化和科技发展为伍，是人类文明进步的组成部分。

种植牙是近年来口腔医学修复狂飙突进的新技术，已被国人广泛接受。但国内哪家医院是第一颗种植牙的诞生地？许多人不知道位于西安市的原第四军医大学口腔医院是最早的"吃蟹者"。

现代口腔医学发轫于西方，但世界上规模最大的口腔医学博物馆却出现在中国西安。

牙医史话色彩斑斓

位于西安的第四军医大学，在近年的军队改革中更名空军军医大学。校园内有所中国最大规模的口腔医学博物馆，记载了世界口腔医学的悠久历史，以及种植牙技术在中国的起步发展。大量展牌陈述和实物展示，讲述着具有猎奇性的口腔史话。

博物馆收藏了系列远古动物头骨及牙颌化石、现代动物头骨牙颌标本、古代口腔医学相关医书和齿科设备，也涉目前世界上口腔医学尖端科研成果与相关资料，3500 多件口腔医学界珍贵文物琳琅满目，不乏镇馆之宝。

最早的陈列品算是恐龙牙齿化石了，后继者有鲨鱼、鳄鱼、牦牛、老虎、狮子、鸵鸟、亚洲象等近现代动物牙骨。从古猿、蓝田人、北京人的古人类仿真头骨和牙齿化石，到现代人的头骨及标本，都向人们阐明着这样一个道理：食性决定了牙型，牙型决定了颞颌关节的形态，无论是肉食类、草食类、啮齿类，还是杂食类，是劳动创造和进化了人类，也改变了人的面貌和牙型。

在馆内牙科器材展区，陈列着由天津雕塑院历时两年完成的 12 组雕塑，再现了古代、近代、现代牙医工作的场景，让人们在对比中领略口腔医学漫长的发展史。早期牙科的脚踏机、压缩机、皮老虎、手动离心铸造机，18 世纪所使用的拔牙器材，20 世纪 40 年代美国、德国生产的口腔治疗器材，以及 20 世纪制作人造牙时使用的充填材料等系列医疗器材，是口腔医学必修的一部大书。

中国的口腔医学历史悠久，早在公元前 14 世纪，我国古书《素问》中就有口腔疾病与全身关系的论述。英国人一直自豪地认为刷牙是他们的发明，殊不知我国最早使用的牙刷器械，比他们早了 1600 多年。我国古书东汉时期的"医圣"张仲景所著的《金匮要略》中，有迄今为止关于口腔牙病治疗的最早记录。明代医学家薛己撰写的世界上第一部口腔医学专著《口齿类要》，比世界公认的"牙医之父"皮埃尔·福查德的《牙病的治疗》早了 200 年。

口腔医学还深刻影响到国防军事。20 世纪 30 年代，美国征兵条例规定：有四颗以上龋齿的青年不得应征入伍，而美国青年吃糖果多，牙齿损坏得多，符合当兵条件的人不断减少。为缓解兵源短缺状况，美国国防部和国家牙医协会联合发起一场刷牙爱国运动，倡导每天刷牙，防治龋病，改善口腔条件。这场运动持续了三年时间，学校的孩子们每天要对着国旗刷牙。二战后许多国家把口腔卫生列入军队勤务管理内容，并逐渐发展成为军事口腔医学。

蒋介石曾任牙医专科学校校长

1935年，中国第一所牙医专科学校——南京国立中央大学牙医专科学校成立。第四军医大学口腔医学院一位退休专家，至今保留着南京国立中央大学牙医专科学校的毕业证，该证的签发人是"蒋中正"。

国立牙医专科学校的第一任校长为罗家伦，继任校长为顾孟余。1943年，顾孟余提交辞呈，谁掌中央大学，一时传言纷纭。为挽留顾孟余，已迁至重庆的中央大学学生发起请愿游行，后来国民政府行政院决定，由蒋介石兼任校长。蒋介石是国立牙医专科学校的第三任校长。至于蒋总统为什么在国内事务纷繁的情况下，屈尊兼任这样一所学校的校长，今人实在费解。

资料显示，教育部中华民国二十四年（1935）7月29日第10289号训令中有如下决定：（一）校名仍照预算案决定，称国立牙医专科学校；（二）为谋教学之便利及设备之经济起见，该专校由部指定国立中央大学主持管理（不另设校长），俾便与该大学各院系密切联络；（三）"预算决算仍独立"之决定，国立牙医专科学校自1935年7月成立起，校长即由中央大学校长兼任。这可能是蒋总统任校长的缘由。

南京国立中央大学牙医专科学校1950年改建为中国人民解放军第五军医大学牙科学院，后又改为第四军医大学口腔医学院。新中国成立后，我国口腔医学的第一套教材就由该院的专家教授编写，第四军医大学的口腔医学翘楚国内业界。我在北京解放军总医院就诊牙科时，医生听到我在西安军医大种植牙，立刻说那是他们祖师爷的地方！

种植牙：口腔医学的革命

生于 1919 年的布伦马克被誉为世界"种植牙之父"，两次获诺贝尔医学奖提名。他研制了人类历史上第一代种植牙系统，并完成了世界第一例种植牙病人手术，是世界医学史上的伟大发明之一。

据说在瑞典皇家科学院博物馆里，布伦马克的雕像排在第一位，列于其他瑞典六位诺贝尔奖获得者之前。

运动是生命之源。2018 年 7 月参加环青海湖国际公路自行车拉力赛。

原第四军医大学口腔医学院院长、中国工程院院士赵铱民，具有丰富的口腔医学理论和实践，是收集口腔医学资料、器具，创建口腔医学博物馆的拓荒者。赵铱民多次联系布伦马克先生，希望他能给博物馆捐赠一部分种植牙器具，以落户世界最大的口腔治疗大国，但都被礼貌地拒绝了。后来赵铱民看到一篇讲述一个 13 岁小男孩坚持给各国元首写信，最

终获得 106 个国家元首签名的报道后，就计划给布伦马克先生写 10
封陈情的信。结果他刚发出介绍自己身份背景和医院情况的第一封
信，并邀请布伦马克来院访问后的第七天，就收到布伦马克的回复，
完全满足了他的要求。

2012 年，在布伦马克 83 岁寿辰之际，赵铱民代表中国口腔医学
界前去祝寿，并送上为他塑造的雕像。布伦马克也作出一个重大决
定：将他的研究所保留的全部文物，共 962 件，永久捐献给中国口腔
医学博物馆。这些文物在运抵中国时，曾被瑞典海关阻拦，要求将这
些珍贵和稀有文物由瑞典博物馆保存，但布伦马克说，这些文物是自
己的私有财产，他愿意无偿捐赠给中国。这是中外口腔医学交流史上
的一段佳话。

健康的最高理念是"和"字

传统哲学中的和谐理念，体现在保健养生领域中，就是强调人的自我，包括身心内外和主客体的和谐。

传统文化的最高理想是"万物并育而不相害，道并行而不相悖"。"不相害"、"不相悖"则是"和"。这种"和而不同"的对立统一，不仅表现为多元文化的基础，更是保健养生的理论源泉。

心血管病人讲究心理的静态和谐，心理洁净平衡而不能情绪偏执，心静如水而忌惊恐伤情，特别是情绪的波动和失衡。

讲求饮食的营养和谐，科学合理膳食，主副食材搭配，均衡摄入生命需要的营养物质，而不暴饮暴食，偏食忌口。

身体运动的持续和适量，持之以恒，不过度劳作，更不一蹴而就……

在保健养生的范畴，违背和谐的教训比比皆是：糖尿病是因为超越了人类原来体内容忍的营养度，而导致的"富贵病"；高血压大多是因为营养和运动的失衡所造成；身心失调，乃至精神失常者，许多是追求了感官的过度享受，或是受到感情的剧烈冲击，说明和谐是事物存在的普遍规律。

钟南山、洪昭光、向红丁、胡大一……几乎每一位来自医学界领军人物和医学大家，都以简驭繁、深入浅出地讲述着这些医疗保健中的和谐道理。我在出版社工作时，曾组织编辑了多部他们的著述，其观点都贯穿着和谐统一的辩证法则。人类就是在这种共存又冲突、合一又裂变的过程中，延续繁衍发展起来，这是健康生活的理论注脚。

有一位尊者，每天晚上七八点以后回家，晚饭后还要挑灯伏案几个小时。他感叹说，白天有看不完的文件开不完的会，晚上还要加点班，可真是忙啊！我说，您不会比人家美国总统和国务卿忙吧！人家布什在发动战争期间每天还散步40多分钟呢！赖斯更不赖，每晚要做一套瑜伽。美国总统的保健医生规定，总统每天必须达到多少休息时间，每月必须有多少休假时间。

"养怡之福，可得永年"，表达了时间和空间的转换。著名卫生专家、全国人大常委会原副委员长吴阶平多次强调，随着医学的发展，要对健康有新的认识，衣食住行都要科学、时尚，从有病找医生转变到预防为主，是医疗保健领域的新命题。他还曾为多部健康读物题词和作序。

"良医者，常医无病之病，故无病；圣人者，常治无患之患，故无患。""治病不如防病"，"上医不治已病治未病"，已成为人们健康生活的常识。通过合理的生活习惯和健康行为，减少患病概率，有效防范疾病，比如，及时改变身体的亚健康状态，对某些疾病采取相应防范措施，区别药品和保健品的功能效力，饮食结构更加科学合理……这些已成为文明社会的必备常识。

养身才能强身，强身才能防病。国家公布的"居民健康素养调查结果"显示，对慢性病的预防，只有5%左右的人有正确认识，亟须明辨科学的健康养生理念，因势利导提高国民的健康素质。

　　美丽的喀纳斯湖畔，不愧为人间净土，让人充满崇敬和向往。2021 年 6 月，我和爱人用 20 多天时间，驱车游历新疆南北地区，体会人类与自然的相得益彰。

黄酒的"状元红"和"女儿红"

过去的绍兴，生了儿子或女儿，就酿一坛酒，叫"状元红"或"女儿红"。孩子一天天长大，美酒一天天醇厚。

有专家依据余姚河姆渡出土的酒器和碳化的稻谷，对黄酒的起源进行考证，认为黄酒发源在河姆渡文化时期。如果这个考证成立，绍兴黄酒的历史应该是 5000 多年，甚至更加久远。

远古时代，绍兴的先人经过辛勤劳动，衣可暖身、食可果腹还略有剩余，这些余粮、野果随意堆积在潮湿的山洞或地窖，开始陆续霉变发芽甚至发酵，由于温度适宜，在霉菌、酵母菌的作用下，慢慢产生了酒香气味，这种天然的粮食料酒，就是黄酒的最早雏形。

这种芬芳甘洌的谷物汁液，催生了人为的发酵酿酒意识。又经千余年的酿酒实践，"曲药"技术诞生了。因为冬天是酿酒的最佳时机，立冬开酿，成为绍兴酿酒至今遵循的风俗。

绍兴的历史中显映着黄酒的一缕时光，一部绍兴黄酒的历史，不妨看作是一部绍兴发展史。这正像《孟子》中所说的，"所过者化，所存者神"。一切的过去都在积存，所有改变在慢慢发生，黄酒的故事在历史中不断延续着。

公元前492年，越王勾践为吴国所败，带着王后到吴国去当奴仆。当群臣们送勾践到吴越交界处时，越国大夫文种上前敬酒献肉，以此惜别。当时，文种为勾践送行的"送别词"中有："臣请荐脯，行酒二觞"。黄酒已用来送别饯行、助阵壮威了。

勾践回到越国后，用"酒"作为鼓励生育的奖品。据《国语·越语》记载，当时的奖励政策是："生男孩，奖励二壶酒，一条狗；生女孩，奖励二壶酒，一头猪。"

越王勾践出师伐吴时，越国的父老乡亲纷纷献酒助兴。勾践把酒倒在投醪河的上游，让全体将士一起迎流共饮，以提振士气，史称"箪醪劳师"。300多年后，汉代霍去病西征时，因酒少人多，把酒倒入河中犒赏三军，"其水若酒"，再现了这一幕，甘肃的酒泉也因之得名。我曾两次住宿酒泉，可惜没有见到当年的一丝遗迹。

汉代减轻劳役赋税，采取与民休息的政策，促进了农工商业，酒的消费量也有提升。永和五年，会稽太守马臻发动绍兴民众围堤筑湖，把会稽山的山泉汇集湖内，名为鉴湖，为绍兴的酿酒业提供了优质、丰沛的水源。同时，绍兴素以稻米为酿酒的原料，好的稻米加上优质水源，还有不断提升的酿造工艺，黄酒通过市场流通到了全国各地。史称绍兴城内曾酒肆林立，家家饮黄酒为乐，酿酒业达到空前的繁荣。

明清时期，进入资本主义萌芽阶段后，绍兴的酒税一直是地方重要的财政收入，酿酒作坊的数量和规模屡创新高。这些作坊大批收购糯米为原料，品种、规格和包装形式相继统一，基本上形成了"元红"、"加饭"和"善酿"等种类。

1952年，国家拨专款修建绍兴酒厂中央仓库，黄酒先后被列为国家"八大"、"十八大"名酒之列，其酿制技艺列入非物质文化遗产。

我曾多次饮用黄酒中的状元红、女儿红，后来才知道，在绍兴过去生了儿子或者女儿，就要酿一坛酒珍藏起来，一般是埋到地里，或曰"状元红"，或曰"女儿红"，寓意时间一天天过去，孩子一天天长大，美酒一天天醇厚。待到女儿出嫁、男儿成年(中状元只是美好的意愿，不是每个男孩都能中的) 时，再把酒拿出来，亲友们共饮共庆。

绍兴黄酒的韵味陶醉了诸多文人墨客、名人志士，演绎了无数人文佳话。"书圣"王羲之在绍兴城中挥毫《兰亭序》，"遒媚劲健，绝代更无"；"酒中八仙"之首的贺知章，晚年寄寓绍兴，且饮且狂，"一醉一回颠"；"鉴湖女侠"秋瑾把酒拔剑，"吾辈爱自由，勉励自由一杯酒"……

生活在酒香飘逸的古城，绍兴人的个性颇有黄酒之意：外柔内刚，厚积薄发，细腻坚忍。这种温柔与强劲的统一、精细与豪放的融合，是绍兴酒之于人的品性和气质的外在表现。在中国历史上，绍兴名流荟萃，钟灵毓秀，大概少不了绍兴黄酒的滋养和哺育。

黄酒以绍兴城而名，绍兴又因黄酒而增色，绍兴黄酒已成为绍兴古城的一张特殊名片。

从环保、健康和政治范畴去禁烟

　　　　　新一代的精英们有别于上一代，都有良好的教育和城市
生活背景，吸烟的情结已经渐行渐远。

　　20世纪50年代以来，全球范围内已有大量流行病学研究证实，吸烟是导致肺癌的首要危险因素。为了引起国际社会对烟草危害的重视，世界卫生组织从1989年起，将每年的5月31日定为"世界无烟日"。选取这一天，是因为第二天就是儿童节，少吸烟就是对儿童的一种关爱。

　　除了吸烟对人的生命造成危害，烟草在生产过程中也在破坏着我们的生存环境，为了种植、烘干、烤制烟草，大量使用化肥、杀虫剂，耗费巨大水量，使用化学材料，释放大量有害温室气体……

　　记得前几年，中国控制吸烟协会召开新闻发布会，建议中纪委、监察部等威权部门发力，严禁公款消费烟草制品，杜绝因烟草消费滋生的腐败现象。该协会还要求制定更严格的管理办法，查处违反规定的单位和个人，呼吁审计部门加强监督，这是民间组织和舆论部门向有关部门的一次"裹挟性"的推动。后来中央"八项规定"横空出世，使公款吸烟在内的腐败现象得到有效遏制。再后来北京作为首善

之区，在全国率先提出市区所有办公场所的"禁烟令"，继而推广到全市的公共场所。

我十分理解这家协会和有关部门的良苦用心。因为烟草行业有段时间是越来越猖狂了。许多省市都开发出了天价的新品香烟，动辄千余元，使原来的中华牌"国烟"都相形逊色，这些烟的作用如同茅台酒的某种社会功效，都可以冠名以"社交烟"、"公款烟"。这种高价烟的推出，不能扩大消费，拉动内需，拉动的是奢侈和腐败性内需，有损人类的健康，污染社会风气，有悖文明的生活方式。

曾几何时，湖北省某市政府下发红头文件，名曰扶持推广地方产品，媒体称这叫"百官倡烟"。山东省一家烟草集团开国内先河，利用省级媒体作广告宣传。还有某县规定各单位公务烟的使用数量和品牌。还有一些影视作品渲染吸烟是一种"酷"的生活方式。

其实，在许多要求严谨的现代化企业和行业内，比如电力和石油行业，几十年前已经是全行业禁烟和禁酒，并严格检查督促，成为行业新风。中国的新一代政治家们，以及经济界、文化界的精英层正在成长起来，他们有别于上一代人们的标志之一，就是都受过良好的高等教育，有较好的文化素养，吸烟的情结正在逐步淡化，起码在公众场合没有体现这种嗜好。而个别新潮的男女们，也只是把吸烟当作了生活的点缀，并不是某种爱好。

中国人使用的烟草要烧掉多少钱，恐怕是个天文数字。每个公民，包括烟民都应为严格控烟投上一张赞成票。告别烟酒之害，不再让烟雾缭绕，公务人员应带头控烟：不抽烟、不敬烟、不送烟。因为烟路漫漫，换来的不是智慧和情致，而是烟尘中的迷离。

父爱的力量

人们总在研究和讨论如何教育孩子，其实孩子也在时刻教化着我们。教育和被教育从来都是双向的。

《父爱的力量》一书的策划编辑推开门，笑嘻嘻地递上刚出版的新书，让我为这本书写篇书评。这本书的命题倒暗合了我检索一下自己为父之感的心愿。书中阐述的理念对应10多年的育儿实践，倒有一些值得沉思回味的东西。

我常以为出身三代施教的书香之家，教子当然不成问题。所以在孩子上中学前，基本上是无为而教，让孩子顺其天性地自然生长，这一是缘于我的教育观，也是工作繁忙的原因，稍有时间还想搞点编辑业务建设。那些年头可谓"溺爱＋关怀"的方式。比如每个周日都和孩子去当时居住的红莲小区附近的广场上打羽毛球；家里不大的客厅里还挂个小篮球筐，常和孩子一起比赛投篮，倒也其乐融融。我至今认为在孩子尚小时，不应该施以更多的教化，有些孩子过早成熟，销蚀了固有的单纯和天真，并不是一件好事，虽然有些所谓的好孩子可能当上学生干部，也很懂些所谓的世事，但他们失掉了很多不能复得的东西，最终是不划算的。

　　进入中学时期后，孩子逐步进入社会生活，由于距他就学的重点中学较远，社会的诱惑又很多，我们扮演了守护神的角色。为了不让他和同学们放学后去社会上的网吧，我曾经在几年内每天往返30多公里朝送暮接，老师们常对我开玩笑说，又开车来押送了！我在单位里是第一个开私家车的，其实是为了方便接送孩子。老实说，我还极不坦荡地尾随孩子，看他究竟到哪几个网吧去，不乏口语和身体的体罚。因为有时教育是乏力的，而管制是不可或缺的。这个阶段较为严格的监管，为孩子安全度过青春期提供了一定的免疫。几年后，孩子有感触地说，中考那天中午，我们还去网吧玩了一个多小时呢！这从反面说明当时的管教是必要的。当然，矫枉过正地求好求全，疏于鼓励和奖赏，也有一定的负面影响，成为后来的憾事。

　　这就形成了我的教育体会：孩子成长是有阶段性的，因时而异，各得其所，很难说有哪种是致胜的法宝。在教育方法上，又应该有针对性，随缘而发，不一而足。《激情燃烧的岁月》里"虎父"石光荣用棍棒和怒吼也能育子成才，《傅雷家书》中平等交流的娓娓教诲，也赋予了孩子人生的力量。严父和慈父是一个问题的两面，互为转换、相辅相成。

　　这个问题写上几本书也理论不清。据说我的姥爷虽为私塾先生，但书生之气似可挥斥方遒。他有次生气时，五六个孩子都跪在地上，老人家稳坐太师椅，昂首侧向。久之，别人劝说："孩子们跪了好长时间了，看他们一眼，让他们起来吧！"老人家才说了句："谁让他们在这儿烦呢！"借这个台阶，大家才起来做鸟散状。算起来当时我的大舅都是娶了媳妇快三十的人了。这种封建的家长制式，倒也造就了后辈英才，当年跪着的孩子中，都各有造就，所以，我认为父爱的力量应该是多样性的。

话题还是回到这本书上来。应该说书中的许多内容是人人意中所有，人人语中所无。从意中到语中，是个扬弃、概括和升华的过程。这就是作者高明于我们的地方。作为这本书的策划编辑者，在赴台湾参加两岸家庭教育学术研讨会时，与台湾嘉义大学家教研究所的廖永静先生一席长谈，敲定选题，而后诸多联系，三易其稿，终使此书付梓。小而言之，是为丰富新华出版社家教类图书阵容作出的贡献，大而言之是为天下父亲指点迷津，为天下孩子播撒甘霖。

我常想，所谓出版界的资深编辑，资深就在于两点，一是真正的策划组织，乃至动手再创作好的书稿，而不是完全的拿来主义。如果人家送来一部书稿，你不编不改，只是署了个责任编辑的名，那这本书就是获得了诺贝尔奖，你也并不值得自豪。二是资深编辑要成为研究所在领域的学者和社会活动家，起码要有一定的知名度，而不是在这个领域和别人处在相同的知识水平线上。你比别人站得高、看得深，才会有影响力和自我鞭策。这位编辑已出版了20多本家教类图书，有的书颇具影响力，若假以时日而不懈怠，可能会有一天要坐在央视家教栏目的演说席上。

我们总说如何教育孩子，其实孩子也在时时教化着我们。因为教育和被教育从来都是双向的。我的记忆中还留存着这样的镜头：孩子在学习骑车时不怕摔跤的苦练，以及后来第一次骑车上学时"飞鸟出林"的兴奋；为达到学校要求跳绳的标准，个性很强的孩子怕别人笑话，拉上窗帘，自己在屋里练习，红彤彤的小脸上满是汗水；有一次班上的同学丢东西而怀疑他时，脸上那种急于辩白的委曲……这些都永远定格在我的脑海里。

孩子还是我们心灵净化和静定的参照，对比他们，许多浮躁的情绪，乃至缘于人性弱点的闪念，都随之化解了。

让绽放的花季告别苍白

　　心理趋于独立，就是自我意识的增强。面对困惑和压力，家庭和学校要及时施教解惑。

　　有关方面公布的一组数字令人担忧和痛惜：全国刑事犯罪案件的70%为青少年犯罪，其中十五六岁的未成年人犯罪又占青少年犯罪的70%，13岁以下的未成年人犯罪率近年明显增加。

　　一位县公安局局长说，他们不久前打掉的一个犯罪团伙中，15岁以下的青少年有18人，有的是辍学学生，还有的是留守儿童，几年里抢劫现金、首饰、手机等物品价值70多万元。

　　还有一位年仅15岁的孩子，穿着父母买的名牌服装，享用父母每月的零钱，却毒死了自己的母亲，原因是多次伸手要钱，父母没有满足他的要求。

　　成年人的迷茫和空虚，多表现为人生目标的缺失，而青少年则大多表现出生活目标的错位。比如，两个孩子看到同学家里富有，就决定绑架这个同学，索要钱财。事后他们说："绑架的时候，好像看到许多钱向眼前飘来了。"这说明一些犯罪的未成年人心理能力缺失，强烈的欲望驱使他们走向歧途。

打开少年犯的心扉，就能听到这种痛苦的心声。新华社记者乔云华用三年多时间，走访多个省市的看守所、学校和社区，实地采访了120多名少年犯，出版了《罪与罚：与少年犯对话》一书。他说，少年犯罪的年龄越来越小，案情越来越重，犯罪时毫不在乎，犯罪后亦无悔意，说明学校对他们的人生观和法制教育严重不足。正如一位老师坦言："现在对学生的教育没过去耐心了。过去为教育一个学生，可以和他讲上一个小时，现在只是训话和写检查、请家长。"学校的品德和操行教育空泛而失当，法制教育缺乏针对性和连续性，使学生对法律缺少认知和敬畏。

人们常向犯错的孩子居高发问：孩子，你善良、诚实的美德哪里去了？也许同样的问题应该问问家长和老师：我们给了孩子怎样的成长环境？

父母言传身教的美德是送给孩子的最好礼物。有一位盲人常对自己的孩子讲，爸爸每年出门最少100次，如果每次遇到一个人的帮助，那我失明19年来，就受到过1900人次的帮助。没有这些人的提醒或搀扶，我早就有伤亡了，所以你应该替我回报社会。在他的教育下，孩子记下了市内100多路公交车的站牌、人行便道的走向，爸爸每次出门都详细告诉他坐几路车、下车后怎么走，孩子还主动去帮助其他残疾人。

著名教育学家苏霍姆林斯基说，"一个少年，只有当他学会了不仅研究周围世界，而且仔细研究自身，努力认识自己内心世界的时候；只有当他能运用精神力量，使自己变得更好、更完善的时候，才能成为一个真正的人。"但我们的教育却重于传授硬性的知识和空洞说教，疏于具体的生活和道德指导，对怎样化解矛盾和冲突，怎么对待朋友和维持友谊，这样重要的社会知识往往语焉不详。教育孩子起码要具备三种能力：一是调节情绪的能力，二是缓解压力的能力，三是识别和决策能力。当情绪激动时，不妨倾听音乐，参与运动，用回忆美好的经历来转移注意力；当压力大时，可以写下日记，找朋友谈心，或者引吭高歌；当心里有"必须"、"一定"的意念时，不妨想想其他的实现路径。

我国已实施了对未成年人轻型犯罪封档的法律制度，即在法院判决后，轻型犯罪档案不公开，以减少对孩子今后的影响，这是一件具有社会意义的司法改革。许多青少年一时犯罪而成一生污点，在后来升学、就业无望时再铤而走险。让他们不带着标签走向社会，有利于拨动他们自我教育的心弦，这也是借鉴了其他国家的成功经验。在美国，对轻微、初涉犯罪的青少年，一般以时间不等的社区服务作为处罚，从事力所能及的公益劳动，如打扫卫生等，有点像中国让严重违章的司机去维持交通秩序一样。这样不影响他们的生活和学习，减少了被禁闭的自卑感，也避免了监狱环境的交叉感染。美国甚至让失足的未成年人担任陪审员，亲自感受法律的威严，体会违法后的失尊，促使他们尽早恢复人格，回归社会，这些都不失为司法制度的从善之举。

不妨以"10后"的目光去遐想

　　"10后"和新时代的曙光相伴而生，不管你愿意不愿意，都要像拥抱婴儿一样，迎接他们的时代。

　　北京的元旦之夜，诞生了30多个"10后"的"旦旦"。第一批"10后"孩子们问世的消息，似乎没有什么特殊的意义，他们未来的时代，对今天的我们来说，是无法推衍的谜。

　　沿着时光的隧道去发想和推衍，他们和我们一样要面对社会的善恶美丑，担当和我们有些相近又不完全一样的社会命题。当他们时过境迁，垂老将至的时候，社会的发展将会出现更多诡吊的问题。不妨顺手捻来几条和这些"旦旦"们一起发生在元旦期间的新闻。

　　北京市公布了两条消息，一是9类无本市户口的学生可以参加中考，这9类人等终于有了报名资格。二是公布了14个政府部门和6个公共服务行业民主测评的结果，市城管执法局在"社情民意"和"网上问卷"中均为垫底。这两件事像两具天平，称量出公平、公正在社会生活中的分量。虽然公民受教育的权利写进了宪法，全世界恐怕已没有因户口而不能考学的事，但数以百万计在京从业者的子女，仍被施以各种限制，实则是被歧视了这么多年。而饱受诟病的城管引发的民怨，也让人颇为质疑：是因为他们工作尽职了，还是由于他们工作不力？如果不是个体素质瑕疵，就是政策和体制使然，反正这些"10后"的孩子们不会再遭遇类似户口的磨难，因为农业和非农业的户口区别迟早会消失，在我国东部的经济发达省市，许多已取消这种界线，城管作为一个职业也许会在将来成为高尚的职业。

卫生部部长在网站称，将加快落实医改实施方案，让群众得到更多的实惠。其实"10后"长大的几十年后，人们的就诊状态可能会有根本性变化，千呼万唤而来的医改也该终结了。因为有科学家言之凿凿在数十年内，人类通过医疗纳米和基因技术，将实现细胞的修复和再生，实现长生不老的梦想。那时百岁老人将随处可见，"人总要生老病死"甚至要成为一句错误的话。新的社会问题将考量"10后"的一代，他们不得不辟出一条社会发展的新路径。

社科院发布研究成果，称中国城市化增长重心正在从东部向内地移动，且趋势明显，"10后"将有望不再成为房奴，因为人口增长将在近年达到峰值，以后人口递减，人人有所居、有所养，房子不空置就要庆贺人丁兴旺。那时全国实现城市化，偏远的农村将成为郊区，人们不必厚此薄彼，游走他乡，由于我国人口众多，不会成为北欧那样的高福利社会，但人们从事社会生活的幸福感会提升到新的阶段。

有资料称，将来人们的大脑中可以嵌入一个细微的芯片，使记忆的容量成倍激增。那时的人不仅是生物的人，还是机器型的人。大约用不了几十年的时间这个生物革命的阶段就会到来，这是让人想起来就兴奋不已的事。网络把科技和人文相联结，使作为生物的人们思想更趋丰富和深邃，人们的交往和话语表达将有更新的形式，人类社会的存在将不拘一格，那是真正的国际化、泛种族化。

预测常常是不讨好、不准确的事。这些"10后"的孩子们，每人似一支斑斓的彩笔，将以新的理念，改变和颠覆我们目前社会的存在。那时的人们，看我们今天用尽心思得来的东西竟毫无意义，我们弃之如敝屣的东西可能还会大有用场，如此想象起来，如同一场充满悬念的科幻电影。

　　人类进入工业时代，已经发生了三次工业革命，现在正在迎接最重要的第四次工业革命，就是人工智能技术替代脑力劳动的广泛应用，劳动岗位将日趋减少，人工智能和机器人技术将取代 80% 以上的劳动者，已有国际象棋和围棋这种高智力游戏，人工智能战胜人类智能的例证，这大概就是马克思所预言的，科学技术将被用来反对劳动的现象。中国第二个百年奋斗目标是在 2049 年新中国成立一百周年的时候，建成富强、民主、文明、和谐、美丽的社会主义现代化强国，"10 后"们正逢其时，将被赋予历史的重任，创造出全新的文明社会形态。

难忘的"放飞"记

　　　　相信和信任孩子，同时又相机施教，引导他循序渐进走
好人生路上的每个第一次。

　　弹指间，孩子第一次骑车上学已经成为陈年往事了。同他离开父母第一次到自己的屋子去睡觉、第一次自己去商店买书本……一个个第一次延续着他的人生路程。

　　儿子11月过12岁生日前，就让买辆自行车。理由是北京市规定年满12岁可以骑车上学。作为生日礼物，我们带他去前门的自行车商店，左挑右选，推回了一辆海蓝色的三枪牌自行车。那几天，他甭提多高兴了。

　　练车成了儿子最着迷的课外活动。由于个子不低，不用怎么教，几天他就能在家属院里疾驶如飞。有时几个小孩各骑一辆车，列成长阵，围着院子里的花坛你追我赶，充满欢声笑语。他还不知何时，从哪儿买来了两个塑料小风车，用螺丝拧在车把上，车轮一动，风车就转起来。这个独具一格的"创意"，使儿子爱不释手，样子好不得意。

　　过了学车这一关，儿子开始提出骑车去附近的广外公共汽车站。由于家距车站较远，过去都是父母骑车送他，然后坐42路公共汽车

2017 年 9 月，和爱人于青岛。

去上学。我和爱人考虑再三，觉得这段路程短，车辆相对少些，就允许他试一下。接连几个早晨，我和他一起骑车到站点，存放好车子后送他上车。而晚上当我们下班到家时，他已先于我们到家。看着楼下停着的那辆小车，想到儿子放学后，不必再背着沉重的书包走上十几分钟路程，我们颇感欣慰。但不过月余，儿子就得陇望蜀，提出要自己骑车上学。

"不行！"当妈的毕竟担心多虑，斥责儿子的主意为"鬼点子"。上学要穿过西长安街和一座立交桥，到复兴门外足有四五公里，适逢上下班高峰，出点交通事故怎么办啊！家长总是嫌孩子长不大，而孩子总以为我都能行，这个"代沟"反映在能否骑车上学上，经常唇枪舌剑。儿子据理力争说："这个院里好几个小孩都骑车上学，为什么我不能呢？"当妈的持之有理："你走的路远，路况复杂，还应再熟悉一段时间！"儿子虽然急得面红耳赤，但也默然无奈。

　　事情的转机缘于一次上街。那天，妻子要给儿子上街买衣服，儿子提出只有自己骑车才去，否则不去。没有办法，只得母子俩各骑一辆自行车去长安商场——其实商场后边就是他们学校。晚上回家时，儿子自豪地宣布："你们看到了吧，我骑车上学已经过关了！"次日，他又带一位住在附近的同学来家里游说，说人家就是每天骑车上学的，那位叫夏雨荪的同学也连连点头，并说服我们。这内外夹击，使家长没有退路，决定让孩子试试看。

　　那是初春三月的一个早晨，儿子早早起来，整装待发，我把注意安全的话再复述了一遍，目送他骑车远去，消失在茫茫的人流中。

　　在后来的日子里，我们"扶上马送一程"，曾经悄悄尾随他骑车到校，看他路上如何处理情况，不许他骑快车。开始他每次离家拐弯后就回头看看楼上，见父母关窗进去了，就加速飞奔，我们发现后，及时予以纠正。后来听他说在回家的路上，曾遇到一个拦截的人时，我们又及时向他传授应对复杂情况的办法……每当这时，他都认真倾听，记在心里。骑车等于让他走向社会，仿佛一下子成熟了许多。

　　上中学是孩子成长最快的时期，但孩子基本没有叛逆的青春期，做事执拗认真，有时非要高标准干得最好。记得当时学校要求跳绳要达到多少个，孩子在家中每天都练上一会，为怕我们说笑他，就在自己的门口挂上窗帘悄悄练习。记得在高考前些天，他常在自己的屋内看书到夜间一点多，还用毛巾塞上门缝，防止透过光来让我们知道。不知从哪时开始，孩子说出了"我很忙"的话，我觉得这是一个孩子成熟的标志，适度的"放飞"带来许多乐趣和成就感。

　　信任和鼓励孩子的成长，同时相机施教，引导他循序渐进地走好人生路上的每个第一次，这是每个父母的天职和责任，是家庭生活中最重要的筹划和投资。

体育使政治更加柔滑灵性

　　　　体育是在理性轨道上运行的竞争机制，是人类的共同
语言。

　　体育和政治之间从来关联微妙，体育改变不了政治，但可以对政治提供某些辅助，使政治去掉僵化和教条，增加灵性和活力。世界上的历届奥运会，都呈现了两者的良性互动，使举办国的发展水平跃然提升。

　　2008 年在中国举行的奥运盛会，是中国走向世界的一个鲜明转折。在当时经济全球化的浪潮中，中国和国际社会借此进一步接轨，奥运成为中国走上更加开放的历史新起点。

　　奥运会推动中国最具有象征性意义的政治性标志，是当时确定三个公园为奥运期间的示威公园、包括天安门广场在内的北京不再是外媒禁区、取消电视直播时的延时控制、中国代表团穿起了外国品牌的服装……这虽然是许多国家通常的做法，是在特定时间、特定地点的有限开放，但给了人们一个变化的惊喜。《泰晤士报》说，这是北京跨出的"空前的一步"。

　　公园历来是供人们游玩、休闲、健身的地方，但奥运之夏，被赋

予了一项新的功用：可以举行示威游行。日坛公园、世界公园和紫竹院公园被划定为表达意见和抗议的示威游行区。想表达自己意愿的人经过许可后，可以组织示威集会，并得到警方的依法保护。

奥运会期间获准在包括天安门广场在内的地区进行新闻直播报道。而此前，外国记者要想到天安门广场进行拍摄，必须向天安门地区管委会申请，在获得批准后方可拍摄。在日常的外出采访中，外国记者一般要提前10天和被采访地的外事办联系。获得批准后，当地安排人员陪同采访。

任何国家都不允许违反法律的采访自由，也不应该对媒体的正当采访设置阻碍。但过去外国驻华记者们常与地方政府展开"游击战"，并彼此产生不快。按奥运时期的规定，他们不需要再玩儿这种游戏了。

北京奥运会中国体育代表团的服装，充满了中国元素，红黄色调、祥云图案、国旗，以及奥运中国印。服装右胸位置的商标是阿迪达斯。北京奥运会所有工作人员、志愿者，以及中国体育代表团成员，都身着阿迪达斯服装。这家德国公司赢得了国内品牌李宁，成为北京奥运会的合作伙伴。相反，多个国家的代表团，身穿中国品牌安踏、特步等。身着外国品牌的中国选手，和穿着中国品牌服装的外国选手，体现了开放和融合。

在电视上的体育节目中，北京时间有时要慢半拍，因为央视在直播时，一直使用着延时几秒的惯例，名为"保证播出安全"。奥运会期间，央视取消了直播延时，改为更迅捷的直播方式，也因此显得更加自信。

体育竞赛的绝妙之处，是它只在于用行动去做，而不在于口头诉说。其实，奥运期间并没有发生一起示威事件。体育装备巨头耐克的

2008 年 8 月 8 日，参加北京奥运会开幕式。

广告中，不断给出的特写镜头是中国运动员的获奖场景。大众汽车公司的广告，则鼓励人们"为中国鸣笛"。麦当劳的广告说"为中国加油，我就喜欢中国赢"。百事可乐甚至把标志性的蓝色易拉罐漆成红色，并配上了一句铿锵的广告语："敢为中国红"。

应该记住奥运会期间那些展现出来的开放、自信的元素：充满绿意的幽静公园里，融入了允许示威游行的功能。电视转播虽然只提前了短短几秒，却走过了几十年的历程，北京时间开始与国际时间真正接轨，显示了一个宽广的胸怀。

残运会是有益的生命课程

> 残运会以特殊而直观的方式，让人们看到了残疾人的梦想和追求，体现了人性化的励志和嘉奖。

在礼赞生命，彰显人性的特定意义上，世界残奥会的启示更加宽广，它展现了世界上健康和残疾的两大类人群交流合作的和谐场景。残疾运动员们顽强拼搏的锐气和紧张搏击的竞争，与奥运会交相辉映毫不逊色。

残疾人运动员不但神采飞扬地展示了精湛技艺，更重要的是展现了他们不畏残疾的精神风貌。那种超越生命极限的追求，是对生命活力的完美释放。一切健全的人们，都会在这里领悟到比《假如给我三天光明》的作品中，更强大的内在活力。

我国有近8300万残疾人，残运会以特殊的形式，以直观的集约方式，让人们看到了残疾人的美好梦想和不懈追求，让更多的人尊重和理解残疾人，而不是一味地怜悯和呵护，这是实现真正意义上人的平等。

几年前，社会上还把残疾人带有蔑视性地称为"残废人"，现在我们可以给他们中一些人命名为"有特殊功效"的人。失去上肢的残疾游泳选手在夺得金牌后，感言"体育让我有机会去证明，残疾人不是残废人"。他需要用腿拼命打水和不停扭动腰部向前冲刺，其艰难程度可想而知。还有我们看到了失去手臂的运动员，靠躯干和腿的运动，使自己像海豚一样在水中前行……他们生动和立体地呈现在残运会的强大光环中，和正常人一起，在共同的阳光下，相助共荣，纵情欢笑，个性纷呈，体现了同属一个世界、共求一个梦想的顽强追求。

北京地铁站大部分站点安装了轮椅升降梯，首都新机场候机楼有一条长长的无障碍坡道，少数出租车和一些公共汽车也备有可供轮椅直接上下，古老的故宫增设了参观时使用轮椅的坡道……这是社会和民间组织倡导、国家立法推动、残疾人们自强不息、国际社会文明影响的结果，残疾人的生活条件和社会地位无疑都得到了显著提升。

一个曾经的弱势群体就这样不经意间大步走上了社会的宽广舞台。将残疾踩在脚下，在不断超越自我中获得健康发展，生命之花绽放出了绚丽的色彩。那种经不起风吹浪打，在困难和挫折面前不堪一击，甚至自暴自弃而一蹶不振者，才是真正的"残疾"，社会将会逐步告别对"残疾人"的种种不公。

我曾在唐山残疾人疗养院看到许多地震后的残疾人，每个人都有着良好的运动习惯，以及不同的运动方式，有的成为国家、省市级的运动员。当一个国家的残疾人和健全人一起拥有精彩的生活和个性时，说明一个社会的治理已经步入了成熟文明的阶段。

林则徐"十无益"充满人生智慧

> 如果不满足某些先决条件，一些有益的事情，也可能带来无益之果。

清末政治家林则徐每天早晚课诵，身居要职同时精进修持。1839年9月，他在巡视澳门后，针对世风日下之弊，以54岁的人生阅历，写了类似格言的10句话，俗称"十无益"，这是林则徐的修身准则，也是他以德存世的范本。

我曾两次走进位于福州市澳门路的林则徐纪念馆，又名林文忠公祠，丰富的馆藏备受人们关注。在那里我记录了"十无益"的全部内容。

"十无益"的全文是："存心不善，风水无益；父母不孝，奉神无益；兄弟不和，交友无益；行止不端，读书无益；做事乖张，聪明无益；心高气傲，博学无益；为富不仁，积聚无益；劫取人财，布施无益；不惜元气，医药无益；时运不济，妄求无益。"为什么从事"无益"之事呢？概因没能像林则徐一样，明辨其中是非、本末的辩证关系。

"十无益"传诵久远，世间有多个版本，有的排列顺序有误，有的表述不甚准确，还有根据自己的理解而诠释者。我在福州市林则徐故居纪念馆，有幸观瞻林氏手书"十无益"，标注"道光庚子春日林则徐敬书"，并有林则徐阴、阳两具印章为证。

林则徐在"十无益"中，对一些常被人们看作有益的行为，作出了思辨性的界定，指出如果不满足某种条件，一些看似有益的事情，可能带来无益之果。用他的观点来看，当今社会中有些人正在用真诚和执着，寻求这样的不良后果，在自身心障的支配下，实施了错误的行为。

"十无益"贯穿独善其身的律则，让人深得为人处世的宗旨。现实中常见这样的例证：著述等身却行为不端；痴迷于风水相助却不求自身长进；近不侍父母却远敬神灵……这些人都在用对身外之物的追求，忽略和掩饰对自身的修养。一个人对给予生命和扶助成长的父母和兄弟不事孝悌，必定手足不和，糠草不齐，能帮助和关心他人吗？一个依靠外在神力而幻想事业有成者，哪会有坚定的理想、信念和毅力呢？

这让人想起白居易的《续座右铭》："无以意傲物，以远辱于人。无以色求事，以自重其身。游与邪分歧，居与正为邻。"就是说，不要一意孤行，傲气凌人，才能远离他人的羞辱；不用巧言令色的手段去谋事，以尊重自己的人格；交友时要远离奸邪的人，生活要与君子为伍。白居易还写道："修外以及内，静养和与真。"强调内外兼修，静养至诚，和林则徐"十无益"如出一辙。

"劫取人财，布施无益。"靠欺骗和掠夺他人财富，即使乐善好施也不能抵消罪孽，事后行善而多积阴德也枉然无益。它告诫人们，不可以善小而不为，以恶小而为之，不能"乱花渐欲迷人眼"。乾隆为圆明园所赋《坦坦荡荡》："凿池观鱼乐，坦坦复荡荡。有问如何答，鱼乐鱼自知……"这就是坦荡的境界。

　　"十无益"还提出对人的考量，必须以德为先。每个社会都有特定的道德观、价值观和行为规范，个人的行为举止必须符合这些观念的要求。"做事乖张"是说为人处事不循道义、章法，施展小聪明而与众迥异。这种行为再加上读了一些书，以此作为机巧之技，那就势必知识越多，对社会的危害越大。

　　"十无益"指出人生是循序渐进的历程，谋事和成事相辅相成。做事要随顺因缘，不仅要知己之所能为，更要知彼之所能为否。当运势不到，即客观条件不足以满足主观要求时，妄然求取，必有所失。让主观愿望同客观现实统一，审时度势，顺势而为，就是把"求"同"运"相结合，这使人想起了颐和园和故宫中常见的"颐"字，其中就有从容、安详、豁然之意，一个字体现了丰富的文化传承。

　　"十无益"问世已届 170 多年，每一代人生存和处事的背景不同，每个人对之的态度和方法、体验也迥异。比如，有时讲积蓄才有力量，有时说表现自我才有价值；有时追求壮士断腕的功效，有时讲求事缓则圆。人们对"十无益"的理解也会见仁见智，但它作为留给后人的 10 个善意提醒，体现了做人做事的基本道德理念，也可以说是人格标志的底线和高压线。

　　除"十无益"外，林则徐纪念馆内还陈列着林则徐被流放新疆时，写下的条幅"苟利国家生死以，岂因祸福避趋之"，这句话曾被多位党和国家领导人引用。2006 年 4 月 15 日上午，有位国家领导人走进纪念馆，在林则徐铜像前沉默驻足。从这里走出后，他没有再游历其他景点，心中必定涌动着不尽的波澜。

从康熙书法中看什么

　　康熙的书法除了少数应景之作，多为密切君臣关系，奖掖忠臣廉吏，宣传政治倾向和意图。

　　书法是一种泛化的艺术，从达官显贵、文人雅士到平民百姓，均可观其美、乐其趣、悟其神，甚至以此衡量一个人蕴藏的文化素养。帝王者作为一个历史时期统治阶层的代表人物，其书法作品影响深远，内涵说辞更多。

　　清帝康熙执政60多年，是中国史上在位最长的皇帝。他以书法辅助政治活动，对外宣传和融洽满汉文化，对内密切君臣往来，书法成为宣传政治意图和巩固政权的工具之一。

　　康熙的书法雍容典雅而又清丽飘逸，颇能体现他的性情和审美，充溢帖学风范兼具帝王之气。我们一般认为字如其人，一个身躯瘦弱、心思细腻的人不像心宽体胖的壮汉写出的字，这是从外在形式上说。从人的生活环境和从业经历上说，一个狂放文人的书法不会端庄凝重，一个政务繁忙、操劳国事的人书法也不会姿肆清逸。以康熙为例，治国理政，建树诸多，管理着政军民学、东西南北，辽阔的疆域和清初盛世，使其必有综合、平衡、协调，宽严相济、刚柔有节，这些反映在书法风格上，自然会圆润而不生硬、严谨而少疏漏、中正而不偏倚、虚实而不失当，而且从没有旁门左道的神来之笔，这是一代成功的君王必然在书法风范上的体现。北宋徽宗精神萎靡，时刻处于对国运的恐惧和绝望中，且意志薄弱，国家贫瘠，写出"瘦金"体就可以想象其运势了。

康熙一生频频颁赐诗文、碑文、匾、榜、扇等，除了节庆和游览名胜的应景之作，大部分都带有明确的政治倾向和意图。比如，鲜明地体现崇儒重教的思想，曾书写了"清慎勤"、"存诚忠孝"、"万世师表"等。同时，通过御书碑文、匾额以及赐予手卷等方式，表彰忠臣，奖掖廉吏。康熙南下时，赐给江宁知府于成龙手书："朕于京师，即闻知府于成龙居官廉洁。今临幸此地咨访，与前所闻无异，是用赐尔朕亲书手卷一轴。"

这大概相当于树立正面的典型，弘扬官场的正能量吧。

康熙中年后发现，不断进步的书法技艺使群臣钦佩不已，而颁赐书法作品又能使他们感恩戴德，于是，更加利用赏赐书法作品密切君臣关系。以至康熙四十一年（1702）五月，召集了大学士、九卿、翰林等140多位官员到保和殿，分别颁赐御书字幅。他六下江南巡游时，留下无数墨迹，文治武功达到鼎盛。

在康熙的诗文中，我喜欢的有这样两句话——"桃源意在深处，涧水浮来落花"。这句话的上句我理解有不断进取之意，如无限风光在险峰；下句是讲要遵循客观规律，随遇而安。两句话分别讲了张弛有道，充满对立统一规律。

这首诗是他赐书监察御史傅作楫的。傅作楫在任河北良乡县令时，听说宫廷内监骑马践踏青苗，义无他辞，便处以杖刑。康熙闻知此事，不但没有责怪，反而称赞他有"御史风骨"，后连升三级，提升为监察御史。傅作楫告老还乡时,康熙手书了唐代诗人刘长卿的诗作为赠予。只是不知是笔误还是另有考虑,把原诗中"桃源定在深处",写成了"桃源意在深处"。但我认为后者似更有意境,显示了康熙点化诗作的文学功力。

康熙任用官员有时也要看书法如何。他亲政不久,下令翰林院官员要练习书法,对经常和他交流书法的沈荃多有称赞,并传谕:"朕素好翰墨,以尔善于书法,故时令书写各体,备朕摹仿玩味。"多年后他巡视江南,遇到沈荃之子时,还写诗并赐书法怀念沈荃。而对于十年寒窗后即将入仕的人,则有因"字迹潦草"而被他除名落榜的事。康熙认同科举考试的入门要求"楷法是否圆润",认为一个人字写得好坏,是思想深度和格调高低的参照,以至让后代乾隆,每年要习字几十个扇面。

康熙刻意搜求史上书法名品,御览、御批、钦定多部传世藏帖,"海内真迹,搜访殆尽",几乎集我国书法艺术之大成。他还编选了历代百余篇皇帝的书法,涉及内政、外交、国防各方面,这些珍贵的书法史料,是中国文化长河中一串夺目闪光的珍珠。

包括康熙在内的帝王们,对书法何以乐此不疲呢?以我看来,也可能是他们的生活环境使然。皇帝的权力很大,但约束皇帝的条框也很多,内卫们不会让他本人独处和给他太多的自由。宫殿内的生活,使统治者像神一样位极而无助。虽然他们身边有一群身份低下的守护者,但这些人并不能与之交流,于是孤独的皇帝们有些就移情于书法,书法也就成为观察帝王的一面镜子,让我们从中看到新老皇帝们在书法世界里是以什么形象出现的。

书法家写字就是张扬个性,否则写得再好也就是毛笔字,如同写批示和信封的,而不能称为书法。这就要求各得其所,书法家写得不能像领导批示的字体，领导的书法也不能让人看了说：写得太像书法家的字！一个要张扬个性，一个讲究端正明白，风格迥异是因为道有不同。康熙的书法在这两点上倒有些统一。

康熙认为"志有所专，即是养生之道"，因为挥毫前总要"收视厌听，绝虑凝神，尽量做到心正气和"。虽然他不是中国历史上书法的巨擘，作品浅显的酬答唱和占多数，但把书法作为政治、养生的目的，他是达到了。

卷六 经 济

一个民族的富庶之路

西部大开发的战略抉择

　　许多国家都有一些荒凉、偏僻的落后地区。美国西部地广人稀，经过西进运动，开疆拓土，奠定了强国之基。

　　人猿相揖别，几度桑田沧海。西部的跌宕嬗变，常和国运兴衰联系在一起。

　　中国的西部占国土面积三分之二，聚居着 12 个省份的 3 亿之众。从孙中山提出西部开发方略，到国民党政府的西部开发动员；从新中国成立后三线建设时期对西部的倾斜，到改革开放之初西部地区的开发建设，西部凝聚着中华民族几代人的夙愿，但真正的西部巨变是在改革开放奠定强大国力以后，西部大开发带来的历史性变革。

　　西部大开发发轫于 20 世纪末至 21 世纪初的 10 多年间，期间实施重大交通、能源、水利、生态等各类大型工程 102 项，投资总额逾 1.7 万亿元，相继建成了青藏铁路、西气东输、西电东送、国道主干线和大型水利枢纽等一批重点工程，退耕还林、退牧还草逾 10 亿亩。国内生产总值年均增长 11.7%，固定资产投资年均增长 22.9%，地方财政收入年均增长 19.6%。城镇居民人均可支配收入增长 105%，有 8 个省（区、市）的经济增长速度超过 9.7% 的全国平均水平……

国务院原副总理曾培炎所著《西部大开发决策回顾》、《曾培炎论发展与改革》
分别于 2010 年 3 月和 2014 年 9 月出版。本书作者曾参加编纂工作。

　　我曾在一年多的时间里，参与了西部大开发有关书籍的编纂工作。详尽的数字并不让人感到枯燥和乏味，因为每个数字印证着一连串的历史故事和变迁。

　　西部大开发之时，世界风云骤变，亚洲金融危机使我国外向型经济遭受重创。国内经过改革开放，经济实力有所增强，但西部地区仍处在贫困之列。国内通货紧缩，亟须扩大内需，开拓市场空间。正是在把握国内国际两个大局的基础上，考虑中国经济发展所处的特殊阶段，以及西部的历史情况和地缘因素，党中央应时应势提出了西部大开发的战略举措。

　　国家在规划和政策、资金和项目等方面不遗余力支持西部地区，有重点、有步骤地推进西部地区经济社会的全面发展，加快西部地区经济建设、社会建设、文化建设和生态建设，使西部的路网日趋稠密，特色产业逐步兴起，城市和乡村面貌发生巨变，山川更加秀美葱郁……西部进入了历史上经济增速快、发展质量好、人民受惠最多的新时期。

我国是世界上最大的发展中国家，又是地域辽阔、区域差别较大的国家。源远流长的历史文化、巍峨浩荡的山川河流，把辽阔的国土划分成各具特色的自然与行政区域，经济和社会发展参差不齐，各地自然禀赋和区域经济千差万别。西部大开发抓住世纪之交的战略机遇期，以政府引导、市场运作的方式，以突出重点、统筹兼顾的方法，以深化改革、扩大开放为动力，彰显西部后发优势，为其他区域的经济发展，提供了有益的借鉴，并直接影响到实现我国第三步发展战略目标。

"三万里河东入海，五千仞岳上摩天。"西部大开发用发展的眼光、思路和办法，立意高远地去破解西部开发中的难题。在发展中解决好人民最关心、最现实的切身利益，人民得到实惠后又反过来加倍推进开发大业。这个两者的互动过程，昭示了国家各项决策的出发点和着眼点都应该聚焦于人民。

没有西部的小康，就没有全国的小康；没有西部的现代化，就没有全国的现代化；没有边疆的稳定和各民族的团结，就没有一个民族自立于世界民族之林。西部正面向世界、面向未来，比如每年在成都等地落下帷幕的西部国际博览会，10多年间吸引中外客商云集，投资额数百亿元。"共办、共享、共赢"，使西博会这一经贸盛会成为西部对外开放的窗口。

世界上许多国家都有一些荒凉、偏僻和落后的地区。美国的西部集中了美国大部分耕地资源，河流密布，矿产丰富，但历史上曾经十分落后。俄罗斯浩瀚无际的西伯利亚地区曾被称为资源丰足的"处女地"。巴西落后地区占国土面积的 64%，经济仅占国内总量的 9.7%。这些国家都相机进行了大规模的开发，探索出了多种开发形式的成功经验。美国以土地开发和移民为中心的西进运动，创造了开拓新土地、新财富的牛仔精神，为美国打下了强国之基。俄罗斯先后将 400 多个工厂迁入西伯利亚地区，每隔 10 年左右就出台新的开发政策，使这一地区渐成东北亚地区重要经济区。巴西甚至将首都从里约热内卢迁至巴西利亚，斥巨资在高原上建造了一座现代化城市，以辐射和带动周边地区。许多发达国家的历史在很大程度上都是一部拓荒史。

广袤的西部大地，蕴藏着丰富的自然资源，有着独特的自然景观和悠久的历史文化，聚居着勤劳善良的 50 多个民族。西部当有凌云健笔，在更高的程度上把握发展规律，转变发展方式，提高发展质量和效益。如此，西部地区的"幸福指数"一定能取代"辛苦指数"，在中国未来发展的版图上，显示出新的历史定位。

简朴为伟大增色

伟大的工程从不以盛大庆典而扬名。思想家大都源自简朴淡泊的生活。

北京和上海的两次世博会都获海内外高度赞誉，主办方数次调整庆典方案，将华丽的开幕式不断"瘦身"：上海放弃了卢浦大桥封闭两个半月的装修计划，在追求精彩的同时不忘节俭务实。北京把室内演出改为同室外看焰火同步进行，科学的创意盛大而又简洁。

简朴的仪式从来不会让伟大的工程黯然失色，伟大的工程从来不以庞大的庆典而扬名。主办方的举动有着多重意义：不仅体现了勤俭办事的原则，也体现了民本关怀，做到了最大限度的生态环保，给以奢为荣的不良风气注入了清新之风。

多年前，长江三峡工程在庆祝竣工时，也曾有过多种庆典方案，对于一个当时举世无双的水利水电工程进行特殊的庆典也似有必要，但主办方的三峡总公司权衡利弊，选取了最为节俭的方案，只是召开了一个总结性的庆典表彰大会，而没有过多的渲染推介。我曾参加过华北地区一个大型电力项目的奠基仪式，工程利用外资数十亿元，海内外广为关注。但工程组织者在确定开工剪彩仪式时，坚持一切从简，整个活动前后仅半个多小时就结束了。参加仪式的国家有关部委领导们鱼贯而出时，都称赞工程开了个讲求效益和效率的好头。我当时还写了一篇特写：《五十分钟的典礼》，记叙这个国家大型工程开工的简朴形式，新华社发出通稿后，成为人们流传的佳话。国内每天都产生无数个庆典活动，这些活动都不比三峡工程更重要，也不比世博会更有影响，"国"字头的典礼尚能如此从简，其他各类大小工程，就更没有铺排和渲染的理由。

其实，世博会的举动并没有体现出其他的参照和灵感，只是在恢复和发扬过去的优良传统，并和国外发达国家的通常做法接轨。西部大开发已届 10 年，国家又提出下个 10 年西部大开发的宏伟规划。回首过去 10 年西部大开发中许多重大的标志性工程，都没有一个很排场的庆典，青藏铁路工程、西气东输工程的开工或庆典，都把会场摆到了现场。青藏铁路建成后的第 10 次领导小组办公会，总结建设经验，部署安排后续事项，是在刚通车的列车上召开的，会上当时的国务院领导马凯同志还朗诵了他赞美青藏铁路的长诗，时任铁道部部长唱起了《天路》，车厢里一片欢笑，这才是真正意义上的庆典。西部大开发中的许多工程都体现了勤俭办大事的原则，这可能兼顾了西部地区的质朴民风，和当时立志开发西部的雄心大志有关，做大事者都有崇高的精神境界，不会沉湎繁文缛节、虚头巴脑。

伟大的工程都是旷日持久，纷繁复杂且多有"尾工"，比如最后的检查验收、运行中的问题预案。比如世博会就有超大客流的隐患，因为世博会历史上已有人员拥堵和踩踏事件的镜鉴，大阪世博会曾因踩踏事件而闭馆。所以做好人员分流、科学使用场馆、防范天气异常，都要有预警和预案，把精力和财力放到实现善始善终上。

简朴的原则不仅在工程建设和重大活动时应该恪守，就是在日常生活和做人准则上也该如此。一切有作为的先贤都终生抱定简朴、淡泊的生活，"为天地立心，为生民立命"。自然科学界的泰斗钱学森、袁隆平、何泽慧，都在科学事业上成就显赫，生活上绝无奢华，这是他们身上的宝藏。如古人所云："俭，德之共也"。

保持简单朴素的生活态度，就会有清醒和缜密的思考、健康和敏锐的心智，就能以简驭繁，而不致被浮华的世相和琐事所扰。简朴使人充满活力，增强质感，给人予生活的信心和力量。简朴和从简还是社会进步的标志和文明成果，一个国家的强大从来和烦冗礼仪成反比，比如在外事接待上，一些发达国家极为从简，我国也在近年来不断减少礼仪内容，适应国际惯例，显示大国的从容和大气。

在国人手中的财富愈加丰富，特别是在强调以消费拉动生产的理念下，谈简朴生活似乎是一种奢侈。简朴并不是要过节衣缩食的日子，而是强调一种生活方式、一种境界追求。

蕴藏生机和活力的中国策

　　历史是现实的备忘录，现实是历史的草稿。处于弱势时枕戈待旦固然不易，处于强势时不逞霸道则为明智。

　　作为人类历史上规模最大、场面最壮阔的工业化、现代化之旅，无论从中国经济社会的发展角度，还是从世界经济文明发展史的高度，去总结和审视金融危机以来我国经济社会发展的历程，都让人目眩神迷。

　　世界经济发展波翻浪涌，经济复苏总体向好，但危机阴影远未消匿，各种变数和矛盾不断显现。面临制约发展的多重压力和错综复杂的经济逻辑，中国经济在喜忧交织中，不断实现向好平稳快速发展，为世界经济增添了活力和动力。

　　我国经济和社会发展的成就来之不易，其良好发展之"势"，已具备较强的抗风险和应变能力。在有效应对各种危机的同时，体制机制引发的矛盾依然突出，经济结构调整的压力依然较大。既要"积极稳健"，又要"审慎灵活"；既要保增长、调结构，又要防通胀、保物价稳定，就要不断提高宏观调控的全面性、前瞻性和可持续性，努力化解光鲜成绩背后的病灶和痼疾。

五年规划是指导我国国民经济和社会发展的纲领性文件，要对全国重大建设项目、生产力分布和国民经济比例关系等作出筹划，描述国民经济的远景目标。"十四五"时期，是我国全面建成小康社会，实现第一个百年奋斗目标之后，将开启现代化国家建设新征程的又一个五年。创新、协调、绿色、开放、共享的新发展理念，将引领构建以国内大循环为主体、国内国际双循环相互促进的新发展格局。

清朝诗人龚自珍说："一祖之法无不弊，千夫之议无不靡。"在我国经济实力、科技实力、综合国力和人民生活水平跃上新台阶后，保持战略定力，坚持深化改革是解决长期积累的矛盾和问题的突破口，建立有利于转变发展方式的新体制、新机制，持续扩大内需和消费，加快促进第三产业发展，有效增加公共服务均等供给，合理引导社会资金流向，解决好收入分配、社会保障、就业、教育、医疗、住房等问题，中国经济才能不断迸发出生机活力，在危机中育先机，于变局中开新局。

19世纪英国作家狄更斯曾描述他所处的时代："这是最好的时代，也是最坏的时代。"当今世界繁荣和危机同在，进步和破坏并存，崛起和式微俱生，需要我们清晰地把握经济社会发展的总脉络。处于弱势和低谷时枕戈待旦，处于强势时不逞霸道，谨慎地使用自己的权威，恭敬地呵护共同的价值准则，如此才能奠定确保自我发展的基石。作为贸易大国，我们需要同相关国家不断协调，寻求各种解决摩擦的细则方案；作为能源消耗和生产大国，应当在世界能源价格等问题上发出更响亮的声音；作为温室排放量最大的国家之一，需要提出并落实好具体的节能减排措施……

历史是现实的备忘录，现实是历史的一页草稿。一个国家和民族

　　天下黄河贵德清。黄河发源于青海玉树地区的巴颜喀拉山脉，经玛多县、若尔盖县、玛曲县，辗转流经龙羊峡尾部的贵德县，至此东流进入黄土高原，而成为名副其实的黄河。我用手机拍下了黄河上游的许多景色。

的发展，恰如奔涌不息的长河，总有一些关键转折的时间节点。有些在今天看来遥不可及的愿望，可能将来会逐步化为现实。博智才能多谋，多谋而后善断，正如"世局渐欲迷人眼"。

环京津的污染与贫困现象

　　　走出北京城区几十公里，就可看到河北区域内的许多乡村仍显破败，有些村落甚至贫困凋零。

　　京津冀地区曾经持续恶化的环境污染，广为社会各界诟病。中央和地方政府都制定了严厉的治理法规，筹划区域的综合治理，使空气环境得到根本性的改观，随着脱贫攻坚取得重大的历史性成就，环京津的贫困现象也得以减缓。但沉疴久矣，走出北京城区几十公里，仍可看到河北区域内的一些乡村破败不堪，有些村落甚至贫困凋零。脱贫攻坚的成就不平衡、不均等现象十分普遍。我认为解决京津冀的环境污染和贫困问题，必须考虑到环京津贫困带的多重因素。

　　环京津贫困带的新闻已多次见诸报端。几年前有资料说，环绕京津尚有3700多个贫困村、270多万贫困人口，这实在不是个小数字。它和京津这两座城市的现代繁荣反差大矣，让人大跌眼镜。

　　在中国区域发展论坛上，社科院曾公布了《中国区域发展蓝皮书》。按照国家发展规划，要建设"新兴城市群"，即指在一定距离内可以频繁往返进行商务活动，由一个或若干特大城市为龙头，众多中小城市协调分布，由农田、林地等特色空间相隔离，通过便捷交通走

2023 年 3 月 31 日，全国冰雪装备技术博览会在河北张家口举行，本书作者以全国文体康旅装备技术联盟副理事长身份参加会议。

廊相连接的一种城市空间形态，这是支撑经济发展的核心区域。京津冀地区当属此列，但规划变为实际的路径极为漫长。

北京作为超级大都市，发挥着新兴城市群的核心作用，但北京对周边地区的辐射带动效应却很小，形成了"虹吸"现象，即资源、人才逐渐向北京过度集中，同时环京津地区被动为京津服务，造成京津周边地区发展迟缓。比如，近年来环京津的河北廊坊、唐山、张家口、保定等地区百万千瓦以上的大型火电厂已逾 20 座，大部为京津供电所建。电力供应趋紧时，河北还要为保北京而自我限电。在水利上，河北省为保证北京用水安全在上游挡风沙、防污染，省内最大的河流滦河还引入津城。在产品结构上，不断接收京津下游工业产品，几乎所有污染项目都遗赠给河北。

同是区域核心城市的上海，却发挥着"长三角"地区的龙头作用，以快速发展拉动相邻的江浙地区经济发展。上海许多优势产业在周边区域建厂，据统计，"长三角"地区生产总值是京津冀两市一省的一倍以上。"长三角"地区接待游客数量是京津冀地区的 1.8 倍，旅游收入是京津冀地区的 3 倍。专家认为，这主要是京津，特别是北京的拉动效应未能充分发挥。当然，这里也有环京津地区主动和京津接轨、自觉接受辐射和带动的问题。

京津两大城市繁花似锦，反衬河北贫困乡村的土房瓦砾，这是红花陪衬绿叶一样的败笔。比如，距京津分别只有一个半小时里程的唐山市，是河北省经济体量最大的城市，与京津毗邻，为两个城市的发展贡献诸多，但与京津经济发展反差越来越大，形成巨大的剪刀差。

唐山作为与京津同一经济带的结点城市，以煤炭、钢铁、电力、水利、矿产等资源丰富著称，但这些都为唐山所有而不仅为唐山所用。比如，唐山有 7 家大型火力和水力发电厂，是现在全国发电容量最大的几个城市之一，每年 200 多亿千瓦时的电力输送京津。为确保北京用电，国家电网还把河北省的北部电网，即环北京的唐山、廊坊、秦皇岛、张家口、承德等地区的电力部门，组建成冀北电力公司，划归国家电网，以便于向北京调配电力。而唐山的滦河水，绵绵百里引到天津，唐山为此牺牲良田，修渠筑坝，专人养护，水源地许多村落至今没有脱贫。

如果京津作为中心城市的龙头作用发挥出来，是"长三角"所不能比拟的。河北是 3000 多万京津人口的后花园和蔬菜地，从这个角度看河北作为京畿之地，为国家的贡献远非其他省份比拟。

新中国成立 70 多年来，京津冀的特定经济区域，被赋予了特殊的政治意义，这或许是形成环京津贫困带的一个历史成因。"虹吸"

现象必然形成周边区域的贫困。在治理京津冀环境污染的呼声和举措中，从经济结构转型着手，建设区域经济一体化，从环保的微观放眼经济发展的宏观，是科学决策的一个着眼点，也是京津冀一体发展的机遇期。

中国核电：事非经过不知难

邓小平提出向法国购买两座核电站，并顶着香港许多居民的反对，拍板建设大亚湾核电站……

在我国第一颗原子弹爆炸 40 周年，我国又一批大型核电站投入建设之际，《起步到发展——李鹏核电日记》2004 年在全国公开发行。这本日记体例的权威著述，记叙了我国核电事业从无到有、从起步到发展，艰难而周折的历程，可以清晰地领略核电发展的许多鲜为人知的细节。我有幸参与了本书的部分编辑和推介工作，增强了对中国核电发展的认知和理解。

熟悉中国核电发展史的人都知道，我国的核电事业发轫于改革开放的初始，与改革开放的进程同步。作者作为中国电力工业的领导者，特别是后来作为国家领导人，历经秦山、大亚湾和田湾三座最早的核电站的酝酿和决策全过程，是我国核电事业发展的重要见证人和推进者。作者以日记为主线，辅以相关的讲话、文件和新闻报道，出版前又经过细致的编辑整理，广泛核实征求意见，堪称一部全景式记录中国核电发展史的断代史。

把核电引进中国，开拓我国核工业发展的新领域，必须对过去、现状和未来进行审慎思考。作者早在 1964 年考察法国电力工业时，就详细了解核电站的运行情况，对此寄予极大关注。而后在 20 世纪 70 年代考察法国和日本后，开始提出引进压水堆核电站设备的建议。在邓小平同志 1978 年提出购买核电站设备，在我国东南沿海地区建设核电站的意见后，作者力促将我国核电建设提上具体日程，后来就任国务院总理后，多次倾听可行性论证，组织国务院有关部门专题研究，从设备选型到预算开支、确定厂址，特别是经过与外方的数年谈判和协商，终于使我国的核电站建设从幕后走向前台。

发展核电犹如摘取电力科技领域的皇冠，需要循序渐进，摸石头过河。作者多次指出，发展核电要中外结合，以我为主，在进度和质量的关系中，以质量为先，科学缜密疏而不漏。苏联切尔诺贝利核电站发生事故后，作者专门召开国务院办公会议，讨论核安全事宜，会后组建了国家核安全局。1999 年秦山核电站一期机组在检修时发现反应堆的压力容器中有螺杆和螺帽脱落，立即全部返工重焊，不惜停机一年之久。这种严肃认真的精神为核电安全打下了坚实基础。

世界先进生产技术的发展带给我们的既是挑战，更是机遇。把握时代发展的契机和脉搏，体现了放眼世界的巨大勇气，来源于对历史高度负责的精神，集中中央财政发挥国家能力，又要利用市场规律激发多方积极性。书中以崇敬的心情，记叙了邓小平同志高瞻远瞩，为核电事业发展作出的辛勤努力。他不但勇于拍板向法国购买两座核电站，而且在香港一些居民由于恐核心理而要求停建大亚湾核电站时，顶着巨大压力，重申了中国政府发展核电的决心，使大亚湾核电站这一我国改革开放以来最大的中外合资项目如期建成投产，并将大部分电力送往香港，有力地促进了香港的繁荣发展。

尔后，我国核电建设高歌猛进，一个个质量高、投资省、效益好的核电站应时而生了。

经验和真理是非常朴素实在的。在本书平实、简朴的文字记录中，随处可见作者对发展我国核电事业、加快能源建设的深刻思考。他在前言中指出：在核电建设过程中，必须质量第一；在核电站生产和运行过程中，必须安全第一；核电站要按现代企业制度进行建设和管理；水电、火电和核电各有优劣，应在电网中保持恰当比例；必须高度重视核电站的环境保护。这些论述是我国核电事业发展的真实写照，是加快能源建设的根本遵循。

日记体例读起来内容常显枯燥和琐碎，特别是关于经济工作的记叙更不耐读。但本书的日记中，融入了大量作者的感情色彩，记叙细腻，不乏感情的直接流露，大大增强了本书的可读性。如作者在1982年7月4日记道："下午1时，出发到核电站厂址大亚湾的棱角石和大坑。雨时下时停，4点左右到棱角石，我们打着雨伞在棱角石山岗上合影留念，我和选平一致认为，这是一张有历史意义的照片。"书中还配发了当时同行数人站在草地边打着雨伞的合影。作者在核电站选定厂址后的喜悦溢于言表。

1983年3月24日，作者在收到英国核电代表团提出的会谈备忘录后写道："经过一天紧张的工作，中文稿基本修改完毕。看来明天将有一番激烈的争论。"次日作者又记道："今天是紧张的一天。双方代表团继续在人民大会堂云南厅进行会晤，争论相当激烈。但我方始终处于主动地位。本来昨天已原则上达成了协议，但他们提交的协议英文稿又增加了许多内容，我们将其删掉了。"这样的记录在文中屡见不鲜，让后人洞悉核电发展的风雨历程。

说不尽的中国电力

从水电部、电力部、能源部，到国家电力、国家电网等
公司运营，电力体制变幻频繁如"城头变幻大王旗"。

燃料工业部、水利电力部、电力部、能源部、国家电力公司，再
分为两大电网和多家发电集团……新中国成立以来，电力行业管理部
门至少有八次较大的变化更迭，反映了对能源系统管理认识的阶段
性。我曾在电力系统工作多年，后来在新华社也关注和参与电力、能
源行业报道，目睹了这个行业许多历史性的变迁。

1949年10月，当时的政务院宣布成立燃料工业部，统管全国煤、
电、油三大基础行业，下辖煤炭、电业、石油、水电四个总局。据说
燃料工业部在北京的东交民巷办公，首任部长为曾从事过工人运动的
陈郁。1955年7月，全国人大一届二次会议决定，为适应国民经济
的发展要求，拆分燃料工业部而为电力工业部、煤炭工业部和石油工
业部。许多老电业们还记得在中山公园音乐堂内，大家同堂欣赏了梅
兰芳大师的一场演出，燃料工业部就善始善终了。

第一届电力工业部的牌子挂在北京月坛一座办公楼上。由于电力
和水电发展经常出现矛盾，电力工业部和管理水电发展的水利部也时

常互为掣肘。李锐在《回忆南宁会议讨论三峡问题》一文中写到，他曾向毛泽东面陈对建设三峡工程的意见，反映电力和水利两家领导的矛盾，由于在电力和水电发展上各有重点，一些矛盾难以协调。李锐时任部长助理兼水电总局局长。

1958年2月仅仅维持两年多时间的电力工业部和水利部合并，成立水利电力部。由于此后中国政坛开始陷入动荡，国务院的机构变化不再是重要课题，水利电力部维持的时间相对长远。合，有利于江河治理、水电开发的统一规划和施工组织，是解决矛盾最简便的办法。但水利、电力行业性质和管理体制迥然不同，许多司局虽处一个部内，却"同床异梦"……及至1979年2月，水利电力部再度分开，水利部和电力部再次浴火重生。

两部分家尚未完全分清，许多水电厂是分给电力，还是分给水利，各执其词。机关大门口的招牌谁挂左边、谁挂右边都有一番论争；门口站着两家的门岗，你拦我的人，我拦你的人；两家比福利、比待遇。两部的矛盾波及当时国务院领导同志，他们召集两部领导到中南海，提出水利部、电力部再次合并的想法。三年后的1982年3月，全国人大五届四次会议决定，两部再度合并，水利专家出身的钱正英任水利电力部部长。

改革开放以后，国外发达国家用能源部的形式实施行政法规管理，给我国能源管理部门许多启示，1988年4月，全国人大作出划时代的决定：撤销水利电力部、煤炭工业部、石油工业部、核工业部，组建能源部，黄毅诚出任首任能源部部长。

在能源部成立大会上，一位国务委员代表国务院表示祝贺，称能源部是这次国家机构改革的试点。而后黄毅诚明确提出了"四管三不管"：管政策，管行业规划，管监督，管服务；不直接管理企业，不直接管钱，不直接管物资。

能源部仅存在了五年，被黄毅诚的父亲黄火青不幸言中。黄火青曾任全国高法院长，他听说能源部要管理这么大的摊子，早就对黄毅诚说，不好管，管不好！

能源部在电力工业的发展规划、经济政策、工程建设、生产管理等方面颇有成果，但作为改革试点，从开始就陷入各种矛盾中。燃料工业部因为适应不了能源三大行业的迅速发展而撤销，30多年后，煤、电、油三个行业的职工人数和资产规模都已增长数十倍，能源部管理机构越来越多，有悖组建时的初衷。

能源部部长黄毅诚在离任后，出版了《能源部五年》一书，其中融会了他对电力体制改革的许多思考，也倾诉了他的苦衷。书中写到，他曾在五年内，到过除甘肃和青海以外的各省市区，走过100多个水、火电厂，几乎考察过国内所有的大型煤矿。

1993年3月22日，全国人大八届一次会议通过国务院机构改革方案，撤销能源部，重新组建电力部负责电力行业管理。这是新中国历史上第三次成立电力部。为适应电力工业发展和市场经济的要求，新一届电力部进行了一些改革：提出以公司化改组、商业化运营、法制化管理为改革取向，政府职能移交综合经济管理部门，企业职能转移到拟组建的国家电力公司，行业职能转移到中国电力企业联合会。

国家电力公司应运而生，和电力部共同运营了一段时间。这是电力工业管理体制由计划经济向市场经济转变的标志，意在转换经营机制，建立现代企业制度，建立政府宏观管理、企业自主经营、行业协会提供服务的新型管理体制。

在新旧体制激烈碰撞的交替时期，在政府机构和产业、企业组织结构深度调整的社会大背景下，国家电力公司脱离政府序列，逐步独立运作，开始在市场经济轨道中以企业行为进行探索，形成了改革和运营的较好平台。

1998 年 3 月 10 日，全国人大九届一次会议通过《国务院机构改革方案》。随着国务院组成部门由 40 个减为 29 个，电力部正式撤销，电力行业的政府管理职能并入国家经贸委，国家电力公司横空出世。

既是政治和经济体制改革的产物，又是市场经济发育的自然结果；既要考虑与旧体制的延续对接，又要不断推进改革和发展的新举措。国家电力公司一出生，就预示着其发展绝非坦途，仍具有其不确定性。

2010 年伊始，国家电网、南方电网两大公司和华能、大唐、国电、华电、中电投五家发电集团，在国家电力公司基础上相继成立，国家电力公司完成了历史使命，中国电力行业发展进入了一个新时期。

机构改革是一场权力的再分配、利益的再调整。"城头变幻大王旗"，电力体制的改革仍未有穷期。从横纵双向打破管理体制的电力改革，呼之欲出不断裁出新局。

滚滚长江东逝水

　　　建设长江经济带将推进我国经济由沿海向内陆纵深地区梯度开发，需要慎思谋局，制胜至远。

　　长江黄金水道是串起沿江 11 个省市的"珍珠链"。这条中国经济版图的核心轴线，占国土面积 21%，占全国生产总值 41%。养育了中国三分之一的人口。长江和美国密西西比河、德国莱茵河一样，流域宽广、水量充沛、通航能力强、经济和人文资源丰富，其干线年货运量多年居世界内河航运之最，年直接贡献 GDP 达 1200 多亿元。

　　推动建设长江经济带，是中国经济社会发展的战略抉择和重要棋局。

　　发挥长江跨区域、大交通、大流通的优长，依托以上海为中心的"长三角"、以武汉为中心的中游区、以重庆为中心的成渝城市群，做大沪、汉、渝三大航运中心，更重要的是开发长江中上游的战略纵深。

　　长江下游经济繁荣发达，中游地区次之，上游仍相对落后，许多区域徘徊在贫困线上下，但劳动力成本低，人口红利大，自然资源充足，蕴藏着巨大的发展潜力，也有广阔的战略空间。开发建设长江经济带，有利于推进我国经济由沿海向内陆纵深的梯度开发，释放我国西部广阔的腹地优势，使我国东、中、西部地区，如龙头、龙身和龙尾般舞动起来。

开发建设长江黄金水道有两个关键词，一是促进形成转型升级新的支撑带，二是建设新的区域经济增长极，其条件基本具备，时机已经成熟。目前，这条黄金水道面临交通能力不足、网络结构欠缺、综合交通枢纽落后等问题，需要以沿江港口为节点，统筹推进水运、铁路、公路、航空、油气管网集疏建设，形成通江达海的综合交通体系，打造现代立体交通走廊。同时，促进中西部地区有序承接东部沿海地区产业转移，深化产业分工布局，使东中西部相互支撑，良性互动。

开发建设长江黄金水道，与京津冀经济一体化一样，都存在着打破行政区划壁垒、地区分割的现实问题，建设统一开放和竞争有序的现代市场体系。长江上中游处于我国自然条件各异的东、西部分过渡区，是我国自然灾害南与北、东与西地域差异的交叉带，地处内陆高山峡谷之间，自然条件相对恶劣，基础设施滞后，面临自然条件、经济和环保等诸多问题，要确保其生态屏障功能，保护特有、珍稀鱼类资源，使长江开发建设制胜至远。

国家提出打造全流域长江黄金水道后，国家发展改革委组织沿江省市和 13 个部委，联合编制了《依托长江黄金水道，打造中国经济升级版支撑带指导意见》。把国家的区域经济带发展规划，同省市地方政府的产业发展相结合，谋而后动，重点突破，显示了有序开发建设的重要指导思想。

2014 年我和国务院研究室和中国国际经济交流中心的专家学者，

一起赴长江上游地区进行调研，并参与撰写了有关课题报告。长江上游地区一般指重庆至宜宾 400 多公里的沿江地市，面积约 19 万平方公里，人口 7300 多万，是成渝经济区的南部，国家乌蒙山区域发展和扶贫开发的攻坚区，并辐射川滇黔渝等地。大家认为，目前长江上游属经济发展洼地，区位优势突出，有着丰富的资源禀赋，具有后发优势。以两岸产业基地为轴，通过水运、水电等绿色低碳方式支撑流域地区经济社会发展，借水路与陆路等交通之便辐射腹地，进而形成具有一定规模的产业群，实施科学有序的开发，有利于构筑长江上游的生态安全屏障，引领西南部内陆腹地协调发展和进一步对外开放，形成我国经济增长的新的一极。

长江的电力和运量目前已居世界河流第一。报载，李克强总理曾在从万州溯江而上的夜行之后，站立船舷甲板，凭栏远眺，借远山近水表达他的改革信念："改革如逆水行舟，不进则退！"国情世情恰似一江春水向东流。

PX 项目的民意与理性

国内建设大型化工环评报告须在一定期限内公示于众，这是科学和民主的进步。

石油作为化工基础原料，根据加热的沸点不同，分馏炼化成不同系列的产品。PX 项目就是指生产这些化工产品的冶炼设施，其产品渗透到衣、食、住、行的各个方面，包括日用塑料、服装和建材等，与每个人的社会生活息息相关。

石油炼化过程中，会产生低毒类副产品，防范危害和污染的重要手段，最根本的就是保持一定的安全防护距离。

2013 年 5 月，昆明市郊安宁区开始建设大型中石油炼化项目，继宁波、大连、厦门等地的化工项目引起当地社会质疑后，这里再次引发民众对环境的担忧，一些市民走上街头表达反对诉求，使这个投资 230 多亿人民币的中缅油气管道配套工程一度陷入困境。我和中石油有关部门的同志曾一起赴当地调研，并发表了相关解释性科普文章。这个工程于 2015 年建成后，多年来安全运行，每年为当地带来 30 多亿的税收贡献。

我国是世界化纤产品生产的第一大国和出口大国，也是世界最大的 PX 消费国，消费量占全球 40% 左右，但仍有市场缺口，建设 PX 项目无疑是国家能源战略发展的需要。但由于对 PX 项目的科学解释不够，一些地方政府在重大化工项目建设中，有违民众的知情权、参与权和监督权，使多地的 PX 项目陷入了"民意泥潭"，一些炼化项目甚至因此被叫停，或因居民的反对而易址，有待于畅通各方的诉求渠道，建立利益协商平衡机制，及时化解公众对环境健康的焦虑。

从 20 世纪 90 年代起，全球对 PX 的需求量急速增长，需求量达到数千万吨，产能主要集中在亚洲地区。主要生产国为中国、韩国、日本和印度，其中许多国家较好处理了工程建设过程中的公共关系，在炼化项目的信息披露和沟通方面，为组织重大化工项目建设施工提供了成功范例。

新加坡政府明确化工项目的环保目标和严格的环保措施，定期公开环境影响评估，对所有项目严格环保标准，高度重视环保基础设施建设，环保投资占基础设施总投资的 20%—30%。因为安全管理得当，迄今从未发生过污染事故。新加坡已成为世界三大炼油中心之一和世界石油贸易中心。

除此之外，许多国家有效加强事故防范，工业区与住宅区之间均留有缓冲区。韩国工业城市蔚山市除现代重工、造船和现代汽车之外，还有两家大型石化 PX 项目，均距离市区约 15 公里，距离附近居民区平均 3 公里。新加坡裕廊岛 37 万吨 / 年的 PX 装置，与居民区的安全距离为 1 公里；荷兰鹿特丹的 PX 装置距市区 8 公里；美国休斯敦 280 万吨 / 年的 PX 装置距市区 1.2 公里……

我国也有建设 PX 工程项目的成功经验。广东大亚湾中海壳牌炼化项目，是国内最大的中外合资项目之一。该公司把环境社会风险分析作为商业运营的重点，加强与当地社区以及非政府组织沟通，设立了董事会层面的环境和社会风险管理机构，实施风险防控措施和考核指标，不定期组织开放日活动，邀请各方代表进厂参观和监督，定期举办讲座，介绍化工知识和工厂运行特点，对利益相关者答疑释惑。投产前夕，他们还走进村庄，竖起布告牌提醒居民试车期间将发出噪音，以消除人们的不安，体现出细微处的人文关怀。

在环保理念上，有现实的环保主义和理想的环保主义之分。如果完全按照理想的环保主义理念办事，脱离了经济社会发展的现实需要，也是不可取的。以云南1000万吨炼化项目为例，它是中缅两国油气管道的配套项目，是破解马六甲海峡能源供求风险的陆上能源战略通道，属西南地区经济发展的重大举措，其现代化程度之高、距昆明市区有40公里之遥，理应以经济、安全、环保为准则，进行理性分析，共同做好科学防范，而不仅是把这个项目视作一个敏感的环保符号。

绿色化工是化学工业可持续发展的必由之路，必然要承担自然、社会、人类协调发展的责任。据悉美国政府针对炼化工业建立了一套完整的监管体系，包括化学安全与危害调查委员会、环保署、职业安全卫生署、食物药监局，以及毒性物质和疾病注册局等相互独立的机构，对石化项目的选址、排放、治污、监控等作出严格规定，定期公示安全调查评估，以回应社会关切。中国的石化领域也在完善这些环节，通过质询、对话和环评公示，破解发展困局，取得多赢效果，这里民意和理性，应该成为两个关键词。

经济转型意在打破发展忧患

中国经济升级有着深刻的时代背景和鲜明特征，意在打破"不平衡、不协调、不可持续"的发展忧患。

在 2013 年 3 月 17 日全国两会结束的记者见面会上，时任国务院总理李克强站在更高的发展平台上，提及"打造中国经济升级版"，意在化解系统性潜在风险，突破资源和环境压力，实现居民收入与经济同步增加，保持经济继续平稳增长。这是新提出的打造经济升级版的新概念。

是时，我在人民大会堂金色大厅聆听了李克强同志的详细阐述，以及此前他作的政府工作报告。长期以来，中国经济始终与"不平衡、不协调、不可持续"的忧患共存，如三次产业结构不协调、区域发展不均衡、需求结构不合理、收入分配差距过大等。增长中潜伏着风险，成就中积累着矛盾，有些方面已是举步维艰。

从全球视野下的自我定位，着眼国内多种矛盾复杂交织的警醒意识，中国发展正处战略机遇期的责任提示我们，必须探寻中国经济升级的动力和结构、制度与跟进，以及相应的调控措施。

——提升质量效益是经济升级的核心任务。中国经济规模已接近 52 万亿元，掣肘增长的因素增多，无力也无须保持过去的高速发展，必须提高劳动生产率和投入产出比，引导企业向技术、品牌、质量、管理要效益，拓展生产链条，提升产品附加值，创新企业运营模式，推动经济以适当的速度，实现没有水分的适度增长。

——依靠内需特别是消费需求是升级的拉动力量。我国人口众多，幅员辽阔，"四化"蕴藏着规模庞大的内需。同时，由于收入水平提高，需求和消费结构正在由过去衣食温饱的基本需求，向旅游休闲、医疗保健、文化教育、信息便捷等更高层次拓展，这些宝贵的消费资源，将伴随我国现代化建设的全过程，是经济发展的长期增长点。

——工业化与信息化深度融合和服务业发展是升级的科学引擎。我国 500 多种主要工业产品中，高技术含量、高附加值、高档次产品的增加值仅占 27%，低于发达国家 10 个百分点。服务业占国内生产总值离世界平均水平相差 26%。提升产业层次和素质，实现产业水平向中高端转变，建设国家创新体系，将使更多的"中国创造"、"中国服务"，占领世界科技和产业发展的制高点。

——提高能源资源和生态环境支撑能力是升级的重要支点。建设资源节约型、环境友好型社会，推动节约环保升级，就要狠抓节能降耗，加快淘汰高消耗、高排放行业的落后产能，推进企业节能减排技术改造。制定和实施大气污染防治行动计划，加大环境违法行为惩戒力度，优化能源消费结构。同时，完善资源有偿使用和生态补偿，理顺资源产品价格关系，对生态文明进行严格考核和奖惩。

——实现城镇化和农业现代化良性互动是升级的内在动力。我国城镇化率约 52%，远低于发达国家近 80% 的水平。城镇化和农业现代化相辅相成，是改变城乡二元结构、解决城乡差距的必由之路。完成一系列由"乡"到"城"的转变，改变传统农业生产方式，建设现代农业，推进城乡基础设施、公共服务一体化，以更好地富裕和造福人民。

——注重就业收入和社会保障，提高人民生活水平是升级的根本目的。就业、收入和社会保障，是改善民生的三个最直接因素。实施就业优先战略和积极的就业政策，既要增加就业岗位，又要加强职业技能培训，提高劳动者创业能力，把人口资源转变为人力资源。同时，实现居民收入增长和经济发展同步、劳动报酬和劳动生产率提高同步，完善基本养老和医疗、城乡低保和住房保障等体系，量力而行，尽力而为，进一步保障和改善民生。

中国经济转型升级的路径选择是实现"中国梦"的物质基础，而实现"中国梦"是打造经济升级的强大动力。中国经济转型升级是"百尺竿头"，推动经济更快发展的宣言书，是在世界经济合作与发展中扮演更重要角色的通行证，是付出更大努力、迎接机遇和挑战的责任状。

中国已成长为世界第二大经济体和世界制造中心，最大的外汇储备国家，对世界经济增长的贡献率已超过 20% 以上。国际政治秩序和格局正在剧烈演变，世界经济和金融环境在深度调整，许多国家都在着力探索经济发展的跟进和转型。面对激烈的国际竞争压力，只有以强劲的改革和调整，为共同繁荣富强提供物质保障，使人民有更稳定的工作和满意的收入、更好的教育和医疗卫生服务、更舒适的居住条件和优美的环境……这是中国经济升级版最富生命力的内容构成。

新锐和富裕的新阶层

　　　　　　新社会阶层善于容纳和整合多种价值取向，嫁接世间万
物的客观存在。

　　志愿者这个名字，是改革开放后的时代产物，也是近年来感人的
字眼之一。他们的大量涌现，是社会走向更高文明程度的标志，其时
代背景是一个社会新阶层的崛起。

　　始于2008年汶川地震，来自全国各地的30多万志愿者参与救援，
成为当时汶川救灾的劲旅，并贡献了数千亿元的善款。同年的奥运
会，有170多万名志愿者热情参与。而到最近三年来的抗击疫情，更
有数以千万计的志愿者们，奋战在城市乡村，协助履行政府社会管理
的责任。

　　如果说经济基础是社会存在的根本，那么新社会阶层崛起的背景
就是在中国经济的快速发展下，一个不断壮大的有稳定收入和消费群
体的形成。北京街头成为世界建筑展览馆，街头奔跑着不竭的车流，
中国人的身影显现世界各地，世界最新技术和产品在中国和欧洲同时
首发。社会发展的趋势也十分清晰：城市人口可支配收入和零售销售
多年来持续上涨，迈入或准备进入的中产阶层在不断增加，虽然有些

数据可能是偏于上好的估计，但总体上是和经济发展同步提升的。

每一代人登上历史舞台，总有些标志性的引人注目的亮相事件。我在《中国的精神记忆》这本书中，评述了国家、公民、生命、人性、媒介、军队、情怀、信念、履新、理智等10个方面的变化，指出新社会阶层数量庞大，大都受到良好的教育，许多受到科学和先进思想的熏陶，热情参与社会事务，具有特立独行的全新视角，这或许是上一代人物质条件和生存环境提升的结果。一切已经发生或将要发生的结果，都显示出某种必然的内在联系。

受全球经济减速的影响，中国经济增速正在减缓回落，但仍有足够的经济力量带动数以千万计的中国人进入社会发展的新阶层。肯德基和必胜客的母公司——百胜餐饮集团曾表示，集团在中国餐厅的销售额一直没有下降，并将继续实施在中国扩大门店的计划。新能源汽车制造业始终将中国作为世界最大的市场，说明中国经济的发展和升级方兴未艾。

新社会阶层的成长和创新型国家的特色相统一，他们大都来自青年知识分子和经济界人士，分布在社会各个领域和各种经济组织中。无论人数还是实力，都已经成为社会发展举足轻重的力量，正在成为社会发展的稳定器。他们对财富和生活的渴望会相对淡化政治信条，而充满同情心和公德意识。社会应更好地引导他们开放性的思维取向，使其社会参与具有更大的话语和表达空间，并在各项改革中施以援手。

新社会阶层的话语权正在影响着社会发展进程，其特征是：他们的利益追求与国家的发展方向基本一致；国家的政策制度能够吸纳他们积极参与和落实；其自我发育与主流文化之间保持基本的和谐关系。如果他们的话语权和社会行动空间被约束和压制，或者被上层建筑所强硬整合，则会导致这个社会阶层的激烈反弹。

经济一体化和技术创新的加快是新社会阶层发展的沃土，激励他们发挥更大的社会责任。有时这也是贫富差距加大的因素之一。国内的贫富分化似乎不断在加剧，但并不妨碍强大的社会新阶层从其他社会阶层中脱颖而出。

审慎引导社会各阶层的和谐发展，避免偏激和过度的民族情绪，是政府进行社会管理的重要责任。因为新社会阶层敏感和独创的精神，应该融入并与主流意识相得益彰。新社会阶层对政府的社会管理常常质疑，有时对某些政策的评价较低，而各种要求较高。所以，要建立他们与政府间的有效互动，国家的主流意识要善于容纳和整合各种支流，而不是简单划定思想和语言的禁区。任何一个心灵浩瀚的民族，都容纳和整合了多种价值取向，让人们得以感悟世间万物的存在。

大量中国人跨入新社会阶层的大门还只是开始。国家要扩大这个阶层的队伍，认同他们的家国情怀，尊重和明确他们的权利和责任，让他们在投身社会中自我完善，并且在财富分配两极分化的时候，既不把他们抛在身后，也不让他们成为巨头，而使他们成为社会稳定的基石。

中国城轨交通提速

迄今，逾百个城市提出了发展城轨交通的规划，未来几年，将出现80个以上城市同时建设城轨交通的壮观场面。

由于经济实力和技术水平的限制，中国城市轨道交通起步较晚。中国第一条地铁北京地铁1号线1965年开始建设，1971年投入运行，比世界上第一条伦敦地铁晚了102年。

随着改革开放的推进，大城市数量迅速增加，城市化进程不断提速，百万人口以上大城市从1978年的15座增加到近年的100余座。交通拥堵成为挥之不去的伤痛，拥有成熟的城市轨道交通网络，成为缓解拥堵的终极捷径。

在北京之后，上海、广州相继开始发展城市轨道交通。彼时，城市轨道交通设备主要由外资企业提供。国家发改委一位副主任回忆，在1995年之前，中国城市轨道交通车辆只有长春客车厂一家生产。由于城轨交通装备和国际先进水平差距太大，长春客车厂和德国阿德川斯公司、青岛四方公司与庞巴迪进行合资建厂。1997年，广州地铁1号线首段建成，由于进口设备费用昂贵，每公里造价达到惊人的8亿元。

依赖国外企业为中国城市轨道交通提供装备，对中国发展城市轨道交通十分不利，运营企业不得不面对进口设备价格高、建设周期长、售后服务"远水不解近渴"，远远不能满足国内运营企业的需求。

大城市对交通的需求不断增加，各地政府逐步加大对城市交通基础设施的投入。在中国城市轨道交通市场爆发的前夜，依赖外资的状况为决策层警醒。1999 年 2 月，国务院转发当时国家发展计划委员会《关于城市轨道交通设备国产化实施意见》，要求城市轨道交通项目的国产化率不低于 70%。在此背景下，城市轨道交通设备国产化开始进入实施阶段。

中国城市轨道交通协会副秘书长王飚介绍，轨道交通设备制造行业主要包括车辆制造、牵引供电系统、通信信号系统等。国产化率要求对城市轨道交通发展起到了决定性的促进作用。通过十几年的学习引进和科技创新，中国已掌握多种制式城轨车辆的制造技术，年生产能力超过 1 万辆。中国中车股份有限公司成为全球规模最大的车辆生产企业，旗下能批量生产城市轨道交通车辆的厂家有株机公司、四方公司、浦镇车辆、长客股份、大连机车和唐山客车等六家，不仅满足国内全部需求，还接连中标澳大利亚、美国、巴西等国大单，实现了与国际一流企业的同台竞争。

"十二五"期间，城市轨道交通车辆招标约 1.9 万余辆并投入运营，包括地铁列车、有轨电车、磁浮、跨座式单轨、市域快轨等新制式车辆产品。截至 2016 年底，国内 26 个城市建成并运营轨道交通系统，运行总里程达到 3748 公里。

人类社会的进步，是以准确地控制和节省时间开始的。如果时间比例可控，就等于经济发展上升一个阶梯。交通的便捷可以减少国民的时间消耗，使经济资源更有效流动，在流动中产生新的利润。人们还可以借此而不赖于单一组织和区域，成为有更多选择的"自由者"。

2021 年 6 月 25 日，"复兴号"动车组首次驶上"世界屋脊"。中车青岛四方车辆研究所为此提供了诸多核心系统装备。我曾多次赴中车集团采访，记录了中国高铁发展的历史进程。

截至 2017 年，已有近百个城市提出发展城轨交通的规划和设想，除在建的 40 个城市外，50 多个城市开展了规划、勘测、设计等前期工作，未来几年，将出现几十个城市同时建设城轨交通的壮观场面。

2019 年前后，我参与中国城轨交通领域的专题调研，同课题组几位同事走访了中车集团及所属有关企业。在访谈中，中车集团总经理楼齐良在介绍中车集团的发展成就时，坦然自曝发展短板，主要是主机产品的基础性、共性技术研究还显薄弱，核心零部件研发基础不够，产品的安全性、可靠性和使用寿命等方面与发达国家产品相比仍有差距。此外，基础制造工艺、材料发展水平相对较低，在全球范围内配置人才、技术、研发、制造等能力仍显不足，需要在关键技术装备上实现新突破。而丁荣军院士则提醒，我国城市轨道交通日均客运数量居世界之最，防范安全风险是产业健康发展的前提条件。

寻找中国能源新引擎

发达国家能源领域完全市场化，政府从参与者变为监管者，更显其控制力。中国亟待释放能源改革的"红利"。

当桌面上展开《中国能源政策研究》这本新书时，作者范必的俊朗面孔不时在眼前晃动。近年来，眼看他白发起，眼看他发疏稀，本书就是范必多年来心血的集成。

这本书从中国能源行业的改革发展，讲到国际间能源的竞争与合作，涉及煤电矛盾、核电安全、可再生能源开发利用、页岩气开发、节能减排等能源行业的多个方面。范必曾为国务院研究室官员，后调入国务院办公厅督查室，亦为一位勤于笔耕的学者。多种研究身份，使本书与同类作品相比多有不同，大部分文章曾作为国务院决策参考并获批示。作者根据大量调研资料，借实用性而多独到分析，其政策建议的深度、力度为业内其他学术作品难以企及。

能源是关系国家安全的战略性资源，但能源也是商品，可以发挥市场的资源配置作用。坚持能源市场化改革是范必为文的经纬。因为能源市场化改革是全球性趋势，无论是成熟的市场经济国家，还是体制转轨中的国家，大都对能源领域放松管制、打破垄断、引入竞争，有效促进供给效率，但中国能源领域的市场化改革并不如愿。

国内能源领域市场化改革不力和延宕的理由诸多，作者认为最有代表性的包括以下几种"宏论"。一是特殊论，强调煤炭、电力、油气是特殊商品，是市场方法失灵的特殊领域；二是安全论，声称深化改革会影响社会稳定和生产安全，甚至国家安全；三是控制论，指出这些领域是国民经济命脉，必须实施垄断经营；等等。这些观点在某些阶段或许有道理，但本质上是站不住脚的。因为市场经济发达的国家，国家并没有丧失控制权，政府从市场参与者转变为市场监管者、竞争规则的制定者，反而增强了政府的控制和影响力。基于这一理念，在化解煤电矛盾的诸多讨论中，范必提出全产业化市场化改革的方案，包括取消煤炭、电力、运力的计划指标，建立全国电煤交易市场，逐步将电网、铁路网的网络运输业务与电力、运力的营销业务分开，逐步形成由市场供求关系决定煤、电、运的价格形成机制。

世界能源资源分布不均衡，生产和消费集中度较高，决定了世界上没有一个国家完全依靠本国资源来满足发展需求，必须对能源资源进行全球配置，这就要求具有考量能源问题的国际视野。作者认为，长期以来，中国在能源安全特别是石油安全上，主要着眼于立足国内，同时在国外获取石油资源。但面对复杂多变的世界能源形势，有必要在能源安全上从个体安全走向集体安全，参与国际竞争，在 G20 框架下建立全球能源市场治理机制。

在范必身上有着理论工作者的科学精神和政府官员的责任意识，他对核电安全的关注可见一斑。中国本轮核电发展起步于 2003 年的杭州会议，当时他是会议文件组成员之一。此后 10 年间，他一直没有停止对核电政策的研究，先后参加了四次大范围有关核电的调研活动。

2011 年 3 月 11 日，日本福岛核电站因海啸发生放射性物质泄漏的严重事故。3 月 16 日，时任国务院总理温家宝主持国务院常务会议，听取汇报并作出相关决定。国务院研究室邀请有关部门、企业、院士学者召开座谈会，范必凭借多年的积累分析，在会上提出了与很多专家不一致的观点。他认为，福岛核事故证明，二代核电使用的能动型安全系统的安全风险是客观存在的。我国采用能动安全系统的二代核电机组上得过多。对照先进的安全标准，所有在役核电机组和大部分在建、拟建的核电机组不同程度地存在安全差距。他建议国家对核电项目进行严格清理，防止过多过快上马核电机组带来安全风险，建议 2020 年前核电运行装机容量控制在 6000 万千瓦左右，真正把核安全视为国家安全。

节能减排是能源行业的重要任务，现行的环境治理主要通过三个手段：指标控制、项目审批、价格补贴。范必认为，这些做法的绩效还不够理想，甚至有时对节能减排形成了逆向调节。拿约束性指标的分解下达来说，各地大都向上级争取较多的能耗和排放指标，而不是主动减排；环评和节能评估报告的审批看似很严，实际上普遍存在"重前期审批、轻过程监管"；价格补贴的使用，与国际上普遍将环境成本内部化的做法相悖，形成了"企业污染、消费者付费"。范必建议重新审视环境治理思路，减少审批和指标控制，把更多的精力放在对企业环境行为的全过程监管，运用市场力量建立节能环保的激励和约束机制。

我国经济工作的主要组织者之一的曾培炎同志曾撰文："我国基本解决了 13 亿人口生产生活对能源的需求，这是一个非常了不起的成就。"能源问题贯穿现代工业文明时代，与我们的社会生活息息相关，必须以新的发展思路审视中国能源行业的未来。

世界锰业看中国

　　中国金属锰行业依靠市场竞争优势，把美国、日本的同行逼出业界，宁夏天元锰业集团成为世界锰都。

　　锰是重要战略资源，90%用于钢铁工业，可谓"无锰不成钢"。锰也是中国在世界上举足轻重的几个产品之一。中国工程院院士何继善在《中国锰业技术》序言中说："我国锰工业的设备装备、生产工艺技术、环境保护等方面均居世界领先水平。中国在世界锰业中不但是生产大国，而且是生产强国。"

　　宁夏天元锰业公司诞生在西部大开发伊始，壮大于国家产业结构调整和改革开放之时。历经20余年发展，年产锰量已达80万吨，位列世界锰业生产首位，成为世界锰业布局的重要一极。

　　中国是贫锰国家，国内锰业大都背靠矿山资源，分布在广西、湖南和贵州的"锰三角"一带，而地处宁夏地区的天元锰业依靠长距离运输原料，缺乏竞争优势，曾饱受矿石所累。在"一带一路"倡议和"走出去"战略中，他们参与国际资源配置，将视线转向非洲加纳、澳大利亚、南非等国外矿石资源，购买当地多座矿山，增强了我国战略资源的储备能力。

国产锰矿石属于碳酸锰矿，可以直接和硫酸反应。国外锰矿石大多为二氧化锰矿，需要复杂的转化过程。同时，国外矿石含铁量是国内矿石的三到五倍，除铁成为技术瓶颈。天元锰业和国内多家科研院校结成"产学研用"联盟，组织进行科技攻关，研发出国内领先的还原焙烧工艺，使每吨金属锰除铁成本大幅下降。依托具有自主知识产权的核心技术，从年产能 1500 吨扩张到 8 万吨，再到 20 万吨，目前已达 80 万吨，实现了历史性三级跳。

提取 1 吨金属锰，国产矿需要七八吨矿石，进口矿只需要 3 吨左右。原料劣势因为技术创新而转化成优势，择取天下资源，大量高品位矿石漂洋过海进入天元锰业的几大料场，加之地方政府的多项支持措施，使天元锰业显示出得天独厚的经营优势和发展战略：

土地资源——天元锰业厂区连绵 37 平方公里。他们投资数亿元推山填壑，建设循环经济产业园，天元锰业最大的车间厂房长达 1.6 公里。

能源优势——宁夏人均发电量居全国第一位，电费在金属锰行业的平均成本占三分之一左右，天元锰业电力费用大大低于业内其他企业。

运输优势——由于宁夏铁路运力不足，大量电煤用汽车运往东部港口，而天元锰业从国外进口的矿石在港口作为辅货"捎回"，有效降低了运输成本。公司还备有大型船队。

气候优势——金属锰的烘干环节须耗用大量电能。宁夏年均降雨量仅 200 毫米，每年 5 月到 11 月可以利用自然阳光烘干，大幅节省了电能。

金属锰生产过程会造成一定的环境污染，历来属于政府环保限制产业。天元锰业提出"企业要消灭污染，不能被污染消亡"，不断推

2022年8月摄于宁夏天元锰业集团部分厂区。这座世界最大锰业生产企业，对西部地区经济发展和国家战略具有重要意义。

出环保的新工艺、新材料，逐步实现了循环经济和清洁生产。比如，投资2亿元建设废水综合治理系统，实现废水循环利用；投资2200万元建设除尘和酸雾吸收设备，解决废气污染；投资15亿元建设水泥熟料生产线，消化了存留的各类废渣。生产中的"三废"全部达到国家标准，成为循环利用的"三宝"。行走在30多平方公里的天元锰业园区，昔日的荒沙之地，变成了满目绿色的花园。厂区植树29万株，绿化面积达2900亩。

在天元锰业厂区周边300公里内，覆盖着被联合国粮食开发署确定为不适宜人类生存的西海固地区，俗称"天下苦甲之地"。还有陕甘宁革命老区、六盘山集中连片特困地区。多年来，企业以产业扶贫，累计吸纳周边近万名员工就业，其中半数多来自贫困家庭。为此他们放宽年龄和文化要求，加强培训和严格管理，酌情降低就业门槛，优先解决贫困家庭人员就业。这些员工们放下锄头，走进现代化的厂区，经过技术和文化培训，增长了知识技能，从农耕劳作一举跨入了工业文明阶段，实现了第一生产力的人的解放。

从某种意义上讲，贫困的根源在于贫困群体进入市场的能力和动力不足。实施既扶贫又扶智的产业脱贫，可以阻断贫困的代际传递，实现一人就业，全家富裕。看到当地政府和企业为员工兴建的3000多套公租房，看到上下班时千百辆车流潮水般进出厂区，你不会质疑这是中国西部地区产业扶贫、精准扶贫的一个真实缩影。

一家民企的扶贫实践

　　碧桂园先后捐赠 36 亿元，用于扶贫和乡村振兴，其动力是杨国强 18 岁前没穿过鞋，当年是国家免费让他上学……

广东顺德北滘镇，有清澈的碧江和葱郁的桂山，碧桂园因此得名。

这家历经几十年发展，已崛起为业界领跑者的民企，坚持履行扶贫攻坚的社会责任，向社会累计捐赠 36 亿元，覆盖教育扶贫、产业扶贫、乡村振兴等众多扶贫项目。碧桂园的品牌标志，经常出现在国内大型慈善和公益活动中。

碧桂园集团创始人杨国强出生在广东顺德一个贫困的农民家庭，18 岁之前都是赤脚或穿草鞋。在他因家贫辍学之际，政府减免学费，并发给助学金让他完成了高中学业。事业成功后，杨国强感恩图报，致力扶贫事业，多次获中国消除贫困奖、全国脱贫攻坚奖，连续七年荣膺全国慈善领域最高政府奖"中华慈善奖"。

扶智：阻断贫困代际传递

1997 年初，杨国强家底只有几百万元时，看到报纸上有广州学生读不起大学的消息，悄悄来到羊城晚报社，捐资 100 万元助学，并要求保密。直到 2007 年的 10 年间，他每年都捐资 100 万元，2006 年事业有新的发展后，每年捐赠 200 万元。这件事直到 2007 年我供职的《瞭望东方周刊》记者对此进行报道，才揭开秘密。这项助学基金使 9664 名贫困学子获助。

始于这个助学基金，杨国强开始设立更多的助学和扶贫基金，先后创办了三所全免费学校，开始了长达 20 年的扶贫助教公益事业。

2002 年，杨国强拿出近半身家，捐资 2.6 亿元创办了民办高中——国华纪念中学，学校全部招收来自全国多个地区的贫困学生，承担学生在校所有费用，并提供助学金，资助学生完成大学以上学业。学校至今已在全国 28 个省（区、市）、21 个民族中，招收贫困学生 2747 名，其中培养硕士 547 人、博士 76 人。

2007 年，杨国强出资创办国良职业培训学校，免费培训农村籍退伍军人，使之成为技能型产业工人。至今已资助了 14466 名农村籍退伍军人接受职业培训，并先后走上各个工作岗位。

2014 年，杨国强以国强公益基金会名义，在广东清远创办全国唯一对贫困生全免费的大学——广东碧桂园职业学院，以"产教融合、校企共育"的人才培养模式，实现"教育扶贫，授人以渔；一人成才，全家脱贫"，从源头上挖断贫困穷根。

杨国强的女儿杨惠妍近年也走进捐赠行列，2017 年捐款 1 亿元启动"惠妍教育助学基金"，帮助顺德地区因贫困失学儿童。2018 年

3月，为让白内障患者得到免费救治，杨国强向国务院扶贫办"光明扶贫行动"捐赠1亿元，用于广西、云南、贵州等地的贫困患者。作为全国政协委员，杨国强连续多年的提案都不是他从事的房地产行业，而是关于发展教育事业，特别是呼吁大力发展职业教育。他的提案中有一句话就是建议国家规定"满20周岁才允许出来工作"。

扶业：建设绿色产业基地

出广州向粤北行，在英德市西牛镇的群山峻岭中，一个整洁富饶的别墅型山庄映入眼帘，这就是杨国强亲自选的扶贫点——树山村。

2010年，杨国强几次踏勘选定树山村作为"绿色产业扶贫"的第一个试点，推广"借本你种，卖了还本，赚了归你，再借再还，勤劳致富"的扶贫理念，建立苗圃示范基地，发展苗木种植产业，很快形成市场雏形，农民户均增收约6万元。树山村从一个破败落后的村落，变成了整洁漂亮的"别墅山庄"。

碧桂园把树山村经验移植到其他对口扶贫项目。从2016年起，在韶关新丰县营盘村，结合当地农业种植番薯传统，通过"企业＋合作社"的模式，打造产业精准扶贫示范基地。同时，在清远市佛冈县水头镇开展"送技术技能下乡培训项目"，培训内容包括叉车、电工技术、焊工技术、财务会计、家政育婴等九种技术，以及种植、养殖的短期农业实用技术，先后培训17006人。

2016年10月，碧桂园在广东潮州市饶平县浮滨镇启动扶贫项目，将下属五个自然村整体搬迁，建设集生活休闲、现代农业和自然景观为一体的生态文明新农村、生态农业示范村。通过规划特色产业、休闲旅游等发展项目，使之成为广东省扶贫村镇示范点。

碧桂园早在 10 年前就成立了专门的扶贫部门，有专职队伍长期驻村扶贫。2018 年，杨国强曾亲任精准扶贫美丽乡村建设总指挥，调动集团人力和资金，帮扶广东英德市 78 个贫困村、4 万多贫困人口脱贫，在过去的穷乡僻壤，建设一个个"望得见山、看得见水、记得住乡愁"的美丽乡村。

扶贫：目光投向老少边穷地区

自称"第一代农民工"、"一门泥水匠手艺改变了一生"的杨国强，随着产业布局的辐射，将扶贫的目光投向老少边穷的西部地区。

为响应国家"东西部扶贫协作"的号召，碧桂园从 2007 年起帮扶四川省马边、甘洛两个国家级贫困县，至 2011 年，总投资达 2.1 亿元。在两县帮助 6000 多户贫困人口搬迁，修建通水、通电、通路的新住房，还兴建了两所职业高中、11 所小学食堂、5 所学校教学楼、8 所学校饮水工程、5 所乡镇卫生院。兴建通村公路 300 公里，改善了困难群众的居住环境。

2017 年 3 月，碧桂园在广西百色市田阳县启动精准扶贫技能提升项目。半年内培训 3683 名村民，其中建档立卡户 1088 人，有 2227 人取得资格证书，已推荐就业 700 多人。

杨国强早年将公司的发展战略定位为：中国新型城镇化进程的身体力行者。在稳健扩张的节拍下，碧桂园编织新型城镇化的"大网"，结合扶智、扶业、扶贫，实施乡村振兴。他多次说过："我只是为社会保管财富。""爱心"与"慈善"，是碧桂园发展的文化基因。

企业家的精神财富

> 企业家不仅是物质的造富者，还应是精神世界的开拓者，体现一种人格特质和价值取向。

成功的企业家影响力并不仅限于经济范畴，还应致力于社会的发展进步，也就是说推进物质和精神两个文明。这就要求他们除了精于商道经营，也对世事有着深刻的阅知，并把握和追寻科学的规律内涵。

这样的企业家不仅是物质的造富者，还将是精神世界的开拓者，如此才能显示出更完全意义上的人格特质。太平洋建设集团董事局主席严介和，曾被冠以"黑马富豪"、"企业家中的哲学家"等绰号，翻阅他所著的《新论语》一书，会感受到一种多元文化的价值取向。

作为曾经的中学教员，舞文弄墨和言辞表达，是严介和社会形象的一个标签。他的《新论语》以严整的语言范式，深入浅出地诠释了商道和人道，从自己总结归纳的语录中，遴选800多条代表性的箴言、名句，通过"严氏正义"、"警世通鉴"、"PK古今"等几个部分，进行互补式的延伸解读，古今中外故事案例作为旁白佐证，以"拍案惊奇"进行总结收束，使现代语言伦理与传统文化嫁接一体。

我曾作为嘉宾代表，参加了严氏新书在北京钓鱼台的发布会及再版座谈会。谈及创作《新论语》的初衷，严介和说，中华民族由过去短缺经济的农耕时代，步入现在的后工业文明时代，伴随全球经济一体化的到来，延续了几千年的传统国学是否依然适用？他说，传统国学在当今三分之一有用要继承，三分之一没用要创新，还有三分之一起副作用。他所说的国学，是一种文化概念，而"论"与"语"贯穿了他对人生历程、企业发展、社会进步的辩证思考，多有批判诘问，突发奇思异想。

著名学者王国维说"有境界自成高格"。其实，优秀的企业家在事业的巅峰之际，也常有发乎于情的著述表达，他们回顾世事维艰和世道兴替，浑身洋溢着严谨的张扬、内敛的夸张，世间许多看似矛盾的内容，在他们身上统一融合，让人感受到一种群类的特质。

严介和有几句名言：在委屈中平衡，在妥协中前行，在放弃中收获，在波澜中求得静定。他赏识与理性的人处事、与感性的人交友，追求平常不平庸、随和不随便、放松不放纵，在谦卑和狂狷中不断自我完善。

严介和与其子"85后"的严昊一张一弛，父子此消彼长地在太平洋建设的舞台上逐步换岗。严昊继承其父的坚韧执着，但低调内敛，谨言慎行，行胜于言，是国内家族企业第二代掌门人中，被普遍看好的后继者之一，他经常在微信中传播《新论语》的内容，致力于把集团的事业推向新的阶段，这在一定程度上是严介和人生的最大成功。

社会正处在异彩纷呈的变革时代，其政治、经济和文化各个领域，都在呼唤和迎接着深刻的变革。《新论语》在这样的背景下应运而生，不仅提供企业经营的信息资讯，更蕴含丰厚的精神营养。比如，书中不但有充满传统理性的论述，更多有异向思维的不同表达；不仅强调和谐与融合的意义，也有把事物放大至极以后，以偏激求其效果的论证。如作者所说，是从有围墙走向无限的围墙，通过适度违规达到有效创新，从适度破坏达到建设和完美。让我们的脚步等等我们的心灵。

严介和在书中津津乐道地讲述他"赔5万不如赔8万"的故事。那是他创业初期挖到第一桶金的事。当时公司规模很小，接下的第一笔单子是一段高速公路建设。对于建设质量他要求严格，导致后来结算时，公司不但赚不到钱，还亏损5万多元。严介和胸有成竹，抛出了一句"赔5万不如赔8万"，继续严把质量，加大工程投入，以赔钱换来信誉，因为人们都不愿吃亏，但都同情吃亏的人，有关部门后来把其他工程又交给他，整个工程他最终赚了800多万元。这个案例据说入选了哈佛商学院的教案。

唐山探路：京津冀通衢与节点

公路"大通道"、沿海"大港口"、空中"大走廊"，唐山在京津冀协调发展中形成综合性立体交通。

打开京津冀协调发展规划图，京、津、唐三座城市呈三角形鼎足而立。唐山作为河北省经济总量规模最大的城市，与京、津多有交集和互补，而交通建设是其重要的支点。

建设京畿通衢与重要交通接点，既可提升京津冀经济社会协调发展活力，发挥京津向河北省东部地区以及东北地区的辐射和带动作用，还是建设环渤海经济圈架构的基础条件。

在这样的背景下，唐山统筹建设京津冀陆海空通衢，目前公路路网密度领先国内，是全国平均水平的 2.5 倍。港口规模称雄河北，与京、津形成了东出西联、南通北畅、辐射四方的立体交通新格局。

唐山市有 11 个区县和 3 个县级市，13400 多平方公里的境内，有 10 条高速公路，通车里程 546 公里，与市区环城高速形成了"四纵、五横、六条线"的高速公路网，称"O+X"型高速公路网。26 条干线公路形成了"七纵、七横、七条线"的干线公路网。

"要想富，先修路；要快富，修高速"。高速是交通体系的"皇冠"。唐山的高速公路建设，始于 1996 年境内的京沈、唐津高速公路建成通车。此后，唐山高速公路建设每隔几年就有新的延伸。2001年 11 月在全省率先建成环城高速公路，尔后京沈、唐津、唐港、市外环四条高速公路交汇互通，与京津、秦皇岛、承德等地，形成了东出西联、南北畅通的一个半小时高速公路交通圈。

农村公路建设是惠农工程，影响和关联着城镇化发展和新农村建设。唐山市在全省率先实现村村通油路、村村通班车，全市境内干线公路通车里程达 1313 公里、农村公路 1.23 万公里，全市农村客运班线达到 382 条、客运车辆 1050 部，5702 个建制村开通客运班车后，实现了"出门有路，上路有车"。

按河北省批复的《唐山港总体规划》，唐山港作为国家沿海重要港口和河北第一大港，是华北地区的综合运输枢纽平台，现已形成以曹妃甸港区、京唐港区为核心，丰南港区为补充，协调互动的"一港三区"发展格局，其东部有秦皇岛港，西向是天津港，几大港口由滨海公路连接在一起，把唐山北部的几个山区县融入了沿海经济发展圈。其发展背景是全市海岸线 229 公里，规划港口岸线 65 公里，码头岸线 190 公里。

2011 年唐山港货物吞吐量突破 3 亿吨，居全国八大港口行列。16956 米长的码头岸线上，形成了以钢铁、煤炭、矿石、原油为主，专业和大型化码头齐备的港口布局，通达国内沿海和长江中下游港口，以及 50 多个国家和地区，这是唐山东南通向大海的地平线。

唐山设有军用机场，拥有自己的民用机场，曾是唐山向天问路的蓝天梦想。唐山与首都机场和天津机场都在 200 公里以内，有必要建设自己的机场么？这个想法曾遭到许多人的质疑。随着环渤海经济圈的崛起，唐山拥有机场的愿望越来越迫切。2010 年 7 月，唐山三女河机场通航，成为河北省第四个民用机场，打通了唐山的空中通道，也成为首都机场分流的重要支线场站，现在已相继开通了广州、上海、昆明、三亚等多条航线。

《京津冀协调发展规划纲要》指出："努力提升区域一体化运输服务水平，发展安全绿色可持续交通。"唐山的公路"大通道"、沿海"大港口"、空中"大走廊"，显示了唐山交通在京津冀协调发展中的权重与位势。

卷七 论 政

政治文明有着丰富图谱

权力要忠实于人民

> "权为民所赋，权为民所用"。"民所赋"是为了"民所用"，这是权力观的本质。

苏联解体20多年后，一部集结国内数十位专家学者对苏联问题全景式分析的《苏联真相》一书，受到社会广泛关注。说是真相，其实更准确地说是对苏联解体事件的深刻认识，是对苏联"生平"的历史备忘。书中列举了这样一些耐人寻味的细节。

苏联的干部开会一般只做两件事：一是颂扬上级领导的英明和决策正确。二是汇报自己是如何贯彻执行上级意图的。政权的主要支撑力量全部来自体制内的官僚体系和社会阶层。

苏共中央曾收到乌兹别克干部群众数以万计的信件，举报乌共中央第一书记拉希多夫的各种腐败行为。这些举报信都按程序内部解决，或"报送拉希多夫同志"，也就是让被告来自行作出处理。

许多倡导改革者被称为"持不同政见者"，有的被关押劳改或送到精神病院，有的干脆被驱逐出境。虽然日常宣传上也有"改革"的口号，实则以"稳定"来替代和压制改革。

国家财富控制在特权阶层的手中，而特权阶层占据了庞大的既得

参加中央领导同志的书稿编纂工作，在北京中南海湖畔留影。

利益后，觉得原有的社会制度已经不适应自己巩固和扩大既得利益了，纷纷倾向和致力于社会制度的变革……

　　苏联号称帝国，是将宇航员送上太空并让总产值雄踞世界第二的国家，这个在美国生产一辆坦克的时间里能生产出来九辆坦克的国家，怎么会瞬间就解体国将不国呢？苏共的2000多万名党员在事变之时，怎么都成为"冷漠的旁观者"，仿佛都人间蒸发了一样呢？看了如上几个事例，再冷静地用良知来加以思考，都会扼腕叹息。

　　遥想当年，1918年苏联粮食危机时，有权调拨千百万吨粮食的人民委员瞿鲁巴，竟在一次会议上饿得昏倒；列宁在处理党和政府的关系时，胸怀宽广，他说"一切权力归苏维埃！"权力只是用来管理国家事务，那时是多么壮怀激烈。在物资极端匮乏和艰苦的环境中，苏联上下同心，决策的着眼点是放在了"人民"两个字和国家之上。

后来，虽然有了强大的权力和物质资源，但干部群众仍然保持了政权发轫之初的意志和精神力量，终于将一个欧洲的二流国家建设成为世界一流大国。但在苏联解体前，进行问卷调查的时候，认为苏共还代表着全体人民利益的人，只有7%了。

苏联沉浮的根本原因是制度和体制问题，正如邓小平所说："制度问题更带有根本性、全局性、稳定性和长期性"。制度问题体现在体制机制上，而体制机制在权力运用上的表现，就是集中代表谁家的利益。"权为民所赋，权为民所用"，让人想起当年苏联的兴衰病变，提示我们"水可载舟，亦可覆舟"，必须以满足人民群众日益增长的"权为民所用"的要求。

国际共运史上权不为"民所赋"、"民所用"的例证，反衬出了"权为民所用"之重。"权为民所用"的实践路径，不外乎从满足人民群众基本的知情权、表达权、参与权、监督权做起。因为现实生活中客观存在的诸多弊端，滥用权力、以权谋私、以权代法，妨碍着人民群众基本权利的运用和自我保护。

对权力进行有效监督，保证人民赋予的权力能够服从和忠实于广大人民的根本意愿，就要改变人民群众对权力监管的软弱乏力现象，推进有利于人民群众对权力监督的制度改革，包括建立对不称职者的弹劾罢免机制，鼓励和保障人民群众对权力者的公开批评，以法律形式保障舆论对权力进行监督，加大政务公开的力度，开辟更多的人民群众行使监督权力的"直通车"。

体现"权为民所用"的先进性，离不开"权为民所赋"，这如同车之两轮。纵观人类文明的历史进程，人民选择自身权力的最可靠方式是落实真正的选举制度。通过选举把权力赋予受到多数公众信任和拥戴的对象。尽管选举在特定情况下也存在些许弊端，但毕竟是迄今为止世界上公众赋权的最好方式。大力推进和完善选举制度改革，扩大人民群众选举范围，推进人民代表的竞争性选举，如此等等，需要科学有序地进行一系列改革尝试。

在 20 世纪的 30 年代，欧美笼罩在经济危机的阴霾之中，苏联经济仍取得了巨大发展，这是扬体制机制之所长。后来，作为领袖人物的苏共领导人简单、粗暴地强化特殊环境下的集权统治，最终酿成体制机制的极大弊端。这种集权和高压式的管理看似高效但缺少监督，人民群众并不买账，最终形成了表面上歌功颂德的应景，实际上社会矛盾急剧叠加。人民失去表达意见的自由时，必然会疏远沉默和产生憎恨。而体制驯化下的许多人，养成了思维简单、机械服从和虚伪应付的陋习，这个民族就不会再有多大希望了。俄罗斯民族在世界思想和文化史上曾经有过杰出的贡献，涌现出了一个个光辉的名字，但是在苏联中期以后，基本没有出现过与先前的历史伟人相提并论者，这个体制失去了先进的内涵。苏共的内部也曾有人试图医治体制的顽疾，但最终都被体制给无情地打败了。

提出"权为民所赋，权为民所用"的口号，有着深厚的渊源和现实背景。每个时代都会列出属于这个时代的严峻命题。前事不忘，后事之师。有改革开放带来的强大的思想和物质基础，有坚强的面向世界和未来的宽广胸怀，有推进社会前进的社会中坚力量，解决好"民所赋"、"民所用"的关系，就一定能破解苏联解体的历史命题。

发展之路是兼容

社会的多侧面、多元化，需要用兼容的目光去观照，用兼容的态度实施综合性治理。

建设和谐的社会，即在中国传统文化和有关和谐理论指导下，实现社会资源兼容共生、社会结构合理匀称、社会运筹科学灵活的社会形态。在这里，"兼容"是和谐社会的代名词。

公有制和非公有制经济是社会发展的任督两脉，两者需要兼容并蓄；非政府组织是政府的伴侣，是社会融合的黏合剂，需要兼容并存；民主党派是和谐社会中跳动的特殊音符，需要与执政党和平共处。各个社会阶层关系中，都要讲究兼容。比如，东部、中部和西部等兼容发展，才能促进经济的和谐共进。各个民族的繁荣发展，才构成了完全的国家意义。总之，兼容总是与和谐形影相随的。

在各个领域的发展中，兼容昭示着一种思路和方法。年轻的盖茨出道计算机行业时，就得益于兼容之道。那时 IBM 公司和苹果两大公司早已称雄，无论他们怎么拼杀也轮不到时下的盖茨。但两大霸主自成体系，制造各不兼容的计算机，而且买我的主机才能买我的配件，盖茨用战略性的思维，生产通用的计算机软件，以兼容而取代分治，最终以兼容打败了专制。

兼容说起来容易，做起来难。因为兼容就要部分地否定自己，适当嫁接别人的优长。有专制意识的人是断不能这样做的。要不怎么有唯我至上、唯我独尊、唯我独革呢！按说 IBM 和苹果公司也应想到兼容，因为有人向他们提过类似的建议，但他们只看到了靠专制形成的基业和利益，没有看到时代和社会在融合演进，这样的例子在许多行业都屡见不鲜。

兼容常使人想起哲学上"度"的把握。度的两端是事物的极限，超出极限，事物就转变了质态，而变成了其他。如水在一定条件下变成了冰和蒸气。所以照顾到两极而不失偏颇，才能保持科学的认知。其实中国的改革开放就是在兼容中发展，向左可能要复归到过去的极左时代，向右就有全盘西化的忧虑，正是在这样一条河流中"摸着石头过河"，兼容在这里就是度的把握了。

佛教有句用语叫"不二法门"，意指不走两个极端而处中才能得其实在。从治大国到烹小鲜概不例外。我们有些管理容易失之偏颇，就是在这些理念上有时顾此失彼，有时又矫枉过正了。

刘少奇的几本著作最有现实的指导意义。他讲"人人为我，我为人人"，就是兼顾了个人和社会的关系，而不似强调毫不利己、专门利人那样绝对至高。你不聚万贯家财，但总要考虑生活之虞吧，真正的毫不利己固然高尚，但凡人恐怕不可企及。还有吃小亏占大便宜之说，强调了所失和所得的辩证关系，我觉得是做人做事的正道。人们都感到你吃亏时，你就得到同情的高分了，人们和社会都会同情和帮助这样吃亏的人。

毛泽东老人家逝世前九天还要看的书是《容斋随笔》。书中许多事例都有兼容的意义。比如有时讲姜是老的辣，有时则讲后生胜过老将；有时讲三个和尚没水吃，有时讲三个臭皮匠合成一个诸葛亮；有时讲孤掌难鸣，有时讲独立自主。如此等等，既讲王道，又讲霸道，宽猛相济，兼合为一，都按具体时势来运筹并无片面和绝对，如此治国理政，真是博大精深。这是充满知识和人生阅历的大书。毛泽东写诗作词，偏重豪放，不废婉约，也是不拘一格兼容博采之大家。

言及时下的宣传，也不外此道。比如说，既要当好官方的喉舌，又要反映群众的呼声；风格品位要向上，眼睛要向下，既要高尚严肃，也要俗雅共赏；在经营管理上既要经济效益，又要兼顾社会效益；在资本结构和体制上，既强调主体控股，又嫁接多元；等等。

中国传统文化中早就有兼容之意，除了"中庸之道"的论述，还有海纳百川、有容乃大，百花齐放、百家争鸣的说法。著名学者艾丰在《中介论》中强调了看问题的一分为三，而不是强调斗争哲学的一分为二。因为黑白之中有灰色的过渡、左右和上下之中也有个中间过程，就是向上抛物，在掉下来前还有个静止的状态。我想他说的事物的三分法，就是强调了兼容。非黑即白的两分法，那是已经摈弃的斗争哲学的理论根源，与建设和谐文明的社会毫不相容。比如，分析问题要有兼容的观点，不能对持不同意见的人，一棍子打死，要能容言、容过、容异，还要容才，这样才能营造和谐的社会氛围。

政治家的事必躬亲与委任责成

政治家的举手投足、只言片语有时意味着扭转乾坤。多数人秉持躬亲巨细的风格，并对他们的历史形象产生影响。

政治家身上从来没有细微小事。他们举手投足，只言片语，都易为社会舆论揣摩和放大，有时甚至惊世骇俗，因为有时这些都体现着国家意志和形象。比如，谁看了一场演出和球赛、谁不慎跌跤休息了几天、谁赢了一场无所谓的棋局，都易为世人猜疑和探究。

政治家涉猎政治、经济、文化、军事各个范畴，许多工作始于繁杂的细节。我们对他们的着眼点，应该关注于他们身上有益的小事，而非无益的琐事。通过去粗取精、去伪存真，剔除无益的猜忌和揣摩，挖掘和发现他们身上的本色。

在政治生活中，许多政治家们躬亲小事，不避烦冗，勤于政务，细腻之情耐人寻味。

在国家三年困难时期的 1961 年，中共高层领导人陈云在杭州开会间歇，要通了远在北京的商业部长的电话，告诉他当年发给老百姓的布票不能比上年少。因为那时物资供应贫乏，实行计划经济，全国买布都要用布票。他还打电话给纺织部长，商量加快生产尼龙丝袜子，替代布袜子，让老百姓的袜子更耐穿，因为那时还有许多人穿不上袜子。也是在这个时期，陈云仔细算过一笔账：如果每公斤体重需要一克蛋白质，全国人均体重按 70 公斤来计算，几亿人需要多少大豆来提供蛋白质，全国的大豆如何满足这个数量，如何确保城市人口的供给，他尤其对财政税收中的一些小数字如数家珍……人们常说陈云是名副其实的经济学家，这些小事构成的细节，就印证了这个结论。其实，我们常说的经济学家，哪怕他是搞宏观经济研究的，也不应该脱离这些细枝末节，有时用一些小的故事情节，可以反映重大的主题内容。

在从政的风格上，有事必躬亲、注重微观的一类，也有抓大放小、善于委任责成的另一类，因人因事而异，各有所长，但细微的小事，经过放大后常让人感到尤为亲切。

抓工作都要以抓大事和主旨为前提，取纲举目张之效。但没有事必躬亲的精神，抓大事就无从谈起，就缺乏了实施起来的保障。躬亲小事，体现了一种率先垂范的榜样力量，对许多事情亲力亲为，适当参与下属权力的行使，能推动施政纲领的贯彻落实。反言之，否定小事和细节的价值作用，抓大事就容易成为无本之木、无源之水。

抓大事和亲小事水乳交融，密不可分，一个是注重把握方向，显示为政的决策角色和作用，一个是通过亲力亲为进行调研和落实，从而避免脱离实际，忽略和偏离大势，使宏观计划和方针成为空中楼阁。

在几千年的中国历史上，较好履行了自己职责的帝王凤毛麟角，但也留下了许多事必躬亲的佳话。据资料记载，乾隆在位 60 多年，"于一切纶章宣布，无非断自宸衷，从不令臣下阻挠国是"。雍正执政的 13 年中，至少批阅奏折 2.2 万余件。明代的朱元璋则每天审批奏折200余件，处理各种事务百余件。至于"政事无巨细，咸决于亮"的诸葛亮，甚至亲自校对下发的公文。这和后人赞誉"无为而治"的尧舜，和放权宰相、安逸自乐的唐代太宗、玄宗，真是两种风格。

既要抓大事，又要亲历小事，对为政者来说是件十分艰苦的事，因为他们虽然能体会成就感，但挫折感也不在少数。康熙就发牢骚说："肩上重任无可旁委，终日无安宁止息，无法退避藏身！"但为政者以治国安邦为己任，只能苦在其中，也乐在其中，才能够为后人所景仰。

现在看来，政治家应该是具有现代意义的复合型人才，善于将抓大事和亲小事相结合，具有广阔的视野，而不是狭隘保守；具有历史和文化眼光，而不仅囿于政治、经济的功利视野。治大国又烹小鲜，尊重事物的复杂多样。

许多政治家们创造了惊天动地的事业，唯细节才显示出平实率真的性情。因为小事一般不需要介入很大权力，而一个人的魅力，又恰恰来自权力的反面。这就启示我们要像写作中重视细节描写一样，注重透过小事窥见大的方面，因事及人，由小到大，当然也要尽量克服那些无厘头的想象和揣摩。

在崇高和信仰中穿行

　　一个民族对英雄人物缺少崇尚和景仰，势必带来历史的
虚无主义。这样的民族是有缺憾的。

　　一个有着 14 亿之众的大国，在庆祝七十华诞之际，授予 40 多人
国家勋章、国家荣誉称号，这是强化国家和民族意识，凝聚时代精神
的需要，有利于形成见贤思齐、崇尚英雄、争做先锋的社会氛围，其
分量之重，让人心绪久远，勾勒起一部壮丽的史诗。

　　根据宪法、国家勋章和国家荣誉称号法，全国人大常委会通过这
次授勋表彰活动，由国家多个部委办和群众组织发起推荐和评选，这
是新中国成立以来，规模最大、规格最高的一次评选活动，以此庆祝
新中国诞生 70 周年。

　　"不思量，自难忘。"社会形态的急剧转型，催生了人们普遍的回
味心理。物质的愈加丰富，以及中国走向世界强国之列的现实，使人
们对过去经历的艰辛和苦难倍加珍视。而授勋表彰活动，就是一段艰
苦坎坷历史的回顾和重温，是爱国主义和人文精神的回归。

　　透过历史天空的烟云，人们再一次从时代的角度去追随黄继光、
雷锋、王进喜等英雄前辈的足迹，再一次体味袁隆平、李四光、于敏

多次赴东北和内蒙古地区采访调研，图为在中俄边境满洲里国门处。

等科学巨擘们的科学、敬业的精神，以及众多受表彰的人民英雄、人民楷模和人民艺术家等。"爱国、奉献、无私、感动"，是有着精英"标本"的。

　　"一个民族有一些关注天空的人，他们才有希望；一个民族只是关心脚下的事情，那是没有未来的。"这是2007年5月14日时任总理温家宝在同济大学与师生座谈时说的话。我理解，在他的心目中，天空寓意着真理、正义和胸怀。仰望星空，就是要做一个关心国家和民族前途命运的人，做一个心系社会、心里能装得下星空的人。

　　核心价值观是一个民族思想文化和精神世界的综合反映，是一个民族走向辉煌卓越的推手。在英国的街头上，间或可以见到一尊尊大理石雕像，有英国历史上的卫国英雄，有享誉世界的科学泰斗，有献身人类政治文明的杰出政治家。在伦敦著名的几个大教堂里，还安葬着许多著名的历史人物，以供后人怀念和瞻仰。我还曾看到，在布鲁塞尔广场上有个被称为英雄的撒尿的小孩雕像，他浇灭了敌人炸毁城市的导火索……在中国，英雄们的雕像大都矗立在烈士陵园里或专门的纪念地，而绝少在公共空间中出现，其实，高大的英雄雕像应该成为自然界的一个独特景观。

由于社会转型期的冲击，这些英模人物留给后人的价值观，一度受到挑战，那些曾经为国家兴亡、民族自强献出生命的英雄模范，在娱乐化的情绪中一度被歪曲和误解，甚至被某些"恶搞"。社会的发展固然需要社会价值观的多元化，一些文体明星可以成为青少年的偶像，但有一种精神的力量是岁月不能磨蚀和淡去的，那就是一个民族对英雄人物的崇尚和景仰。

据说，八宝山革命公墓将规划辟为国家公墓。有关方面也在探讨向有些国家一样，设立国家军人公墓，以纪念那些为国捐躯，或为国家作出杰出贡献的人。仔细审视着这些功勋人物的头像，以及那些曾广为流传并不陌生的事迹，深刻记载了这块古老土地上曾发生的许多故事，印证着一个历经苦难艰辛的民族，怎样走过了不平凡的历程，从中可以看到一个民族正在崇高和信仰间接力穿行。

润物无声中的民主进步

虽然民主决策多有建树，但在政府和民众之间、政策和民意之间，还有不同的诉求和遗憾。

某宇航员说过一句脍炙人口的话：他的一小步就是人类的一大步。推衍开来，有时候看似不经意间出现的一些小事，其实表现了社会发展的一大段里程。比如，几起似乎并没有直接关联的小事，但联系起来评估其潜在意义，就可能发现它们串起的一系列变化的内核。

国务院部委办局各单位的年度收支"账本"，包括以往被认为是"秘密"的政府预算，近年来都公开于阳光之下，引发了社会各界的广泛关注。

多个地方政府部门就违规拆迁、"钓鱼执法"等现象，向社会公开道歉，撤销原有处罚决定，承诺政府赔偿，严肃处理责任人。

全国人大常委会审议选举法修正案草案，明确我国城乡将按相同比例选举人大代表。过去农村每位人大代表所代表的人数四倍于城市人口，即农民选举权只及市民四分之一，将成为历史。

中纪委、监察部构建覆盖全国的纪检监察"网报"体系，各地也开通纪检监察举报网站，受理对领导干部和行政监察对象的举报……

　　这些如果用标准的官方语言表述，是反映了我国民主政治建设的进步，体现了民众的知情权、参与权、表达权和监督权。透过这些现象层面，有三个方面的意义不容忽视。

　　一是许多改革初始于经济比较发达的地区。我国珠三角和长三角经济发达地区的变化首当其冲。如城乡按相同比例选举人大代表最早在这两个地区中产生议案。看来经济发展是提高国民觉悟的基础，并推进上层建筑进行改革。

　　二是这些事件都经过了一定阶段的孕育过程。有的是颇为曲折的拍案惊变，有的是审时度势的应势而发。有的事件发生后，先是遮掩和推诿，或掩面自责，应付社会舆论，其发酵的过程，就显示了进步和健康的力量。

　　三是民众利用媒体推动事情向好转化。比如，深圳市有个"公共预算观察志愿者"的民间组织，多次利用媒体吁请国家部委和地方政府公开财政预算，最终使广州得风气之先，继而推向全国。

　　全国人大是国家最高立法机关，中纪委是党内最高检察部门，随着法律法规和行政体制的不断完善，也由于政府执政能力的不断提高，政府和民众之间维护"四权"的协调力度正与时俱进，这无疑将大力增强国家力量和社会的活力。

　　看似孤立的个体事件，可以构成事物持续发展的内在链条。民主的发展固然要受到国家政治、经济、文化水平的制约，"行百里者半九十"。虽然在发扬民主政治上多有建树，但在政府和民众之间、政策和民意之间，其诉求还有不小的差距，留有不少的遗憾和悬念。

　　按《政府信息公开条例》的要求，全国"两会"代表都应拿到有关预算报告，财政预算取自纳税人，本应向纳税人公示，但非要标注上"秘密"、"会后收回"的字样，这难免有违"取之于民、用之于民"

的法理。

地方政府部门承认错误并道歉，许多是公共危机下的正确选择，但有时给人这些个案只是偶尔"失手"的印象。人们呼吁的是应该完成从对孤立事件的惩处，到"执法生态"的根本转变。社会的进步可能就是这样，点点滴滴的细微变化，驱动历史的车轮缓缓前行。

中国现代版之"弄臣"

社会生活中存在着严重的"弄臣"化倾向。比如，社会的假面化、唯利性，为既得利益可以出卖灵魂。

《荀子》云："口能言之，身能行之，国宝也；口不能言，身能行之，国器也；口能言之，身不能行，国用也；口言善，身行恶，国妖也。"把言行不一的"双面人"称为"国妖"，可见这种人对国家的危害甚大。官场"双面人"借助假面具攫取权位，谋取私利，让人不时想起在国家大剧院上演并轰动的意大利歌剧《弄臣》。

《弄臣》是雨果创作的一个悲惨故事，但一开场却让人过足了眼瘾，极尽奢华的公爵府邸，充斥着嘉年华般的狂欢气息，身着华丽服饰的美艳女人们活跃于舞台，一派声色犬马。弄臣里戈莱托围绕在公爵身旁，寻欢作乐，欺世盗名。虽然为众人所诟，罪恶感和惧怕感与他如影随形，但他通过玩弄众人，欺世盗名而使自己得到了安慰，进而又心安理得地操控着宫廷之乐。

剧情发展总在绚烂喧嚣中，潜伏着一股淡淡的忧愁，像雾霾笼罩着人们，时时刺激着你的神经，于是就构成了复杂的剧情。《弄臣》最后一幕，展现的是坚固的石堡、阴森的气氛，加之雷电的声光效果，几乎将人吸进无尽的黑暗中，弄臣想尽办法换来的是自取其辱，钱财散去，女儿非命，一切归于凄凉，等于用自己全部的本领，卖弄了自己的愚笨。

"弄臣"这个词的发明权其实是中国的汉文帝。汉文帝身边有个名叫邓通的大臣，时为太中大夫，很得宠幸，汉文帝称之"弄臣"。后来人们把翻云覆雨、从害人害己中分一杯羹的小人称为"弄臣"。弄臣其实是个可悲的角色，他既是官僚体制内的臣子，又是插科打诨不为重视的过客，是一味营己之私、把自己连同人格一起抛弃的人。

中国进入了对"问题高官"的高频惩治期，许多涉嫌的官员也都有着"弄臣"的色彩。一些先前的政界精英们精于表演，口蜜腹剑，颇具政治正确的喜剧色彩。其言其行，常引得人们莞尔一笑：有的政坛经营多年，台上台下不一，所有好听的话都沦为自我讽刺；有的买官卖官，贪污受贿，追求情色，一切与腐败沾边的事都沾上了；有的竟自称"不留败笔，不留遗憾，不留骂名"。

这似乎都已经成为一种不良社会风气。比如以公安部前部长之尊，披着公正执法的外衣，公然袒护作奸犯科者。财政部原副部长，为亲属经营活动捞钱，接受豪华住宅，造成国有资产损失……

《弄臣》中有首广为传播的歌曲《女人善变》，是说女人水性杨花，感情世界中充满了变数。其实，这些贪官们何尝不善变百般呢？他们把自己包装成"清官"模样，内心充满了矛盾和煎熬，不得不"隐藏"自己，玩弄表演术来饮鸩止渴。从弄臣的剧情展示中，我们可以看到弄臣者巧言善变，虚伪奸诈，唯利唯己，一切以喜剧始，以悲剧而终。他们的表演欺骗了许多善良的人们，以至于有的贪官认罪伏法后，人们还不敢相信现实，竟怀疑可能"搞错了"，说明弄臣如果"弄"得好，在特定的条件下也是有用和有效的。

　　我们的社会生活中产生着严重的"弄臣"化倾向。比如，社会面具的假面化、唯利性。明里正襟危坐，心里海淫海盗，为钱权可以出卖一切。社会每时都在演出活生生的闹剧：今天趾高气扬像一只公鸡，明天威风扫尽，就成为鸡毛掸子。

　　有资料说，毛泽东生前不愿看话剧，他说人们每天的言行都在上演着话剧。还有人说不具备专业的耳朵，最好不要去看《弄臣》，因为面对的是美声唱法，但《弄臣》这个剧目的精髓，作为极具现实批判意义的参照是达到了。

柔性表达体现管理者的智慧

对按部就班的日常生活，社会管理者干涉越少越好。协商对话、疏通民意越早越好。

近年来，全国多个城市陆续出现过出租车罢运风波，拷问行业的经营模式，直指出租车管理的一个共性问题——公司化的盘剥克扣。

各地罢运事件的主要原因是高额"份儿钱"。重庆出租车司机说，一天运营下来"板板钱"要占到70%—80%。广州出租车司机说，一辆车5年的承包费用达30万元，即每年费用达6万元，而政府卖给出租车公司一个指标25年才收5万元。"每个月要交管理费，还有修车费、保险费，每月支出算下来七八千元钱。"而经济不发达的海口市，出租车经营权出让创下过18万元的纪录，当地人称为"天价车"。

出租车本是最适合个体经营的事业，但通过行政审批，成为某些公司经营者的特权。这种多有弊端的经营模式，让一些人成为食利寻租的阶层，难怪人们怒目所视，政府有关部门实在有失职和懒政之嫌。这也是"滴滴"等能迅速走红各地的背景因素。

中国的出租车行业起步于20世纪80年代，当时改革开放不久，个体经营的出租车司机们纷纷找企业挂靠。90年代后，政府为规范经营，实行数量管制，并提出禁止挂靠，出租车公司必须"名副其实"。于是，大多数城市采取产权和经营权分离的模式，即承包经营，由出租车公司从政府部门获得出租车经营权，司机则大部分出资购车，承担运营费用，按月上缴管理费。这种模式引发了该行业的种种问题：出租车公司不是发挥规模经济效应，化零散为集中，降低成本，为乘客提供更好的服务，而是垄断整个行业，索取大量中间利润，将应缴的多项税费转嫁于司机，还经常收取各种明令禁止的费用和罚款，政府也饱受其累。

出租车行业完全没有必要设计成"法定垄断"的行业。作为竞争性领域，应当与餐饮业等其他服务业一样，可以有条件进入，数量比例由市场调节。交警管违章，税务管收税，工商管登记，政府可以超脱地从事行政管理。

各地发生罢运和停驶等类似事件后，政府和交通运输管理部门急来"抱佛脚"，在协商中施压，让出租车公司在利益分配上做些让利，化解双方矛盾，平息罢运事件。比如：重庆市主城区出租汽车一度全城罢工，罢运的主要原因是加气难、黑车多、罚款多。后来，有关方面称出租车公司擅自提高"份儿钱"违规操作，责成其降回到原来水平。

据媒体报道，不良经营环境是我国各地出租车司机难以忍受的根本原因。内部有苛捐杂税，外部有不平等竞争，出租车行业取消"准入歧视"，实行个体化改革，是化解这些矛盾的必然路径。近年来，地方政府都在警惕出租车罢运事件的蔓延，纷纷开始酝酿清理和规范出租车行业管理，以维护出租车行业的稳定和发展。但在开辟社会的车源上，似乎可以有更多科学的管理办法。

政府的工作千头万绪，如同弹琴，必须用到每一个音孔，提起一指，按下另一指。管理的全盘技巧，在于用理性化解非理性，顾此及彼，充满智慧地疏通和汲取民意。

历史掌故撩动现代神经

清官，贵在一个"清"字。由俭入奢易，从奢入俭难。

范文澜是我国著名的历史学家，北京大学毕业后，曾留任当时校长蔡元培的秘书。时代的混乱绕不开宁静的校园，1934年他被当作共产党的嫌疑分子抓进监狱。当有人找到当时的国民党宣传部部长陈立夫保释说情时，陈问："你们怎么知道范文澜不是共产党呢？"答曰："范文澜生活俭朴，平时连人力车都不坐，常步行上班，不吸烟，不酗酒，并把薪金捐给学校图书馆买书……"陈立夫听了顿时拍案："这不正好证明他是共产党吗？只有共产党才有这样的傻子！"范文澜出狱后，对同事千家驹说："原来生活俭朴，是共产党的证据！"

史上的共产党都是些什么样的人？共产党人的力量在哪里？有时看看对立面是如何评述的，比自己的推介和表白更有力量。当然，陈立夫说得并不全面，范文澜那时还不是共产党人。他出狱后不久奔赴延安，下车正赶上延安军民在欢庆"五一"，他穿着长袍马褂就加入了游行队伍，以至于后来有人向毛主席汇报游行的情况时说，连地主老财都参加了游行。毛主席听了大笑："哪里是地主老财，那是范文澜！"

　　清代陕甘总督左宗棠治疆时，率部植树种柳，绿化边陲，至今仍存大片林木，人称"左公柳"。摄于2021年6月。

读史，总会在岁月的浪花中偶有所得，加深我们的认知。在浩繁的史料中，发现现实中的影子和比附，让你在时光的隧道中去尽情联想。

我曾看到中南海国务院西北门，红色的油漆已经斑驳，每次路过那里，总想这个大门该刷漆了，但它刷与不刷，意义可不在小。这扇号称西北门的大门至今没刷，这在京城兴师动众的大兴土木中，保持了一种特殊的风格，门庭是耐人寻味的象征。

遥想当年，毛泽东带领中共中央就是在延安的几孔窑洞和西柏坡的土房里，指挥了世界上规模最大的人民战争。美国著名记者斯诺到延安采访时，看到毛泽东住在破旧的窑洞里，身着补丁军装，吃的以地瓜、野菜和红辣椒为主，他从中领悟了共产党人的精神力量，并预言这种"东方魔力"最终会打出一个新的中国。一个是物质雄厚的利益垄断集团，一个是白手起家的草根组织，弱小的力量最终战胜了强大的势力。

"山不在高，有仙则名。水不在深，有龙则灵。斯是陋室，惟吾德馨。"一个人、一个组织必须葆有一定的精气神。精就是精神状态，气就是凛然的气节，神就是远大的理想和志向。

历史从来不是平面的，而像多棱镜般光怪斑斓。当土窑洞被豪华的楼堂馆所替代，当权力可以得到超出人们许多的便利和特殊时，权势就成为一剂春药，容易让人痴迷至死。从这个意义上说，连篇累牍、前赴后继的反腐故事，是新的历史条件下的生动读物。

有位官员朋友深有感触地说：组织上把我们放在了不管钱、不管物的岗位上，真是在保护我们。这句话也算是微言大义。国家在着力建设科学严密的反腐倡廉体系，严肃告诫法律面前人人平等、制度面前没有特权、制度约束没有例外，这是国家一步步走向现代化治理的标志。

　　清官，贵在一个"清"字，而不仅在于"官"。许多原本努力向上、干事创业的人，从不沾一分便宜，到花天酒地、挥金如土，究竟是谁害了他们呢？人们可以列出制度因素、社会背景，但归根结底还是咎由自取。极度的享受和无节制的物欲，驾驭着腐败的车轮，滑向了历史的另册。

关注天空也拥抱大地

每一代人都有每一代人的时代背景，每一个人都有属于自己的天空。

2009年7月22日是个特殊的日子，这一天500年一遇的日全食奇观陆现我国长江流域，千载难逢的日全食在亿万人的瞩目下现身天宇。

早上，太阳照常从东方升起，九时左右，从印度西海岸开始，扫过尼泊尔、孟加拉国、不丹后，依次进入我国藏、滇、川、渝等12个省（区、市），随后进入浩瀚东海，消失在辽阔的太平洋海域。

是时，太阳徐徐被月亮"吞掉"，成为挂在天上的一个"黑饼"，看着太阳周围仅绕着一圈光晕，白天里的黑夜达6分30秒，天空由昼似夜，而后的太阳又是一轮全新的红日，这些天象奇观，带给我们无尽的思索。

人们会据此发问：世界上还有绝对的真理命题吗？连太阳都有显现黑暗的时候，还有绝对的非黑即白的两分法吗？在太阳由亮至黑的转变过程中，分明有长时间灰暗的过渡。当人们仰望太空，再次看到红日再现时，不禁为自然界周而复始的更新而打动，为它赋予人类的生存哲理而释然。

历史上日全食带大都出现在浩瀚的海面、荒无人烟的高山和起伏的沙漠带，真正能被成功科学观测到的日全食很少。这次的日全食却穿过了中国和印度这两个世界上人口最多的国家，横扫人口十分密集的区域，宽度达到250公里，观瞻的人数逾3亿多，创造了吉尼斯的世界纪录，说明在这个世界上，可能没有不能发生的事情了。

其实不只是天文爱好者，很多普通人也对这次天文现象充满期待和思考。当一个天文现象引起亿万人的瞩目、追捧的时候，它就不仅仅是天文动态，而演变为一场社会性事件。国家有关方面为安全应对日全食，防止迷信猜测和心理恐慌，严防发生拥堵和踩踏，采取了许多预案，无一不起到防范的作用，但由此引发的一场天文热潮，由天文科学延伸而来的相关经济热潮，又是人们始料未及的。

在日全食平安度过的当天，记下这个星球一隅发生的诸多事件，将成为今后若干年的备忘录——

东北某地硝烟弥漫，战火连绵。这一天，中俄两军总参谋长共同签发联合军事演习战役训令，中俄反恐军事演习"和平使命—2009"正式开始。2600多名中俄士兵，在非同寻常的这一天，用军人的行动展示各自国家的意志，其目标非常明确：共同打击"三股势力"，为和平而战。此次演习历时四天，参演兵力编成复杂，中方使用了多制式防空导弹，说明世界上"魔"与"道"的博弈方兴未艾。恰逢中俄建交60周年，中俄以此为契机，推动战略协作伙伴关系走向新阶段。

在流火的7月里，季羡林和任继愈两位学术巨擘静静离世而去。作为中国社会科学的泰斗，他们留给后人一个大师精神稀缺的年代。

网友们盛赞"大师淡泊名利的品格"。季羡林一生都在对艰涩难懂的印度古代语言，特别是佛教梵文及吐火罗文进行翻译与研究，黄钟毁弃、瓦釜雷鸣的十年"动乱"之时，也不为所动。任继愈在卷帙浩繁的古籍文献整理中，自谦"用了60年时间，做了别人不愿意做的基础性工作"，曾被毛泽东誉为"凤毛麟角，人才难得"。两位大师的学术人品和人格魅力，让后人高山仰止，透过历史的烟云，体味科学界真正的精英标本。

价值观是一个民族思想文化和精神世界的综合反映，正确的价值观念是国家和民族史诗中的强劲音符。日月星辰，世间万物，都有着某种神秘微妙的联系，而每个人都有着属于自己的那片天空。

把 2008 的感动留给未来

2008 年是中国前进过程中的一次"撑竿跳"。这个顶点的最高值，给了我们许多启示。

从新年伊始特大冰雪灾害陡现南方地区，到西藏分裂势力引发的一连串暴力事件；

从山崩地裂、万民倒悬的汶川之难，到尽情表达中华文化内涵的奥运会盛典；

从首次实现千年梦想的宇航员太空漫步，到中国军队首次走向海外巡访亚丁湾；

从巨大的垮坝事件和矿难事故，到尾随至年末的经济危机的重重阴影；

......

2008 年，中国历史上必将用如椽大笔来书写的一个年份，也必将在历史上留下深刻的印记。

那一年，中国经历了诸多极不平凡的苦难、震撼和激情。一个个历史场景铭刻在人们的心里。一幕幕起伏跌宕的悲喜剧，擦干了人们悲伤和幸福的泪水，使整个社会向成熟迈进了一大步。

那一年，充满了人类与自然的较量，中国与世界的互动，文明与愚昧的博弈，响彻着中国迈向世界强国之列的强劲足音。人们记下在这段时间里，参与或目睹在这块土地上发生的许多第一次，标注着度过的不平凡的时局：

第一次举国为普通遇难者降半旗并设立哀悼日；

第一次出现 170 万之众的社会志愿者队伍；

第一次全社会募捐款项创出了 470 亿元的纪录；

第一次设立时间、区域有限的自由示威区……

一个古老的新兴大国表现出的勇气和智慧，将一切无法回避的灾难、矛盾和挑战，都注入了历史演进的长河。那一年或许也是一个转折，后来的许多年景大都充满了各种不如意，许多事态的发展和结果相形见绌。

2008 年是中国前进过程中的一个"撑竿跳"，是前进路上的"北斗星"，也是中国历史发展绕不过去的一个"门槛"，需要后人认真总结和反思这一年怎样达到了顶点的最高值，它给我们哪些深刻的启示。

每一次民族的进步都是过去历史的演进、孕育和积蓄，昭示未来发展的价值取向。我们有必要从纷繁复杂的世相中，提挈纲目，理顺 2008 年的进程和发展思路，从中发现内在的突破和规律性。只有付出这种努力，才能不负这一年的曲折和劳顿，才有理由向过去的一年行"告别礼"，转身去迎接新的生活。

这一年 9 月开始，我赴中央直属机关党校学习，直到翌年春节。作为毕业论文，我出版了《中国的精神记忆：2008 年沉思录》一书，梳理这一年中国的大事要情。书稿采用叙述事例，同时加以点评的方式，共为 10 章，分别论述了生命、国家、人性、公民、媒介、军队、

从年初特大冰雪灾害到汶川大地震，从北京奥运盛会到实现千年梦想的太空漫步，2008 年给世人留下了深刻印记。人们不仅记住了美好和光明，也记住了挫折和磨难。此书 2009 年 1 月由人民出版社出版。

情怀、信念、履新、理智 10 个方面在这一年中的变化。这是一部完成了的著作，书中介绍的一切都是展示昨天的历史。这又是一部尚未完成的序列，许多事情还将是这一年的延续。

中国将应对复杂世情变化的新挑战，寻求为更大的突破和发展破题。四川灾区重建与时俱进，巴蜀大地展现出各地援建的崭新家园。应对世界经济危机对中国的影响，许多重大改革举措方兴未艾……从这个意义上说，这本书既不是纪实文学作品，也不是新闻报道集纳，而是承前启后的阶段性纪录和评述性成果。

虽为"急就之作"，也算是对这一年分分总总的诠释和备忘。《人民日报》专门刊载了中国人民解放军原副总参谋长熊光楷上将为此书作的序言"追寻精神上的富足"，扩大了本书的社会影响。

借你一双观世的慧眼吧

> 观察社会现象需要由此及彼、由表及里，才能把纷扰看得清清楚楚、明明白白。

近年来，许多地区发生的恶性劳工事件，如富士康多名花样年华的员工跳楼，长途运输的司机不堪欺辱，以服毒为控诉，反映了社会在发展和转型时期，一些必要的机制建设未能跟上，造成社会不公平、矛盾不断激化，弱势群体只能以极端手段作控诉乃至报复，催生了人性之恶。

富士康的30多万名工人像一盘散沙般处于弱势地位，资方在许多方面可以肆意而为，最终导致自杀甚至暴力事件的连番发生。劳工组织薄弱是造成富士康员工跳楼事件的关键因素。这一系列事件虽没有对社会构成安全威胁，但引起了社会的广泛关注。

于是，富士康采取措施，将员工宿舍栏杆加高两米，以防止员工跳楼，这真是个匪夷所思的问题。稍有常识的人都知道，跳楼的人都不是因为栏杆太矮而意外坠楼，而是对社会的悲观绝望……对这样的群体，以加高栏杆来阻止应对，无异于扬汤止沸，是无的放矢。

有些校园的凶杀案发生后，也采取了相应的对策。防范的措施之一是增加门卫保安，有的给学生及家长办理出入证，有派驻校警的，有发放防暴器物的，甚至有个别处动用警察护送学生上学。这些措施对防止犯罪再次发生，或许有防范作用，但不能从根本上解决问题。犯罪分子对无辜的孩子下手，有的是报复社会的歹徒，有的是曾经遭受不公正待遇、心怀仇恨的社会弱者，对付不了比他强的人，只能贻害孱弱的人。

许多社会问题，要查找深层次的社会原因，而绝非头痛医头，甚至是头痛医脚。正像有一首歌《雾里看花》中唱道："雾里看花水中望月，你能分辨这变幻莫测的世界……"

富士康的老板很自信"富士康不是血汗工厂"，或许指的不是像山西黑砖瓦窑雇用童工那样的工厂，但只要是人就要有自由和尊严的保障，这些他的员工们恐怕是有缺失的。无论是跳楼事件抑或校园血案，不少舆论将其归咎于不能承受压力、模仿效应、管理模式落后，或社会心理服务不足等原因。这种说法也有一定道理，但是，心理或精神问题显然不是造成这些悲剧的最终原因。

过去40多年的经济高速发展，换来了经济社会的繁荣，但也积累了诸多社会矛盾，包括占人口少数的富裕阶层与占人口多数的中低收入者之间不断扩大的收入差距、日益严峻的就业困难、社会强势阶层对普通百姓权益的侵害……人们呼吁，应该让民众有更多的地位和权益，让普通劳动者分享更多财富，赋予社会弱势群体更多的公平正义。

富士康一方面在转移工厂，一方面提出对内地30多万职工至少加薪30%，本田零部件厂的劳方暂时接纳了24%的加薪幅度后，有条件复工了……中国经济正在告别廉价劳工时代，将推进收入分配的三级改革，保障劳动者权益，完善社会保障体系，推进社会发展不断进步文明。

　　苏联当年的改革，所有应该涉及的领域也都涉及了，也提出了一些措施，但总体上呈碎片化，没有一个总体目标，缺乏从根本上有序推进。当体制和机制出现了问题，而不能自我解决时，就发生了剧烈的社会动荡，而不是如某些人所说的，是没有掌控好社会舆论，或归于所谓国际敌对势力的影响，那是舍本求末的伪命题。

自古雄才始于磨难

中国航天员许多都出身寒门，是地道的农家子弟。他们的成长是一个国家的缩影。

中国航天事业不断登上新的高峰，神舟系列陆续升空问天，这是一个正在走向世界强国行列的大国应有之义。在各家媒体海量的报道中，几位宇航员的不凡经历常常让人格外感动。

首次登天的三位宇航员都出身寒门，是地地道道的农家子弟。翟志刚幼时家境困难，由于父亲长年卧病在床，全靠母亲卖瓜子支撑。中学六年，翟志刚每天放学到家做饭，然后骑车去镇上接回卖瓜子的妈妈，饭后再炒一锅瓜子，才匆匆回到学校上晚自习。当他考上飞行员时，母亲给他带上的只有一大袋瓜子，还有从贴身的小包里掏出的带有母亲体温的五元钱。

刘伯明的父母至今住在黑铁皮的房里。当年他是中学生加放牛娃的双重身份，假期还去附近的砖厂拉砖坯。为了节省住校的费用，他每天骑自行车往返20多公里，冬天进教室时，脸上常挂着冰霜。夏天雨后淋湿的衣服都是用体温来烘干。他当兵时，高兴地对父亲说："吃穿以后都不用家里花钱了！"

景海鹏家乡在山西运城的关公故里，上中学时家里买不起运动服，父亲就买了件背心，正面画上海鸥和大海，背面写上"5"号。母亲则用自家织染的蓝布，为他裁剪了一条短裤。同学们戏称他为"海鸥5号"。这个"5号"成为当时学校里篮球打得最好的学生。

这三位宇航员的出身经历，就代表了中国最基本的国情，他们的成长和我们国家的发展历程有着惊人的相似，从苦难和荆棘中走来，历经磨难，艰苦卓绝，最终走向繁荣和富强。

不是说受苦是好事，而是说这对一个人的成长没有坏处。虽然我们都不愿意领受这种苦难。但磨难向人们走来，让我们不得不面对和应试时，它的好处又让人多有受惠。

它可以磨炼百折不挠的意志：比如刘伯明英语当年考试是零分，后来硬是成为全班英语最好的一个。

它可以树立人的必胜信念：景海鹏应招飞行员落榜后，竟倔强地绝食了三天。后来终于考上了航校。

它可以提升人的品德：刘伯明几年中都把自己得嘉奖的消息告诉当年的老师，认为这是他送给老师的最好礼物。

它可以让人更珍视感情之厚重：翟志刚前两年回到家时，在母亲像前泪流满面，磕了两个响头……

中国人上溯三代，都是农民出身，谁也没有瞧不起谁的权利。在国外三代人才造就一个贵族，在中国则早有"君子之泽，五世而斩"的记载。成长的路径不同，但一般来说，自古雄才多磨难，草根一族相对而言，从个性到毅力似乎会更加坚强。

在同样的条件下，吃苦的经历是一个人的财富，这是人才成功的铁律。你可以质疑它并远离苦难，但你否定不了这个规律。中国不可以没有盖茨，更不能没有泥腿子的袁隆平。因为缺少后者，数十亿人

新疆可可托海国家功勋矿山，有稀有矿物26种，被称为"聚宝盆"，为航天等国防科技作出重大贡献。矿山内有人工露天矿池，近百米深的底部是一泓绿水。

摄于2021年6月。

口恐怕吃不饱饭。袁隆平也是这样历经磨难走过来的。中国的年轻人和 20 世纪 50 年代的美国年轻人经历的时代有相似之处，那时美国刚刚结束了二战，经济开始复苏，人们心态乐观，充满创业活力，对国家充满希望。中国在改革开放取得巨大成功后，也造就了富裕的一代，他们的成长将决定今后的国运兴衰。

　　许多"80 后"、"90 后"的青年愿意以帅哥相称，但硬汉的称谓显然比帅哥的称号，更硬更强，且不过时。这几位宇航员更准确的称谓，我觉得可以称其为名副其实的"剑客"。

追求暴力运用的最小化

　　和平年代不能产生英雄的军队，但离不开军队的存在。

　　非战争军事行为，使军队的存在理由更加宽泛。

　　中国数十年无战事。军队参加的所有活动，都属于非战争军事行为。

　　非战争军事行为也称为国家安全保障行动，目的是保护国民，稳定社会，其评价的标准不以歼灭敌人为准绳，而以保护生命和财产为目的。像奥运安保的目的就是保护运动员和数以万计的观众，维护竞赛城市及周边地区的安全。

　　从近年提出军队要为国家安全统一和全面建设小康社会提供保障，及至颁布《军队参加抢险救灾条例》，对军队参加抢险救灾、与地方政府协调关系、动用军队的权限和程序、军地联合指挥等，都作了明确规定。

　　军队参加抢险救灾的主要任务是：第一，解救、转移或者疏散受困人员；第二，保护重要目标安全；第三，抢救、运送重要物资；第四，参加道路（桥梁、隧道）抢修、海上搜救、核生化救援、疫情控制、医疗救护等专业抢险；第五，排除或者控制其他危重险情、灾情。

灾区救援与战场作战虽然不同，但指挥调度却异曲同工。军队连续进行抗击洪水灾害、地震救援、支援奥运安保等大型活动的非战争军事行动，正在成为国家运用军事力量的主要方式。

美国陆军的《作战纲要》首次论述了"非战争军事行动"理论，具体列出18种非战争军事行动样式：军备控制；打击恐怖主义；对禁毒行动的支援；执行制裁；强行隔离；确保航行和飞行自由；国外人道主义援助；国内支援行动；国家援助；非战斗人员撤离行动；和平行动；护航；救援行动；显示武力行动；打击与袭击等。

在动用非战争军事行动方面，全世界主要国家有共同的行为要求。但中国军队同西方军队又有所差别。比如美军非战争军事行动常常比纯粹的军事行为慢半拍。美国有1500多架运输机、10多支航母编队游弋世界，并控制着世界上16条海上战略通道，但当2005年8月"卡特里娜"飓风灾害发生后，面对国内的灾难救援，竟迟缓和乏力，为此饱受国内舆论的批评。对此，美军置若罔闻，美军南方总部司令在回答媒体的指责时说：军队的所有装备和训练都是用于进行战争的，不是用来救灾的！

《世界政治》一书中这样描述："国家制造战争，战争也制造国家"；"征服与继续征服是大国存在的状态"；"防止被征服则是小国存在的状态"。虽然国际上纷争四起，但和平与发展仍然是当今时代的主题，武装力量的非战争军事行动已成为世界军事发展的趋势，许多大国都把军队执行非战争军事行动作为军事变革的重要方面，不断强化非战争军事行动的能力，同时，弥补战争行为背后的短板和软肋，促进军队的现代化建设。

世界发达国家陆军平均每万名官兵装备直升机在100架左右，我

军的指标低于世界军队的平均水平。汶川大地震使地面交通网线严重
受损，直升机可大显身手，但由于直升机数量少，救灾突击力量明显
缺陷。美军对"卡特里娜"飓风灾害的救援行动虽姗姗来迟，但因为
拥有大量直升机，到位后 24 小时就进行了超过 1000 架次的起降。超
强的航空管制能力，使大密度和高强度的空中行动得心应手。

远程投送能力是衡量国家战略能力的重要指标，是保持军事行动
主动权的基础。国内救灾的兵力调动，可以依托国内公路网、铁路
网，动用各大航空公司的空运力量。汶川震后的救灾中，我国有 9 种
型号的 15 颗卫星为救灾提供支援。我国成功进行了载人航天飞行，
开展了嫦娥探月工程，但在轨军用卫星数量较少、探测感知手段不
多，说明远程可持续后勤保障能力有待提高。

和平年代不能产生英雄的军队，但和平年代离不开军队的存在。
非战争军事行为应世界和平的态势而生，使军队存在的理由和作用更
加宽泛放大了。

海洋和海军关乎家国社稷

　　　　海军的一举一动都关乎国际关系，维系着国家的社稷安危。

　　海上战事常常是陆上战争的先导，海军的一举一动都关乎社稷安危和国际关系。中国航母建设加速并陆续远海演练，让人联想到过去，也前瞻海军的未来发展。

　　600多年前，郑和曾率领庞大的舰队，远航到"非洲之角"，虽然当时也使用部分海军力量，但那是农业文明的海上炫耀，并非海上贸易和防务，也不代表农耕经济的国家主体。一个多世纪风雨如晦，海军与国家兴亡休戚与共。孙中山对此的表述意味深长："世界大势变迁，国力之盛衰强弱，常在海而不在陆，其海上权力优胜者，其国力常占优胜。"

　　强国地位的更替，实质上是海权的调整和易手。联合国安理会就打击索马里海盗问题通过决议的六天后，中国常驻联合国代表就向时任联合国秘书长通报中国将派海军舰艇赴亚丁湾、索马里海域实施护航。四天后，中国海军编队即远赴该海域。这件事的历史背景是，为防范海盗对海上贸易的威胁，美军自20世纪90年代起介入索马里内战，其第五舰队一直负责打击索马里海域海盗任务。中国军舰进入该海域，等同在印度洋上部署海上力量。中国是安理会五个常任理事国中最后一个向这一海域部署军力的国家，标志中国海军从海洋的浅蓝走进深蓝。而海军特混编队数次出访环球航行，主要是适应世界各大海域的水文地理，同时宣示中国海军的成长。

近 10 年来，中国海军曾先后与俄、美、英、法等几十个国家海军联合演练，如海上反恐、护航、搜救、联合应对小型机动目标袭击等科目，通过一体化联合作战训练，海军防卫能力日趋现代化、体系化。海军远航是效果最好、成本最低的阅兵仪式和军事宣言，表明中国的某些行为已开始呈现海洋国家的现代属性。

海洋不仅是国家的领土，也是国防前哨和门户，海洋军事活动常常以海制陆，影响到国际战略格局。中国拥有约 1.8 万公里的海岸线以及超过 300 万平方公里的海域，理应打造一支强大的海上军事力量。因为世界的热点地区正逐步从陆地转向海洋，海洋成为国际战略竞争新的平台和高地。

20 世纪 90 年代以来，世界上影响最大、范围最广又难以解决的热点多发生在海洋或沿海地区。据统计，世界上有争议的岛礁近1000 个，"岛礁主权"争议迭起。近年来，美国为实现其全球战略，剑指亚太地区，首选钓鱼岛、台湾、南海诸岛等敏感地区，海上争端将胜过陆上领土争端。这印证了 20 世纪初美国总统罗斯福所说："地中海时代随着美洲的发现结束了。大西洋时代正处在开发的顶峰，势必很快就要耗尽它所控制的资源。唯有太平洋时代，这个注定成为三者之中最伟大的时代，仅仅初露曙光。"

中国背靠欧亚大陆，处在太平洋经济圈的重要位置，必须维护广阔的海洋活动空间和海洋资源。随着在主权问题上更加坚定，海军将在东南海域发挥更大作用，同时也把目光投向远方。不久前，美国五角大楼提交给国会的年度报告中就中国发展海军问题发出警告称，中国扩大核动力潜艇和军舰编队的规模，并提升卫星技术和网络战能力，所有征象都表明未来财富的增长和区域的威胁都来自海洋。

维护海洋权益是我国与西方敌对国家和部分周边国家海洋斗争的焦点，并日趋复杂化、国际化，从诱发海上冲突和战争的因素着眼，调整国防力量格局，增强海防威慑力，发展制海、制空的海上力量，才能有效维护国家主权。2019 年 12 月，美军福特级核动力航空母舰"肯尼迪号"命名后下水服役，成为领先全球的航母新标杆，这座世界最新型、实力最强的大型水上战舰，长 337 米、宽 78 米，满载排水量 10 万吨以上，耗资 113 亿美元，采用多座新型压水式核反应堆，能搭载 75 架各型战机和 4660 名官兵，无疑会对全球海军装备产生新的巨大冲击，虽然这种舰型暴露出许多问题，但必将引领新一代航母的技术标准。

当祖先们还沉浸在黄河孕育的农业文明时，西方发达国家就把触角投向海洋。19 世纪以来，沿海国家的政治、经济都与海洋、海军联系在一起，海洋和海军问题已成为国家战略。在国际形势日趋复杂严峻的情况下，海洋和海军可能成为引爆某些突发事件的导火索和火药桶。

阅兵表达了对和平的向往

　　　　军队是国家生存和发展之基。阅兵表达了一个发展中的大国，对和平的渴望和企盼。

　　国庆50周年、60周年和70周年阅兵，我都有幸登上天安门观礼台，观看阅兵前夜的预演。虽然不是在国庆当天的正式观礼，但流程和规模都没有太大的区别，引发了许多关于阅兵形式和影响力的思考。

　　这三次阅兵都是在我国改革开放取得历史性成就，军队现代化建设进入新的发展时期，综合国力和军力的集中展示。特别是国庆60周年阅兵，是在国内国际较好的环境下，组织规模最完美、视觉感官最好的军力展示，武器装备精良，使人记忆犹新，堪称我国国防事业发展的巅峰杰作。

　　2009年9月5日晚，雨后初霁，微风掠过，地上还有些许积水。按要求晚上11时至次日凌晨2时为阅兵预演时间。我们提前一个多小时从南礼士路出发，坐中巴车到达天安门内端门东侧，由此进入金水桥东观礼台第五台。夜晚的天安门广场，月色皎洁，华灯齐放，像水晶般晶莹璀璨。

没有升国旗、唱国歌、鸣礼炮，以及军委主席检阅等仪式。晚上11时，阅兵总指挥在城楼上下达命令"庆祝中华人民共和国成立60周年阅兵预演开始！"在世界最大的城市广场上，44个受阅方队，以徒步方队、装备方队、空中梯队三种形式，开始分列行进。

首先是高擎的军旗引导下的三军仪仗队。然后依次是陆军步兵、海军陆战队、空军飞行队、空降兵队、二炮方队、武警方队、三军女兵方队、预备役方队等，囊括我军各军兵种的武装力量依次行进。这些受阅方阵，以"80后"青年为主体，阅兵将在一定程度上成为他们的成人礼。

徒步方队后面，是各种装备方队，有99式主战坦克、履带式战车、榴弹炮、火箭炮、地空防空导弹、舰空导弹、反舰导弹等。各种新型战车、新型雷达和卫星通信等50多种军事装备和信息化设备，排山倒海般呼啸而来，携滚滚烟尘而去。它与空中呼啸而过的歼10、歼11战斗机群，以及预警机、轰炸机、侦察机、直升机群交相辉映，让观众们大饱眼福。

是时的阅兵带动了高亢的民众情绪，压倒了许多不尽如人意的事。刚刚战胜了南方冰雪和汶川地震灾害、圆满完成奥运盛会、载人航天飞行成功、首次远航亚丁湾和派出维和部队……

与此前1999年9月22日晚，观看国庆50周年阅兵演练相比，2009年的阅兵还显示了军队在指挥、机动、装备、通信、情报、工程和后勤保障能力等方面的进步：减少了陆军徒步方队，增加了海、空、二炮等军兵种方队和装备方队，说明军队正由人力密集型向科技密集型转变。那次世纪之交的阅兵，重在振军威国威，是新中国在几十年无战事后，提醒国人居安思危。

2019年新中国70周年的阅兵式，在天安门广场进行了两次预演。

在第一次预演时，我们从总后勤部大院内坐车，晚8时集体进入天安门广场南侧搭建的观礼台。为了更准确计算时间，有人在城楼上代替念了和正式讲话篇幅一样的一篇社论，那个人还走下城楼坐车巡视了列队的方队，这是过去两次预演没有过的。阅兵的预演同样没有加入后来正式举行时的群众游行，这让观众可以更加专注聚焦军队的发展。给人强烈的印象是军力的迸发，我身边一位军迷说，好几种新式武器都是刚从制造厂拉来的。

阅兵式是一个国家综合实力的集中表现，是国家和军队建设发展的一部史诗。三次阅兵最精彩的压轴戏都是原来的第二炮兵、后来的火箭军展示的东风系列新型战略核导弹方队。它的射程已覆盖全球，标志着核威慑力量已经成为维系国家安危的"杀手锏"。每逢此时，观礼台上都会传来最热烈的欢呼和赞叹。

鸦片战争以来，世界一直处在各种力量此消彼长的交锋博弈中。没有强大的武装力量就没有民族和国家的崛起。因为征服与霸权一直是大国存在的状态。中国奉行和平发展的外交方针和防御性国防政策，国庆阅兵只是表达一个发展中的大国对和平的守望和企盼。

世界上的阅兵起源于西方，恺撒的话"我不需要别人喜欢我，我只要让你敬畏"，以及"不战而屈人之兵"是阅兵的原有之意。许多国家的庆典活动都有阅兵的内容，中国还是世界上阅兵比较少的国家，但三次国庆阅兵还是引起海外媒体广泛评论，声称中国在传递一个明确的信息：它已经崛起为世界上一支不可忽视的强大力量。

尾　声

伟大的母爱是拨动心灵的弦

远行的奶奶仍焕发出异彩

　　往事如烟，如梦如电。离过去越远，细节愈发模糊，但轮廓会更加清晰。

　　奶奶离开我们已经多年了。当她去世不久，我拿起笔来，想写一些纪念性的文章，排遣心中的哀思。但提笔踌躇，辗转不能成文。由于我从出生就跟随奶奶长大，朝夕相处20多年，久远的情感积蓄和波动，短时间内竟无法沉淀。奶奶其人其事，早已融入了我的血脉，镌入了我的大脑沟回。老子说：大音希声，大象无形。最厚重的情感，有时让人语塞而无以言表。

　　1985年5月31日，天气燥热反常。中央电视台几天前播发了华北地区气温持续升高的预报。我因为已有几天都在家里照顾，早上赶到单位想处理完一些急事后回家，但中午我从20多公里外的单位匆匆赶到家里时，父亲在门口就告诉我奶奶刚才去世了。突如其来的噩耗，使我为之一震，虽是预料之中，但悲从心起，眼前一片茫然。我悔恨自己当天去上班，结果在奶奶卧床多日的最后关头没有守护她老人家，那是膝下人最大的也是最后的孝道。

　　是时，奶奶卧床已经二月有余，她以顽强的生命力应付病情的折磨。从前一天晚上开始，她神志不清，喊话也不能回应，已处于弥留之际。她终于解脱，走到人生的终点时，像经历了长途跋涉，到达目的地般的酣睡，我第一次领略了生和死的界线，是那么模糊无界。我摸着奶奶尚有余温的手，看她的神态和墙上一张她40多年前的照片一样平静安详。

奶奶32岁就因爷爷早逝而守寡度日，直至终身。早年她带着三个未成年的孩子相依为命，后半生又带大了我们兄妹三人，一直到她生命的终结，这就是奶奶一生艰难和辛劳的命运记录。

勤劳节俭和对全家的关爱付出，是奶奶一生最鲜明的品格。作为中国北方农村一个普通劳动妇女，她早年依靠自己的勤劳和倔强，支撑着残缺家庭的全部生活。在兵荒马乱、天灾频繁的旧中国，土地的贫瘠、人丁的不济，这样的家庭窘状可想而知。尽管如此，奶奶的内心非常静定和充实，依靠自强和自立，使家里丰衣足食，赢得了乡亲们的敬佩。涝灾之地，奶奶带着7岁的大伯下田劳动，裹过足的两脚踩进去后陷到脚盖，她就铺上两块木板，交替地踏着前行；秋收时节，她和大伯挥汗如雨，把十几亩的麦子收拾回家；棉花到家了，紧张的纺织开始了，今日复明日，纺织夜半时，往返的飞梭，化出一匹匹粗布，迎来了一个个黎明……奶奶当年和我们兄妹讲过的如同童话般的故事，是我们宝贵的精神启蒙，而家中现在保存的当年奶奶织的一块布样，总带给我们无限遐想。

我记得小时候，为节省一把柴、一块煤，奶奶都非常在意。那时烧柴做饭，她总把头低着看锅底，火小时再徐徐加柴，使火苗燃烧充分，我劝她这样被烟火呛着多难受啊，她说，这样可以省些柴，当家就知柴米贵啊！我母亲是位教师，常为那些家境困难的学生买些铅笔、书本，或把一些旧衣物送给学生，有时还为学生垫交学费，但总是背着奶奶，因为奶奶知道了有时表示同情，有时则要指责儿媳妇"不会过日子"。我的舅舅在奶奶去世后送的挽幛上，用毛笔认真书写了"勤俭持家"四个大字，我认为这是对奶奶精准和高度的概括。

奶奶对全家人的关爱和付出，是我们永远也无法弥补的。家中经常有剩下的饭菜，她总是悄悄留下来，在大家回家前，自己先开饭，把上次剩下的饭菜都吃了。母亲多次为之生气，说要不就扔了，要不就大家一起吃。奶奶这时总不言语，也不责怪，仍我行我素。她对我说，你妈的心肠好，可你们都忙着上班上学，我闲在家里，吃点剩饭也吃不坏身体！她后来就干脆不让我们知道，问她剩饭时，她就矢口否决说倒掉了。这样我们家里就经常为争着吃剩饭而不快，我母亲说过一句气话，叫"宁可撑死人，也不占着盆"。那时冬天的气温比现在低，室内生了火炉温度也不高，奶奶每天把我的被子叠成筒形，防止夜间蹬散了受凉。睡前她要坐在我的被子上，用体温把被子温热，才让我钻进去睡，夜间还要给我掩被子怕漏风。这些事，让我们的下一代们都无从体味和想象了。

让我永远内疚的是1979年我刚参加工作到湖北去实习，第一次远离家门到千里之外，奶奶很不放心，隔几天就念叨我何时能回来。两个月后，我写信告诉家里，说过些天就要回家时，奶奶高兴地每天早晨收拾完家务就坐在街口等我，下午也是这样。我还记得那天我刚到家时，离老远看到奶奶坐在门口，她高兴地拉着我的手，看了又看，一遍遍地说："可回来了！"脸上充满了笑意。

我进家后，在奶奶一遍遍的嘘寒问暖中，有些不耐烦了，一边整理带回的东西，一边责备奶奶总是问不完。奶奶还是高兴地笑着，自言自语地说，孩子累了，歇一会吧！就悄悄带上门出去了。可是不到半个小时，邻居大妈在门口大声喊我："海岩，你奶奶摔坏了！"我急忙放下手中的东西，奔出门外，只见大门外五六米处，奶奶被人搀扶着，可一步也走不了。我奔上前去，抱住她，邻居大妈说，恐怕是腿摔坏了，快背你奶上医院吧！我急忙背起她，可老人家推着不让，说自己能走。邻居大妈们说不行，让我去背，奶奶却说："这不行，别压坏了我孙子！"奶奶说话时的神态，至今清晰地铭记在我的脑海里。

　　我和邻居没有办法，只好一起架着奶奶，奶奶只用一条腿，另一条腿略微弯曲着。到了屋里请来医生一看，果然是骨折，迅速进行了固定。从此，在一定程度上改变了奶奶后来的命运。由于年事已高，恢复很慢，几个月时间奶奶都卧在床上。后来，稍好一点，她又坚持下地干家务，扫地、洗碗、擦桌子等。奶奶是闲不住的人，可她的病腿加上小脚又让人放心不下，再发生摔倒可怎么得了？于是，家里经

这张照片是本书作者出生后不久，父亲到唐山丰南的老家接奶奶来护理他时，在唐山市宏中照相馆拍摄。

在"文革"时期拍摄的全家福。后排为作者父母，中间为奶奶，前排右起为作者、弟弟罗海军、妹妹罗海丽。

常发生因干活的争执，她看着我们把她手中的活夺下来，总是不高兴地说："不让我干活，非把我憋死不可！"

几年后，我家搬到了唐山地震后的南新道新居。因为是平房，奶奶去院子外面的厕所时行动不便，开始拄起了拐杖。有时我下班时，看到她拄着棍子，扶着墙步履蹒跚，白发随风飘起，真是风烛残年的样子，心里十分沉重，我年逾八十的奶奶，已经老迈年高了！

奶奶去世的十几天前，我们一起扶她下床，到她床边那把坐了十几年的太师椅上。由于卧床月余，她身上已经很衰弱和消瘦了，坐在椅子上可能有些硬，她的感觉不太好，平静地对我们说："这次我恐怕不行了！"我们劝着她，又扶她到床上，慢慢地躺下。我记得那是她最后一次坐在椅子上。奶奶说那句话时，像平常一样，没有一点惊慌和悲伤。只是后来她自我回顾寡居大半生的辛苦时，自言自语"我这辈子太苦了……"我只有耐心地开导和安慰，在心里一次次为她祈祷。

天热，使奶奶身上虚热，她总想喝水和吃冷饮。妈妈从学校回来时总用保温瓶买来最好的冰糕，一勺勺喂她，她每次吃在嘴里都面带高兴，似乎感觉很好。奶奶最后的十几天中，总说她的腿疼，像不是自己的一样，麻木和酸疼使她有时呻吟起来，我们为她一次次抚摸："奶奶，好些了吗？""好——"奶奶慢慢地回应着。再后来的几天，她明显气力不足，在有话说不出来的时候，就用手摸喉咙，这是奶奶最后的动作。我们就用勺子再喂些水，用手再给她抚摸着……

伟大的、崇高的、平凡的，所有的人生都是这样的结果。奶奶可谓无疾而终，无憾而去，她是辛劳的，也是幸福的。她一生没有得过大病也没吃过几次药，最后也没有经历太多折磨和痛苦，直到她的最后一息。她平凡地度过一生，平静地离开人世，把苦难都变成了经

　　父亲晚年学习和践行养生理论，出版了多部养生专著，受到广泛欢迎，有的还多次再版，这也成为他晚年的一个快乐之源。

历，把全部希望和恩爱都赋予了她的子孙后人。那是人间至真至纯的慈爱，她的幸福和欢乐，都融化在我们的成长之中了。

　　有些事情，我们永远也无法忘记，因为它和我们成长的经历有着密切的因缘。有些事必定成为往事的象征，只是不知哪天由于某个生活细节的触动，我们就再次与它重逢，真是往事如烟，如梦如幻，离过去越远，细节会越发模糊，但轮廓却更加清晰，往事就会焕发出异彩。

　　在我的心目中，奶奶是人世间第一个最无私、最慈爱的人。她的话语和她的灵魂，早已随风飘去，但我们的记忆无以穷尽。

向母亲的崇高敬礼

永恒的女性，引领我们飞升。

——歌德《浮士德》

母亲是维系每个家庭的标志和中心。人们用无数最动听的语言来歌颂母亲："慈母手中线，游子身上衣"，"世上只有妈妈好"。人们还把珍贵的事物，比如祖国、长江、黄河等比喻成母亲。中国传统的二十四孝图中，大多数是孝敬母亲的。

我的母亲杨桂芝1934年出生于一个充满中国传统文化的诗书世家，姥爷是一位在乡里德高望重的教师，人称"杨先生"或"杨老师"。母亲和一个哥哥、一个姐姐都子承父业，终生从教。母亲先后在遵化、唐山的几所小学任教达30多年，桃李遍及附近城乡各地。作为中国女性中的平凡一员，她勤勉教学，为人师表，心地善良，对世间万物充满母爱之光。虽然在生命的最后10多年中，她饱受帕金森病痛之苦，体现了一个人老期将至、无法回避的自然规律，但更多地表现了一个人的意志和坚强。

母亲离开我们已经四年多了。因为新冠疫情传播的影响，这两年的清明节，我们不能去给她扫墓，只能在心里把母亲的神态、她和我们说过的话在心里回放，一幕幕如光如电，如梦如幻。

上篇：回忆和母亲在一起的时光刻骨铭心

每个人都有最突出的个性标志，我常想母亲留给我们最深刻的印象是什么呢？首先应该是她的一生为人善良纯朴，对贫苦的弱者有着天然的同情和怜悯。

母亲兄妹六人，早年丧母，继母终生没有生育，但对六个孩子视同己出，充满恩爱。我小时曾见到这位精明干练的姥姥，没有上过学但通过每天向姥爷学几个字，后来竟能看简单的小说。姥爷去世后，母亲他们兄妹也是孝敬继母，虽然都长大成才分配到全国多地，但春节都回家看望或给继母寄钱，这是母亲家庭启蒙教育的背景。姥爷是一位严谨善良的老师，家庭充满仁爱质朴的儒家思想，对母亲的影响是深刻久远的。

师范学校毕业后，母亲有十几年时间在县乡的学校任教，那时的农村学校里，常有交不起学费、买不起教材和文具的孩子，母亲当时收入不高，但每年招新生时，都要为特别贫困的学生代交一点学费，有时还把给我买的笔和本送给那些农村孩子。在母亲兄妹六人中，只有我的大姨小时因病没有上学留在农村，母亲对她一直给予帮助，时常悄悄给大姨的孩子们一点钱。我的舅舅们都称赞母亲是无私帮助"第三世界"的人，大姨的孩子们至今都非常怀念母亲，感恩在他们困难的时候，母亲给予他们最多。

母亲退休后外出旅游时，常带回一些佛教方面的图书和小册子，她精心保存下来，经常翻开看看，在这里我领悟到她内心的另一个世界，就是传递人间的关爱，表达待人的真诚和慈悲，帮助贫者、弱者、老者。她教育我们，不管是谁以后有出息了也不要忘本，要尊重人别翘尾巴，别让人家指脊梁骨。对邻居亲友，她去串门时常给人家带些小礼物，哪怕几把花生、几个水果。有小辈人来家里看她时，她都要回送给人家点东西，她说不让人家空手回去，是对人家的尊重。

人要知足常乐，这是母亲给我们的教诲之一。我的弟弟在二炮部队当兵时，老舅时任二炮司令员，母亲如果和老舅提出一些要求完全可以办到，但弟弟后来还是复员回到了唐山。这一是唐山也可以安排工作的原因，二是母亲不愿让老舅费心。2000 年前后，老舅搬到了北京北郊的一处别墅，经过装修院子里还种了几十棵树，他很满意地请母亲去家里吃饭，带着楼上楼下走了一圈，问姐姐这房子还可以吧？没想到母亲说：再大的房子也就住一张床！你就好好感谢共产党吧！这句话成为后人相传的佳话。我到北戴河休假时，常带上父母，母亲总是告诫要节省少花钱，知道单位疗养院不用花钱时，她后来几次都不去，说不能占公家便宜。

母亲家族中可能带有帕金森病的遗传基因，此前两个舅舅都因此卧床多年。当时，母亲基本上每周都去看望兄长，显示出兄妹之间的深厚感情。同时，她也常感叹自己将来可能也要患这种病。2008 年前后，母亲被诊断为帕金森病。她在确诊后的十来年里，每天坚持身体锻炼，去院内的广场上做操，和几位老奶奶每天下午一起唱拍手歌，从健步行走到步履蹒跚，再到后来拄起拐杖，最后推起帮助行走的小车……为抢在帕金森影响行走之前，那些年我带父母多次外出旅游，每到一地母亲总把锻炼放在第一位，走路时常满头大汗，她说人就是要不断地挑战自己。

母亲的逐年老去，给我们带来巨大的悲伤，母亲和我们在一起的点点滴滴记忆犹新。母亲身体好时，我每次回京前，她都让保姆包顿

2013年2月16日，母亲在北京白广路住所练字，时年80岁。

父母在家中合影。墙上老舅书写的对联，在家里挂了许多年了。

饺子，行前她要下楼送我上车，车拐弯了她还站在那里，目送招手。后来因为下楼困难，她就在楼上隔着玻璃窗看我上车，有时笑着和我挥挥手。再后来她卧床不起时，就只能在床上向我使劲看上两眼，一切都在不言中。当然更多的常态是，她坐在客厅的沙发上，一边看书间或看上我一眼，晚上一边泡着脚一边和我说话聊天。有一次她要跟我掰手腕，她说知道掰不过我，但让我体会一下她的手多有劲，她说院里好几个老太太都掰不过她……

"人有病，天知否？"母亲说过她一生尽做好事，没愧对过别人，老天爷会保佑她的！我们知道，母亲的内心简单而又复杂，坚毅而又柔弱。她后来听力不好，一般不再问事，她说省着听不清，老打岔，但身体力行，为我们师表。她对我们说，一个家里要有父母的样子，有兄妹的样子，孩子们再大也要有个爸。她曾用自己的钱买了三个戒指，分送给两个儿媳和女儿，说家里大小事情都要一视同仁。

我认为母亲的最伟大之处，是她晚年对自己的反省和剖析。有一次她对我说，现在回想起来，自己最对不住的是你奶，她为我看大了你们兄妹三人，省吃俭用，勤俭持家，可我年轻时有时对你奶不满意，说话有时态度不好，真是太不应该了！其实她对奶奶非常孝顺，从未红过脸，甚至高声说过话。说这话时母亲已是为人长者的 70 多岁了，她尚能说出这样的话来，仅此就足以在我的心中矗起一尊雕像，引为我们垂范和尊崇。

下篇：一个人的生命心无挂碍地远去了

从母亲蒙难就医的日子，推演到她 84 年的生命历程，深深感到我们生活在她延续的生命里，她活在我们全家每个人不绝如缕的记

2012 年 3 月 3 日，和父母在杭州国宾馆丁家山留影。

　　父母在北京舅舅家中。舅舅时任第二炮兵司令员，上将军衔，姐姐很为弟弟自豪。舅舅曾对我说：你妈他们每年来京，我都尽力好好招待，回忆起来值得欣慰。

忆中。

海恩法则说，每一起严重事故的背后，必有众多的轻微事故和未遂先兆。母亲晚年因患帕金森病，曾摔倒过两次，虽然引起了注意，有保姆守护，但缺少高度防范，这是我们的沉痛教训。

2014年12月25日，母亲在唐山的家中早起锻炼时，不小心扭倒在地板上，造成腰部骨折，当时她没有什么痛苦，以为卧床休息几十天就会养好。拖至翌年1月24日，终因卧床进食困难，肺部出现炎症，次日下午送达北京301医院，入住呼吸科。这天气候寒冷，正值星期日，从此她开始了长达两个半月的住院治疗。

为保证母亲的进食营养，使用胃管鼻饲，家人和保姆每天四人分为昼夜两班护理。住院后期，母亲常说的两个字，就是"回家!"4月15日，是个阶段性的日子，这天中午，母亲被抬上救护车，转院到唐山煤矿医学院。但因误吸和旅途劳顿，当夜3点多，母亲因血氧度很低已至昏迷，而做了气管插管手术。

又是近三个月的住院期，母亲静静地躺在ICU的病床上，有时各项指标趋于正常，有时又在良好预期时发生逆转，产生新的病变。看到母亲躺在洁白的床单上，昏迷、呆滞，反复发烧，多次报病危，家人都感受着巨大的压力。当母亲发烧时，除了用药还要用湿毛巾或蘸些酒精一遍遍去擦，有时用冰袋夹在腋下，不惜几个小时，才使体温慢慢降下来。

我们幻想着可能出现的奇迹，经过反复考虑，为母亲实施了气管手术，建立人工气道。7月9日上午10时，母亲出院回到了离别五个半月的家中。我们既为母亲安全回家而欣慰，也为她受到病魔的折磨而痛心怜悯，为她不能品尝美味、不能表达自己的言语而愧恨和无奈。我们心中陡升敬重的是母亲在与病魔作斗争的过程中，表现出的坚忍和毅力。

母亲最后的三年多是在家里的病床上度过的，她几乎每天靠在床上，进行拉链锻炼，把家人给她按摩与自己主动运动相结合，开始时能拉上十几分钟，后来越来越少到几分钟，但一直在默默地坚持着。大家细腻地掌握和体会她的心情，父亲则每天和她念叨一些事给她听，比如外面的哪个邻居又打听问候杨老师了……母亲哪怕有一丝舒服的表情，都是我们最大的慰藉和满足。

这时的母亲经常露出些许满意和欣慰，她知道我们兄妹们团结互助，对她充满爱戴和敬重。她时常靠在床上，眯着眼睛瞅着我们，似有千言万语。有一次，她在病床上拉住弟弟和弟媳一人一只手，重叠地放在她的胸前，默默地看着他俩。那时她已经不能说话，于无声处表现出无尽的寄托。还有时候在深夜，她本来睡不着，但仍假装闭上眼睛，等身边看护的人走了，再睁开双眼。我弟弟后来发现了秘密：这是妈在装睡，让我们去睡呢。

母亲去世的三天前适逢周日，我回家看望她时，她在摇起的床上安详地靠坐着，一会睁眼看我一下。我握着她的手和她说话时，她曾用力握了下我的手，虽然那般微弱，但那次最后的交流永志不忘。

2018年5月16日上午，母亲永远离开了我们。是夜，我和弟弟守候着她，虽天人永隔，但仿佛还能听到她过去入睡时，传来的轻微咳嗽声。那个漫漫长夜，整个城市万籁俱寂，天边慢慢现出黎明，世间万物都在新旧和阴阳的变幻中走向了永恒。

翌日，风轻云淡，山水同清。我们把母亲安葬在簇拥苍松翠柏、远眺青山绿水的遵化清东陵万佛园。亲属和邻居，以及母亲的同事170多人先后向母亲告别，母亲生前学校的老师向我们讲述了她在学校里深受敬重的情景。几十年前，她从遵化的一个农村教师家庭中走出，上学、工作、成家、安度晚年，最终回到离她出生几十公里的地方。

在我家里，有两件衣物记载着我家两代母亲的生活印记。一件是母亲的深红色丝绸的精致上衣，是我爱人当年给母亲买的，她非常喜欢，每年夏天都穿些日子。还有就是当年奶奶亲手纺织的一个粗布床单，已有近百年的历史。在我的心目中，这是家里最有质感的两件物品，由物及人，充满了温情的故事。

母亲去世后不久，世界园艺博览会在北京举行，主题歌《美丽的家园》中有这样的句子，我觉得可以献给天下所有的母亲：

　　辽阔来自海洋，温暖来自阳光，心与梦共生长，你是人间天堂。

　　你是我的由来，我是你的远方。原来家一直是我，心中你的模样。

责任编辑：陆丽云

封面设计：曹　春

图书在版编目（CIP）数据

阳光这样照进历史／罗海岩 著 . —北京：人民出版社，2024.3

ISBN 978－7－01－025846－1

I. ①阳…　II. ①罗…　III. ①罗海岩－文集　IV. ① I217.2

中国国家版本馆 CIP 数据核字（2023）第 141096 号

阳光这样照进历史
YANGGUANG ZHEYANG ZHAOJIN LISHI

罗海岩　著

人民出版社 出版发行

（100706　北京市东城区隆福寺街 99 号）

北京中科印刷有限公司印刷　新华书店经销

2024 年 3 月第 1 版　2024 年 3 月北京第 1 次印刷

开本：710 毫米 ×1000 毫米 1/16　印张：27.25

字数：356 千字

ISBN 978－7－01－025846－1　定价：138.00 元

邮购地址 100706　北京市东城区隆福寺街 99 号

人民东方图书销售中心　电话（010）65250042　65289539